シルヴィ・バレト：警伍級粛清官。
親の仇をさがしている

警肆級粛清官。
シルヴィのパートナー
：シン・チウミ

ボッチ・タイダラ：警壱級粛清官。
謎多き男

警弐級粛清官。
ボッチのパートナー。
：シーリオ・ナハト

ルーガルー：指定犯罪組織「狼士会」の頭領

警壱級粛清官。
半引退生活を送る
：リィリン・チェチェリィ

リリス・マリーテル：警肆級粛清官。
シルヴィの元パートナー

警　清官
リリスの
：リッカル・トルテ

人殺し”の異名を持つ
対象

ル
麻薬組織に属す

ト72という
薬組織のボス

c h a r a c t e r

楽園殺し《らくえんごろし》

［鏡のなかの少女
Mirror's girl in mirror.］

72

May the Eden be killed.

思い出には感触がある気がする。

もしくは温度でもいい。あるいは色でも。とにかくそれはやわらかく湿っていて、穏やかな暖色をしていて、自分を満たすものに違いないはずだ。

彼女は慣れた手つきで愛銃を分解する。弾倉を抜き、薬室の弾《たま》を排除し、銃口の安全装置板を解除し、二度空撃ちし、トグルを引いて剣部を鞘《さや》ごと分離して、スライドの固定用ピンを抜き取り、遊底を外して、銃身を取り出し、最後に残されたフレームを置く。隙間《すきま》の極力省かれた、美しい設計の現代銃は、それであっという間にバラけてしまう。

今度はそれを組み立てる。完成するとまた解体する。解体が終わると組み立てる。

それを繰り返す。手早く、何度も、何度でも。

そうするうち、彼女の被《かぶ》る白犬のマスクのなかで懐かしい声が反響した。

もう十年以上も前の記憶――彼女が生まれて初めて銃を持った日のことだった。

――こわいかい？　アルミラ。ぼくの愛しい銀色よ。

隣に立つ男性が優しい声色で言う。

――ええ、こわいわ……おとうさま。

幼い娘はそう答えた。小さな背丈に不釣り合いな、豪奢《ごうしゃ》な鏡張りのマスクの内で。

そこは自分の生まれ育った家だった。エデンの仮園と称される、この都市一番の住宅地に構えた邸宅。その裏の、色とりどりの薔薇《ばら》が咲き誇る、自慢の庭。

そこは射撃訓練場でもあった。機械設計を愛し、銃器メーカーを経営する父親が狙撃《そげき》練習をするための場所だった。

――それなら、やめるかい？　物騒なことは中断して、おうちでレモンケーキを食べながら見学するのもひとつさ。少なくとも、きみのママはそれを望んでいるかもしれないよ。

――それもいや。アルミラは、おとうさまと同じことがしたいの。

同じデザインの鏡張りのマスクの下、父がほのかな笑みを浮かべた気がした。

――それならしっかり持って、アルミラ。おそれないで。最小口径とはいえ危険だから。ぼくがもっともこわいのは、娘の身体が反動で傷んでしまうことだよ。

――でもね。手が、勝手に震えてしまうの……

娘は不安そうに父のマスクを見上げる。

父の枯れ木のように細い身体が、幼い娘のマスクに反射した。

――そうかい？　だったら、こうしようね。

あたたかい手が、少女の手を覆う。

——ふしぎ。おとうさまに手を握ってもらうと、震えないわ。

——さあ、的を狙《ねら》って。落ち着いて撃ってごらん。

消音銃の撃鉄が落ちる。弾《たま》はターゲットにかすりもせず、まったく的外れの地面を抉《えぐ》った。

少女は肩を落として言った。

——はずしてしまったわ……わたし、才能がないのかしら。

——落ち込むことはない。初めからうまくいく人なんていないよ。次撃ったら、きっと今よりもよくなっているさ。

——でも、おとうさまが的をはずすところは見たことがないわ。

——それは、アルミラが生まれる前から、ぼくがずっと練習してきたからだよ。

——そうなの？　なら、わたしもきっとがんばるわ。

——フフ。それなら、ぼくはきみががんばるところをずっと見ていようかな。

彼はしゃがんで目線を合わせてくる。

それから、小さな娘の頭をマスク越しに撫でた。

——いいかい、アルミラ。今から、ぼくたちミラー家に伝わる大切な家訓を教えるから、よく聞くんだよ。

——なあに？　おとうさま。

父親は一拍置くと、ゆっくりとこう告げた。

完璧を目指しなさい。

淀《よど》みのない白。

あるいは何にも染まらない黒のように。


それは穏やかな声色だが、いつにない真剣味を感じさせる言葉だった。この射撃訓練を通して、彼女の人生そのものに対して言い聞かせるような。

もっとも、当時の彼女は幼く、その意味を理解することはできなかったのだが。

娘が疑問を抱いたことを察してか、父はこう言い添《そ》えた。

——なぁに、今はまだわからなくていいさ。ただ、ぼくの言ったことをしっかりと覚えておくんだよ。

——ええ、きちんと覚えたわ。白か黒。その、どちらかなのね。

——ああ、そうさ。何事も、完璧かそうでないかで白黒つけるのさ。

でもね、と彼は続ける。

——それでいて、完璧である必要はないんだよ。

シンプルな矛盾に、彼女はふたたび疑問を抱く。

——そうなの？

——ああ。あくまで完璧であろうとするきみの気高い姿を受け止めてくれる人が、きっと現れるから。

——わたし、それがおとうさまだったら、とっても嬉《うれ》しいわ。

——ぼくも、可能ならそうでありたい。でもいつの日か、ぼくはこの手を離さなければいけないときがきっとくる。

——それは、どういうこと?

——つまりね。ぼくはいずれいなくなるのだから、アルミラはこれから、だれよりも……ぼくなどよりもずっと、大切な人を見つけなければいけない、ということだよ。

いつかの死別を予期させるような発言に、彼女は不安げに手を握り返した。そんな娘の恐れを感じ取ってか、彼はことさらに穏やかな口調で続けた。

彼女が大好きだった、あの懐かしい優しい声で。

——だからね、それだけは忘れてはならないよ。逆に言えば、それさえ覚えていられるのなら……ああ、ぼくとルルフィの娘。ぼくたちの可愛い銀色《シルヴィー》よ。きみはきっと、いつまでもだいじょうぶだ。

最後にそう結んで、父は娘の背中に大きな手を添えた。

そう。これはいつかの——遠い記憶だ。

*

「……粛清官殿《しゆくせいかん》。……バレト警伍級《けいごきゆう》粛清官殿！」

だれかが自分を呼ぶ声で我に返った。

シルヴィ・バレトが視線を向けると、三名の連盟職員がこちらを見つめていた。

職員は全員、中央連盟の指定マスクを着用していた。素顔を見ることはかなわないが、きっとマスクのなかでは怪訝《けげん》そうな表情を浮かべていることだろう。

「先ほどから、ずっとお声をおかけしていたのですが……どこかお加減でも？」

シルヴィは両手に持っていた銃のパーツに目を落とした。どうやら無意識のまま、いつもの手癖で解体と合体を繰り返していたらしい。

あとは弾倉をしまえば完成というところだった。しっかりと嵌《は》め込んで、セーフティロックを目視確認する。それから、シルヴィはようやく言葉を返した。

「すみません、少々考え事をしていました。なんでしょうか」

「我々のほうは準備が完了しました。連絡したところ、向こう側も問題ないとのことです」

「了解しました」

シルヴィは腕時計を確認する。作戦開始まで残り数分だった。

（……バカね、仕事の前に自失するなんて。変な人だと思われるわ）

シルヴィは周囲を見渡した。思い出のなかとは異なる冷たい雰囲気が、ここが紛れもないリアルであることを報《しら》せている。

モニタールームはとっくに占領済みだった。

シルヴィはすぐ傍《そば》に倒れている男の死体を一瞥《いちべつ》する。彼は、この犯罪ビルの運営が雇っていた警備兵《ガードマン》だ。監視カメラを見ながらうたた寝していたところにシルヴィが現れて、ほんの数秒に満たない争闘の後、あっさりと倒されたのだった。

物音を聞いて駆けつけたもう一人の警備兵は、隣の部屋で転がっている。彼は相棒の死体を見る前に、シルヴィの手によって粛清された。同様に脳天を撃ち抜かれる形で。

人生が多様であるように、人の死に方もまた多様だ。彼らは幸福な方法で死ねたのかもしれない。

少なくとも、彼女の両親の死に方と比べたら。

「軽くだけ作戦内容を確認します。聞いてください」

死体から目を離してシルヴィは言う。三人の職員は直立姿勢で静聴した。

「本日二三〇〇、麻薬カルテル〈ルート72〉所属のローレンス・エルミが、定期取引のためにこの闇市《やみいち》ビルを訪れます。我々の目的は彼ですが、……再三言いますが、仮に状況的に可能でも、ターゲットに致命傷は与えないようにしてください。彼には尋問の必要があります」

オンリー・アライブ——殺傷厳禁は、この仕事においてもっとも難しい条件のひとつだが、確実に守らなければならない制限だ。殊に、今回のようなケースでは。

「また、ターゲット自身の戦闘能力は確認できていませんが、彼の側近であるグレイザー兄弟はベテランの傭兵《ようへい》であり、事前情報によると、どうやら武闘派の砂塵《さじん》能力者だという話です。インジェクター装置の起動が確認できた際には、なにが起こるかわかりません」

職員たちの間ににわかに緊張が走った。彼らは戦闘訓練を受けた支援要員《サポーター》だが、非砂塵能力者《ブランカー》である。対能力者戦は彼らにとって脅威に違いない。

「ですが、安心してください。以前も説明しましたが、相手の能力発動のタイミングでわたしの傍《そば》に寄り、極力離れずに行動するようにしてください。少しの間であれば、どんな相手も非砂塵能力者《ブランカー》と変わらなくなります。落ち着いて援護に集中してください」

「粛清官《しゅくせいかん》殿。ひとつよろしいですか」

左に立つ職員が手を挙げた。

「なんでしょう」

「それは、粛清官殿の砂塵能力で、相手が非砂塵能力者《ブランカー》になる、という解釈でよろしいのでしょうか?」

もっともな疑問だ。シルヴィは首肯して答えた。

「細かな解説はできませんが、それと同じ現象が起きると考えてもらって構いません。――ただし、数分だけです。それを忘れないでください」

職員たちはマスク越しに顔を見合わせた。眉唾《まゆつば》な話だとでも思ったのだろう。

シルヴィは特に意に介さなかった。たしかに、自分の持つ能力は特殊だ。こういった反応も一度や二度ではない。それでも説明する意義はある。この話を聞いてもらったほうが彼らの生存率は間違いなく上昇するはずだった。

「いずれにせよ、グレイザー兄弟などの目ぼしい相手はわたしが担当しますので、そのつもりで。手出しは無用です」

「いまさら、なにをおっしゃいますか」

一番右端、恰幅《かっぷく》のいい職員が言った。

「粛清官の方々の邪魔など、我々にはしたくてもできませんよ。先ほど警伍級《けいごきゅう》の手腕を拝見して、改めて痛感しました。我々にできるのは、あくまでバックアップが限度です」

「……ええ。それでお願いします」

その発言には自嘲《じちょう》が混ざっているようにシルヴィは感じた。自分よりも遥か年下の女が、こと暴力となると比類ない力を発揮する現実に笑っているのだろうか。

この職員は四十近い男性だ。ひょっとすると、シルヴィとそう変わらない年頃の娘でもいるのかもしれない。

だが、そんなことは一切関係ないのだった。

この街では――砂塵渦巻く現代では、容姿に関するあらゆる問題は問題とならない。

見目麗しい少女の中身が身の毛もよだつような獣だったなんてことは、殊更に珍しいことでもないのだから。

「――現れました。ローレンス・エルミです」

職員の報告を受けて、シルヴィはモニターを確認する。

計六名の男性がビルに入ってくるところだった。

真っ赤なスーツに身を包み、屈強そうな男たちに囲まれて大股《おおまた》で闊歩《かっぽ》する男がおそらくターゲットだ。銃の先端から咲く薔薇《ばら》のペイントのマスクデザインは、かの大手麻薬カルテルの所属を意味している。

ローレンスはアタッシュケースを提げていた。彼らの取引相手は違法武器屋だが、銃火器を格納するには小さいケースだ。とすれば、あれの中身こそが自分たちの目的の品である可能性が高い。

シルヴィは先ほど組み立てた銃をホルスターに挿した。それから、壁に立て掛けていた長銃を背に担ぐ。

紫色のジャケットの胸元につけたエムブレムが、きらりと薄暗い室内に光った。

穢《けが》れなき緑光。

中央連盟の所属を示す、この偉大都市《いだいとし》の威信を示す光だ。

シルヴィは、白犬を模した機械式マスクの背部に手を添えた。インジェクター装置が万全であることを最終確認すると、行動に移ることにする。

「作戦を開始します」

シルヴィは内部に続く扉を開けた。

＊

遥か昔、この世界を砂塵《さじん》が覆った。

摩訶不思議《まかふしぎ》な、砂粒のごとき黒き粒子が人類にもたらしたのは、ふたつの災厄。

そのひとつは、毒。

その物質は毒性を持っており、大量に吸引すれば命に障る危険な物質である。ゆえに、今を生きる人類は顔を覆うマスクの着用を半ば義務付けられている。特殊な電波を放つ機械が砂塵粒子を消失させている屋内環境でなければ、人々は素顔を晒《さら》すことはできない。

もうひとつは、異能。

砂塵粒子が人類の九割以上を滅ぼした理由は、その毒性のみではないと言われている。最大の要因は、砂塵粒子によって人類が得る異能力――通称、砂塵能力が原因で起きた大規模戦争であるという俗説も存在している。

シルヴィはその説を特に疑ってはいない。

なんといっても、この大陸屈指の巨大共同体《コミュニティ》、偉大都市こそが能力者たちの作る暴力世界の縮図といえるからだ。

砂塵《さじん》による文明の終焉《しゅうえん》から数百年が経過し、ようやく築かれたこの文明都市でも、砂塵能力者たちの悪行や抗争は絶えることがない。

だからこそ、秩序をもたらす者が必要なのだ。

まさしく今、自分たちがそうしているように。

中央連盟。

それがこの街の管理を行う機関の名だ。偉大都市《いだいとし》の創設に深く貢献し、これほどの大都市に成長するまでの開発を一身に担った彼らこそが、この土地の唯一の秩序であり、また無二の規律でもある。

中央連盟の敷く監視体制がなければ、豊かな富を持ち、才能に長ける人材を喰い物にしようとする悪人たちを抑えておくことはできないだろう。

目には目を。歯には歯を。暴力には暴力を。

無法者には、無法を以って対処する必要がある。

粛清官《しゅくせいかん》とは、中央連盟の持つ力を象徴する少数精鋭の執行人のことだ。

すなわち、武闘を得意とする能力者の集団である。

粛清官は原則二人一組として動き、犯罪人の粛清のため偉大都市を奔走《ほんそう》する。

犯罪を警《いまし》める力の強度によってその階級を分けられた、中央連盟の誇る兵《つわもの》ども。

シルヴィもまた、そんな粛清官の一人だった。

(大手麻薬カルテルの幹部、ローレンス・エルミ……なんとかして、彼から『例の物』の出所まで辿《たど》り着かないと)

L字の廊下を抜ける。扉の前で立ち止まり、シルヴィはなかの様子を窺《うかが》った。

話し声がした。この先はエレベーターホールだ。取引相手はここでローレンスを出迎えたあと、どこか応接用の部屋にでも案内するのだろう。好都合だ。広い場所で一網打尽にできるのであればそれに越したことはない。

シルヴィはハンドサインで後続の連盟職員に指示を出す。

突入までの僅《わず》かな間で呼吸を整えた。

今日もまた、粛清官としての業務が始まる。

現在の彼女には、愛銃を人に向けるに足る十分な理由がある。

すべては愛する肉親のため。

すでにこの世を去った両親は、それでも折を見て記憶のなかに鮮やかに蘇り、彼女に話しかけてくる。まるで、今もすぐそばで見守っているかのように。

(……お父さま。わたしはおそらく、復讐《ふくしゅう》鬼ではありません。それでも、今こうして銃を持つのは、いつの日かこの手にミラー家の誇りを取り戻すためです)

両親の仇《かたき》を取るために、彼女は生来の名を捨てて、粛清官の職に就いた。

そしていつか両親を殺した者たちに辿《たど》り着くためならば、なにを躊躇《ちゅうちょ》することもない。

扉を蹴《け》り開ける。そこにいる粛清対象数人の姿を確認して、シルヴィは言い放った。

「ルート72所属、ローレンス・エルミね？　あなたを粛清するわ」

相手の怒声よりも先に、シルヴィは銃弾を放った。

かつての令嬢は、今宵《こよい》も人様に向けて引き金を引く。

それはいつしか戦士たる彼女の常となっており——今となっては、その手が震えることなどめったになくなっていた。

＊

粛清対象たちの行動は迅速といってよかった。

シルヴィたちが奇襲したとき、たしかに一瞬の硬直はあった。しかしそれは決定的なフリーズではなく、ゆえにシルヴィが出会い頭に銃撃することができたのも二人までに留まった。

ターゲットを除いて敵は九人。事前にモニターで確認した通りだ。ローレンス配下の五名が並び、闇市《やみいち》ビル側の店主とガードナーが二名。店側の抱える戦力は事前情報がないが、どうせたいした相手ではないとシルヴィは判断する。

「──中央……！」

だれかが──おそらくはローレンスが声を上げた。

「連ッ盟だと────ッ!?」

スコープを使用しない腰撃ちでシルヴィは二発発砲する。ダ、ダンッ！　と発射された弾《たま》は警備員二人の胴にそれぞれ命中した直後、その体内で小爆発を起こした。

シルヴィの愛用するホローポイント弾は、弾丸内の稀少な塵工《じんこう》火薬が起爆することで、対象を確実に殺傷する設計をしている。

「うぉぉぉぉッ!?」

悲鳴を上げたローレンスはみっともなく、転がるようにして柱の陰に隠れた。そのタイミングで、ローレンスの部下たちが銃を抜いた。

連盟職員が応戦する。

エレベーターホールに、大量の火花が散った。

「店主、てめぇッ！　この俺様を謀りやがったか!?」

柱の陰から、ローレンスが取引相手に向けて怒号した。

「俺は──俺はなにも知りませんよ、ミスター・エルミ！　粛清官《しゆくせいかん》が、ここに来ていたなんざとても！　大体、うちの警備の連中は」

店主は言い切る前に、着用する趣味の悪いマスクの側頭部に弾丸の風穴を空けて、あっけなく倒れた。

連盟職員たちの射撃が、敵を次々と撃ち抜く。こちら側には、高価な塵工《じんこう》素材で作られた高性能のライオットシールドがある。この距離、この規模の銃撃戦ならば負ける道理はない。

残り四人。

ぬるいな、とシルヴィは思う。やはり小物には違いあるまい。厄介事があるとすれば、ローレンスの主力護衛だけだろう。

「くそ、くそぉっ……！　んなところで、この俺がくたばってたまるか……！」

悪態をついて、ローレンスは部下に向けて叫んだ。

「グレイザー兄弟、やれるな!?　守れよ!?　死ぬ気で俺を守れよッ!?　絶対だぞ!?」

「わかっていますよ、ボス。危ねえんで、そっから離れないでくださいよ」

ローレンスの二名の側近が前に出る。

シルヴィは相手の出方を窺《うかが》った。一見の雰囲気から、ほかの者とは異なり、戦闘経験に富んだ相手と判断したからだ。

「粛清官《しゅくせいかん》か、おもしれえな。……おい兄者、前に獲物を譲ってやったのを忘れちゃいないだろうな。こいつは俺にやらせてくれよ」

「しょうがねえな。油断すんなよ」

グレイザー兄弟という側近は、まるで鏡合わせのように似た二人だった。両者とも巨漢であり、同じデザインのスーツを着て、同じデザインのマスクを被《かぶ》っている。

兄弟の片割れが首元に手を伸ばすと、マスクの後頭部に隠されたスイッチを押した。

途端、周囲に黒い靄《もや》のようなものが立ち込めた。

連盟職員たちが恐怖する。

「や、やはり、砂塵《さじん》能力者……！」

職員の一人が慄《おのの》きながらもアサルトライフルを連射する。

それと、相手が全身から溢《あふ》れ出す粒子を操ったのはほぼ同じタイミングだった。赤黒い粒子群が床に張り付いたかと思った直後、フロアが大きく隆起する。

次の瞬間、大理石の床が変形して兄弟の前に塞《ふさ》がり、ライフルの射線を防いだ。

「効くわけねえだろうが、んな豆鉄砲が……！」

グレイザーは、あざ笑うかのようにそう言った。

砂塵能力の行使。

砂塵粒子は、その別名を万能物質という。理論上、この世に存在しうるすべての事象を起こせるとされる神性の粒子から、ある種の人々はひとつだけ、己の異能力を引き出すことができる。

そのための触媒となるのが、人体の頸部《けいぶ》に宿る黒晶器官《こくしょうきかん》だ。砂塵粒子を詰めた注射機——

インジェクター装置から黒晶器官《こくしょうきかん》に砂塵《さじん》粒子を注入して、自分特有の能力を持つ砂塵粒子を排出して操作する。

それが、この世を統《す》べる砂塵能力者たちの力だ。

（この人の能力は――石質の再構築？　どうやら質量は変わらなさそうだけれど）

変形したフロアを見て、シルヴィは相手の能力を観察する。

悪くない能力だ。汎用性が高く、特に室内戦では重宝する能力だろう。

彼らの本分はボディガードだ。周囲に石質の物があるときは、今見たように弾丸程度の攻撃ならば容易に雇い主の身を守ることができるわけだ。

「おらよッ！」

相手が腕を振るうと、それに合わせて砂塵粒子が舞った。グレイザーの放つ砂塵粒子が床を高速で這《は》い、シルヴィたちの足元に達する。

次の瞬間、床が鋭利に尖《とが》り、数多《あまた》の棘《とげ》となってこちらに襲いかかった。

シルヴィは咄嗟《とっさ》に職員の身体を押して逃がすと、自分もその場から跳ぶようにして離れた。

棘の先端がシルヴィの着るコートの布を切り裂く。

思った通りだ。この相手の能力は防御ばかりではない。十分に武闘派の砂塵能力者として食っていける芸当といえる。

「しゅ、粛清官《しゅくせいかん》殿……！」

職員が狼狽《うろた》えるが、シルヴィは冷静だった。

「慌てないでください。わたしが対処します」

なにも問題はない。自分一人で十分に狩れる相手だ。

「どうした？　来いよ。まさか天下の粛清官が、非砂塵能力者《ブランカー》ってわけがねえだろう？」

グレイザーは挑発するようにそう言った。

その通りだ。粛清官とは、この偉大都市《いだいとし》でもっとも暴力に秀でる者たちを指す。

今度はこちらが手の内を見せる番だ。

前傾に構えて、シルヴィは間合いを詰めた。相手との距離が若干遠く、自身の能力の範囲内にいるかどうか確信が持てなかったからだ。

シルヴィは首元に手を伸ばして、もっともいいタイミングを模索する。コンマ数秒の後、相手がふたたび腕を振るった。その軌道に沿うようにして砂塵粒子が飛散した瞬間、シルヴィもインジェクターを起動した。

頸部《けいぶ》に針が刺さる感覚。シルヴィは鋭い痛みを覚えたが、その足を止めることはなかった。

次の瞬間――グレイザーにまとわりついていた粒子が消え失せた。

パッと、まるでそれが白昼夢だったかのように。

「なっ――!?」

相手の動揺が伝わった。スライディングしていたシルヴィは、その不安定な姿勢のままトリガーを引いた。相手の心臓部を狙《ねら》った一発が着弾する。一拍置いてからの弾丸の小爆発と同時に、シルヴィは距離を詰めきって素早く相手の足を払った。

兄弟の片割れが、慌てた様子でインジェクターを起動したが、そのときにはもう遅かった。倒れた背に向けて、シルヴィはすかさずとどめの弾《たま》を撃ち込む。

近距離の大口径銃撃が、容赦なく相手の息の根を止めた。

薔薇《ばら》の花を散らしたかのような銃創から鮮血が飛散して、シルヴィの被《かぶ》る白犬マスクの頬《ほお》をべっとりと赤く濡《ぬ》らす。

速攻の決着——

シルヴィのインジェクターの起動から、数秒と経過しない内の顚末《てんまつ》だった。

(これで、残るは一人……)

針の刺さる頸部《けいぶ》がズキズキと痛んで自己主張するが、気にかけている暇はない。

「粛清官《しゆくせいかん》……。てめぇ、なにした……？」

残った片割れがそう話しかけた。

「インジェクターが二人同時に故障なんざ、どう考えてもありえねぇ。こりゃ、いったいどんなからくりだよ？」

「答える必要はないわ。……という風に、こうして答える必要もないのだけれど」

「まあ、そりゃそうだよな。てめえで手の内を明かすバカなんざ、この偉大都市《いだいとし》のどこにもいやしねえ」

相手がわからないのも無理はない。

シルヴィの持つ砂塵《さじん》能力は、特異を極めたものだ。

周囲の砂塵粒子の、完全消失。

シルヴィの前では、あらゆる砂塵能力者が能力者として戦うことを禁じられる。

この力が可能とするのは、対能力者戦の比類ない奇襲性だ。なぜなら、いかに歴戦の兵士であろうとも、シルヴィの持つ特異な砂塵能力を予見することはできないからだ。

残ったほうはどうもしたたからしい。本当の兄弟なのかは知らないが、情に左右されず、あまつさえマスクのなかで笑ったようだった。

近接格闘戦《インファイト》の距離。相手はハンドガンを放り捨てると、柄の長いダガーナイフを抜いた。

「弟分の仇《かたき》だ。苦しませて殺してやる、粛清官」

（いい切り替えね。優秀な兵士だわ）

シルヴィは内心で相手を賛辞する。

不測の事態ばかりの対砂塵能力者戦において肝心なのは、相手の能力を事前に読むことなどではない。大切なのは、想定外の出来事が起きた際にも即座に対応して立て直すことだ。

先に動いたのは相手だった。逆手に構えたナイフでこちらの喉元《のどもと》を刺突しようとする。

それはたしかに、手慣れた者のナイフ捌《さば》きには違いない。

だが、

（うん。——あのひとより、数段遅い）

相手の一歩ないし二歩踏み込んだ攻撃に、シルヴィは冷静に対処法を見定めた。日常的に目にしているパートナーの近接戦闘術に比べると、グレイザーの攻撃はまるで止まっているかのようにさえ感じる。

（避けるのは容易《たやす》い。でも）

今は、なによりも迅速な決着を望んでいる。

咄嗟《とっさ》の判断で、シルヴィのほうも相手に詰めた。たんっ、と踏んだ迷いのないステップの後、ライフルの銃床部分に深く掘られた溝で刃物を受け止めると、そのまま受け流すように払う。

粛清官《しゅくせいかん》流のカウンター——！

「なに……!?」

その常識外れの反撃に、グレイザーは驚愕《きょうがく》した。

銃の溝に挿し込まれたナイフが、回転に伴って円を描くようにしてグレイザーの手から離れる。代わりに、彼の腹部には零距離でライフルの銃口が向けられた。

「——さようなら」

それだけ告げてシルヴィは発砲する。が、相手の反応は早かった。咄嗟に身体を捻《ひね》ったグレイザーは、間一髪のところで急所への一撃を逸《そ》らす。

代わりに、その横腹を銃弾が貫いた。

「ぐッゥ……！」

バタタ、と血液の塊が床に溢《あふ》れる。グレイザーにとって幸運だったのは、着弾後に炸裂《さくれつ》する殺人弾丸が、角度の関係から体内に留まらずに貫通したことだろう。

致命傷ではない。が、決して浅い傷でもなかった。

シルヴィはそのまま畳み掛けることに決める。奪い取る形となったダガーを使用して、グレイザーの首筋に袈裟《けさ》斬りを見舞う。

しかし——さすがの歴戦か、それさえも相手は避けた。重傷を負ったとは思えない機敏さで退くと、グレイザーはローレンスの隠れる柱の傍《そば》に寄った。

シルヴィは銃撃の追い打ちをするか迷う。が、ターゲットの位置が近くて中断した。万が一跳弾でもして殺してしまったら大失態だ。弾倉を取り出してリロードするに留める。

「クッ……ハ、ハッハッハッ！」

手負いの傭兵《ようへい》が高らかに笑った。ドクドクと血を流す腹部を押さえながら、興味深そうにシルヴィの立ち姿を見つめて言う。

「強え、な。いや恐れ入ったぜ、粛清官。内心、女だと思って油断していたが、こいつは俺が悪い。ク、ククク……」

「グレイザーッ！　てめぇ、なに笑ってやがる！」

柱の陰から顔を出して、ローレンスが甲高い声で喚《わめ》いた。

「大口叩《たた》いたくせに死にかけやがって……！　俺がてめぇに月いくら払っていると思ってやがる!?　あぁ!?」

「よお。見たかよ、ボス？　あの女、バットストックで俺のナイフを止めやがった。悪い冗談だぜ」

「見てねえよ、バカが！　つーかお前、なんで砂塵《さじん》能力を使わねぇんだよ！」

「使わないんじゃねえ、使えねえんですよ。俺も、こんな相手は初めてだ」

「言い訳はどうでもいいッ！　いいから俺を、俺を、俺を守れ！　あいつを殺せぇッ！」

「あぁ、わかっていますよ――てめぇの飯の種は、俺はよぉくわかっているつもりだ」

グレイザーは静かに答えた。イラついているようだった。

「俺は傭兵《ようへい》で、それがどれだけ間抜けな雇い主でも、金を払う以上は命懸けで護衛するのが仕事だってことは、この世のだれよりもよく理解している。――だからボス、ケースを」

「あ？　ケース……？」

「あんたを逃がすから、アレを使わせてくれと言っているんですよ。どうも、それしか方法がねえ」

「だ、だが、グレイザー」

「――助かりたけりゃあ、早くしろッ！」

相手の剣幕に、ローレンスは慌ててアタッシュケースを開くと、その中身をグレイザーに放り投げた。

(あれは……!)

シルヴィは目を見開く。

ローレンスが投げたのは、緑色の液体が詰まった注射器付きのカプセルだ。それは砂塵粒子の注入に使用するインジェクター装置と似ているが、非なる物であることはすぐに理解できた。

カプセルを受け取ると、グレイザーはこちらに向き直した。

「よぉ、連盟の飼い犬ども。挨拶《あいさつ》もなしにドンパチはじめやがってよ、行儀が悪いとは思わねえか?」

「どうかしら。少なくとも、あなたたちにマナーを言及されたらおしまいだとは思うけれど」

シルヴィの涼しげな返答に、グレイザーは鼻で笑った。

「はっ、言うじゃねぇか。……だが、雇われの俺にも、てめぇらの目的はわかるぜ。このクスリ、なんだろ?」

グレイザーは液体の詰まったカプセルを勢いよく大腿部《だいたいぶ》に突き刺した。

「今から見せてやる。こいつを使うとどうなるのか、じっくりとな……!」

ドクン、とグレイザーの身体が大きく躍動した。メキリ、メキリと周囲に異様な音が響いて、もともと大柄だったグレイザーの肉体が、みるみるうちに肥大化していく。

「グ、ググゥッ……ウゥ、ウゥウゥ……ッ！」

唸《うな》り声を漏らして苦しむグレイザーに、連盟職員がうろたえた。

「しゅ、粛清官殿《しゅくせいかん》！　あれが噂《うわさ》の、〈覚醒獣《かくせいじゅう》〉……！」

「ええ、どうやら」

シルヴィも、実際にそれが使用されているところを見るのは初めてだった。

塵工《じんこう》麻薬、覚醒獣。

それは現在、彼ら麻薬組織の手によって偉大都市《いだいとし》の裏社会に広く普及している特別な薬だ。

麻薬といっても、覚醒獣には使用者に快楽物質を与える効用はない。戦闘用に特化した効能を持つ特殊な劇薬であり、中央連盟の定める違法塵工物のカテゴリーでは『武器』に分類されている、極めて危険な代物である。

「――掃射を」

シルヴィがそう指示を下す。職員たちがグレイザーに向けて一斉に射撃した。ばらばらと薬莢《やっきょう》が散らばり、白い硝煙がエレベーターホールを包む。

シルヴィが手応えを感じたのは、飛び散る液体音をしっかりと聴き取ったからだ。血が飛散したということは、間違いなく着弾しているはずだ。

しかし、硝煙が晴れたとき――

「……！」

シルヴィは目を見張った。それは、ただグレイザーが倒れていなかったからではない。

相手が、異形の姿に変身していたからだ。

破れたスーツから覗《のぞ》く肌には、異様な体毛が生え揃《そろ》っていた。何倍にも膨らんだ四肢の先端からは、得物を切り裂くのに適した強固な爪《つめ》が伸びており、ホールの照明を反射してキラリと光った。

「……さながら、旧文明のお話に出てくる狼《おおかみ》人間ね」

思わず、シルヴィはそうつぶやく。

これほど凄《すさ》まじい効果の塵工麻薬など、めったに聞くものではない。

（これこそ、面妖《めんよう》というのかしら……）

人の獣化。

それこそが〈覚醒獣〉のもたらす効用だ。

獣と化したグレイザーは前傾姿勢をとって、その異常に隆起した背筋をこちらに見せつけていた。大型の野生動物のような腕からは出血が見られる。獣化によって得た厚い筋肉の壁が、掃射の雨をすべて受け止めたようだった。

「粛清官殿、わ、我々はどうすれば……！」

「方針は変えません。あなたがたは下がって援護射撃を」

「は、はっ！」

伏せていたグレイザーがマスクを上げた。ふしゅる、と吐いた白い息が周囲に漏れる。

「グルゥゥゥ……ク、クク、……よし、再開だ。連盟の飼い犬ども」

後ろ足にギリギリと力を溜めると、グレイザーは跳ぶようにして襲いかかってきた。

両腕を前足に見立てた四足の走法は、その速さも相まって、並の兵士にはまさしく獣の疾走にしか見えないだろう。

だが、シルヴィは異なる。天性の動体視力を持つ彼女にとっては、動く的も動かない的も大差はない。

シルヴィは冷静にライフルを構えた。観察するに、射撃はまったく効いていないわけではない。ただし、急所以外はたいした足止めにならないようだった。

（それなら、狙《ねら》うべきは——）

筋力によって強化されようのない部位だ。

相手の額に照準を定めて、シルヴィは引き金を引いた。

グレイザーが野獣の腕を振るった。鉄と鉄がぶつかりあうような鋭利な音が響く。大型の肉食獣が持つ巨大な爪《つめ》が、弾丸を空中で弾き落としたようだった。

「気に、入らねえ……ッ！」

すかさず第二射を構えていたシルヴィを、しかしグレイザーは無視した。

「気に入らねえよなあ――後ろの、安全地帯の野郎どもッ！」

グレイザーは直前で方向転換すると、シルヴィの背後に回って、長い爪を振りかぶった。そのまま、連盟職員の身体をズバリと縦に切り裂く。

「ひィィギィ……アァッ！」

鋭い断末魔に、グレイザーの獣の唸《うな》りが被《かぶ》さった。

「楽しいかよ？　強者《つわもの》の後ろでぬくぬく遊んでいてよぉッ！」

「ひっ……ひぃぃっ！　よ、寄るなぁっ！」

怪物を間近にした職員が腰を抜かす。グレイザーは二人の連盟職員を同時に抱きしめるようにして爪を突き立てた。鋭利な一本一本が身体深くに突き刺さり、辺りを鮮血が汚す。

相手が腕のなかで絶命したことを確認してから、グレイザーはゴミでも捨てるかのように職員の身体を放った。

「グハハ……！　所詮、非砂塵能力者《ブランカー》どもの慰み物と敬遠していたが……いいぞ、このクソアマは！　力が、段違いだッ！」

獣が、ゆっくりとシルヴィのほうを向き直した。

ほんのわずかな間の対峙《たいじ》――

その直後、グレイザーは豪腕を振るった。

「こいつは、止められるかよ――粛清官《しゅくせいかん》ッ！」

シルヴィの脳裏に、いくつかの選択肢が過《よぎ》る。

距離を詰められすぎた。銃の迎撃は悪手だ。リーチの長さと切り返しのスピードの想像がつかない以上、あまり安易な回避行動も取りたくない。

だとすれば、最適解はおそらくひとつ。

ふっ、と軽く息を吐く。シルヴィはその場に低く屈むと、ライフルの側面にあるトグルを引いて、地面に突き刺すようにして縦に構えた。ガシャンッ！　と重たい音がして、シルヴィの愛銃が秘める隠し機構が姿を現す。

内蔵されていた隠し刃が、銃口に沿うようにして出現した。

カモフラージュされた銃槍――それはワンデバイスで近遠距離に対応する、取り回しに優れた特注の長銃である。

グレイザーが銃の変形に気づいたときには遅かった。相手の攻撃の軌道を正確に読んで、ただそこに置かれただけの鋭利な刃物が、グレイザーの拳《こぶし》を一刀両断していた。

「んな、ば、かな……」

グレイザーが絶句する。引き裂かれた自らの腕が赤い中身を晒《さら》し、肉がべろりと垂れるのに目を釘付けにしながら。

シルヴィは間髪入れずに銃槍を持ち直すと、くるりと手中で回し――一歩だけ踏み込んで、躊躇《ちゅうちょ》なくグレイザーの心臓部を突き刺した。刺突の感触が人肌を貫いたものではないことに、シルヴィは気づく。刃物越しに伝わる肉の硬さは、まさしく獣の皮膚の強張《こわば》りに近い。

「これ、が……粛《しゅく》、清官《せいかん》かよ……」

がふっ、とグレイザーがマスクのなかで血を吐いた。

「はっ。化け物が……」

そう言い残すと、ズシンと重たい音を立ててグレイザーが倒れた。

獣人の死体を眺めて、シルヴィは思う。

(──わたしが化け物？　だったら、ほかの粛清官は──あのひとは、いったいなんなのよ)

今日バックアップについた連盟職員も、シルヴィを見て似たようなことを口にしていた。彼らの亡骸《なきがら》も、グレイザーのすぐ傍《そば》に臥《ふ》せている。

粛清官は、毎日のようにこういった修羅場を越えている。

この世界では、いつだって弱い者から死んでいく。それこそ野生に棲む獣の世界か、あるいはそれ以上に、弱肉強食の鉄則に縛られている。

職員たちはグレイザーよりも弱いから死んだ。

グレイザーはシルヴィよりも弱いから死んだ。

そして自分は、おそらくだれかより──

諸々思うことはある。が、今はまだ仕事の真っ只中だ。考えるのは後でいい。

「……っ！」

戦闘の熱が冷めると、首が強く痛んでいることに気づいた。シルヴィはスイッチを押してインジェクターを解除する。頸部《けいぶ》に刺さっていた針が抜けて、痛みが徐々に引いていく。

シルヴィは歩を進めた。この場に、もはや生き残りは二人しかいない。

ローレンス・エルミが砂塵《さじん》能力者ではないことは明らかだ。仮に能力者だったとしても、戦闘や逃走に使えるたぐいのものではないだろう。

柱の陰で、ローレンスは錯乱ぎみに一人で悪態をついていた。

「ああ、ああ……まさか、グレイザー兄弟が殺られるなんて……クソ、夢だ！　ああそうさ、こいつは全部悪い夢に決まっている——全部、全部だッ！」

「ローレンス・エルミ。大市法と粛清官《しゅくせいかん》特権に基づいて、あなたの処理はわたしに一任されているわ」

シルヴィは粛清官のお約束の文言を述べる。中央連盟の敷く偉大都市《いだいとし》法令、略して大市法に許される逮捕権を持っているのは、中央連盟の所属人だけだ。

ローレンスはあからさまに怯《おび》えると、虚勢が丸出しの態度で叫んだ。

「お、俺はなぁッ！　ルート72の幹部だぞ！　その俺に手ぇ出すってことは、血の報復を受けることになるってことなんざ、そこらの浮浪者のガキだって知っていることだろうがッ！」

シルヴィは返答せず、白犬のマスク越しに、ただ威圧的に相手を見つめた。

「ぐ、うぅ……クソ！」

床に這《は》いつくばるローレンスは、傍《そば》に落ちている拳銃に手を伸ばそうとした。

シルヴィが銃槍を素早く振るう。すぱりと、ローレンスの手の甲に一閃《いっせん》の傷が走った。

「痛って……！」

「──無駄な抵抗はしないで。意味がないから」

携帯端末を取り出そうと、シルヴィは外套《がいとう》の内側に手を伸ばした。ローレンスたちが逃走したときの保険のため、退路で待機しているパートナーに連絡する必要がある。

「先に宣告しておくわ。中央連盟が欲しているのは、あなたの命ではないの。わたしたちが求めているのは、あくまであなたの持つ情報よ。だから、あなたの情報源としての価値次第では即時の粛清はしないわ。わたしの言っている意味はわかるわよね？」

「……この俺に、ルートの情報を漏らせってのか？　はっ、バカが！」

絞り出すような笑い声を上げて、ローレンスが言う。

「ルート・ファミリーはな、決して密告しねぇんだよ。なぜなら、それが唯一最大の掟《おきて》だからだ……！」

「そうかしら？　わたしの考えは違うわ。あなたみたいな臆病《おくびょう》な殿方は、味方のいない場所でほんのちょっとでも痛い思いをすると、すぐに心細くなって知っていることはなんでも教えてくれるのよ。この場で試してみる？」

シルヴィは銃槍を相手の喉元《のどもと》に突きつけた。

「答えなさい。覚醒獣《かくせいじゅう》の製造者はだれ？　その人はどこにいるの？」

先端が突き刺さって、真っ赤な血を一筋垂らした。

数秒経っても、ローレンスはなにも言わなかった。

「まあ、いいわ」

シルヴィは銃槍を下げる。

脅迫も拷問も自分は不得手だ。なにより、ここで今すぐに行う必要もない。

「ローレンス・エルミ。詳しい話は後にして、まずはわたしと――」

そのとき、シルヴィはふたつの違和感に気づいた。

ひとつは、先ほどから一貫して騒がしかったローレンスが急に静かになったこと。

もうひとつは、ローレンスがこちらを――いや、こちらの背後に対して、マスク越しの目線を釘付けにしていたことだ。

影が落ちていた。ホールの天井に吊るされたシャンデリアの光を遮断する、大きな影が。

自分の背後に、だれかいる。

低い、獣の唸《うな》り声がした。

「グルゥ……油断、したな……！」

（こ、この人、まだ生きて――！）

胴部から夥《おびただ》しい量の血を流しながら、殺したはずのグレイザーがすぐ背後に立っていた。

左手の強固な爪《つめ》を構えて、今にもこちらに振り下ろそうとしている。

まさしく、それは油断だった。

覚醒獣の薬の持つ最大の効用は、どうやら筋力の向上でも反応速度の上昇でもないらしい。

それは圧倒的な生命力を得ることであり、確実に息の根を止めねばならない相手なのだということを、シルヴィはこのタイミングで知ったのだった。

この、あまりにも遅すぎるタイミングで。

「粛清官《しゆくせいかん》……今度こそ、こいつは止められるかよ……ッ!?」

そして、グレイザーの最後の一撃が見舞われる――

「えっ」

――ことは、なかった。

シルヴィの眼前で、ひゅんひゅんと剣先が踊る。

彼女の目が捉えることができたのは、光のような刃の軌跡だけ。神速のカタナ捌《さば》きが、グレイザーの巨軀《きよく》を切り抜いた残像だけだ。

腕を掲げたまま一切の動きを制止させたグレイザーが、次の瞬間にバラバラといくつかの部位に分かれて崩れた。

今度こそ倒れたグレイザーの背後に、よく知る人が立っていた。

「――無事か、シルヴィ」

黒犬のマスクを被《かぶ》った人物だった。漆黒のぴったりとした戦闘服を身にまとう、やけに小柄な身体が、大の男でも手に余るような大振りのカタナを携えていた。

シン・チウミ粛清官《しゅくせいかん》。

シルヴィのパートナーを務める、若手の粛清官である。

「ふむ。どうやら目立つ外傷はないようだな」

シンはこちらを上から下まで眺めて、そう口にした。ホール内に機械音声が響く。シンのマスクには特殊な機能が追加されており、マスク越しの声が機械音に変換される仕組みだった。

シルヴィは驚いて声を上げた。

「あなた、どうしてここに……！　裏を張っているんじゃなかったの？」

「そうしていたが、やけに時間がかかっているようだから様子を見にきたんだ。だが、どうやら正解だったようだな。危ないところだった」

そんな歯に衣着せぬ言い方にカチンと来る。

シルヴィは銃槍の変形トグルを引き、刃物をしまいながら言った。

「わ、悪かったわね。この程度の相手に手こずるようなパートナーで」

「なにを言う？　手こずるどころの話じゃない。一歩間違えれば、今の反撃で殺されていたところだ。シルヴィ、これはいつも言っていることだが」

「わかっているわよ。『とどめを刺す前に目を離すな』でしょう。でも、今のでやられること

はなかったわ。相手の動きは視《み》えていたし――」

「視えていても対処できる間合いではなかっただろう。到底、回避がかなうリーチではなかった。かといってお前の力で攻撃が受けられる相手でもない。最低でも深手を負う羽目にはなったはずだ。違うか?」

ぐうの音も出なくて、シルヴィはマスクのなかで下唇を噛《か》んだ。相手の言う通りだ。あの瞬間肝を冷やしたのは、回避も迎撃も失敗する可能性が高いと直感したからだ。

第一、この失態が百パーセント自分のミスだということはよくわかっている。

「シルヴィ。無論だが、これは決して叱責《しっせき》などではない。お前の命はお前だけのものなのだから、責任だってお前の責任だ」

こちらよりほんの少しだけ低い目線から見つめて、シンが言う。

「ただ、これだけは約束してくれ。――次から、油断だけはしないと」

「ええ、わかっている。いえ、……わかったわ」

「それならいい」

シルヴィは恥じ入って顔を伏せた。

こういったやり取りは初めてではなかったからだ。パートナーを組んでからというもの――あるいは組む前からも、彼にはつまらないミスで迷惑ばかりかけていた。

マスクの下の隠れた目線で、シルヴィはパートナーの様子を窺《うかが》った。

その正式な名は、旧文明的な字体《フォーマット》で書けば、地海進警肆級粛清官《ちうみしんけいよんきゅうしゅくせいかん》という。

粛清官の名を冠して日は浅いが、それでもシンが挙げた功績は著しい。彼が主導する捜査で、凶悪犯罪者として知られる反社会勢力をすでに何人も粛清している。

パートナーであるシルヴィは当然彼とともに仕事をしたが、正確にそれぞれの働きを記した粛報（粛清報告書）の内容を鑑みて、前半期はシンの昇級のみが妥当とした監査部の判断は正しいと思っていた。

グレイザーの斬殺《ざんさつ》死体を眺めながら、シンがたずねる。

「シルヴィ。お前が相手をしていたということは、こいつの奇妙な身体は砂塵《さじん》能力ではないのだろう。とすると、例の薬によるものということか？」

「え、ええ。それが、覚醒獣《かくせいじゅう》の効用みたい。見ての通り、身体構造の明らかな変異に加えて、筋力上昇、機動力向上……それに、どうやら異常な生命力を得るみたいね。なにせ、心臓を刺しても動いたもの」

「ふむ。……お前が戦闘した所感は？」

「そうね。単体なら、そこまで厄介というわけではないわ。特にあなたなら百回やって百回勝つと思う。それでも、非砂塵能力者《ブランカー》の雑兵が実戦レベルでこれだけ強化されるというのは驚異的ね。複数を同時に相手することもあるでしょうし」

シンは納得するようにうなずいた。妥当な分析だと思ったらしい。

「この薬、現物はあるのか?」

「そこよ。ローレンス・エルミが持っていたアタッシュケースのなかに、おそらくまだあるはず」

二人が視線を向ける。と、そこには四つん這《ば》いになってこの場から脱出しようとしているローレンスの姿があった。

「クソッたれ……っ!」

見つかったことに気づいたローレンスが駆け出す。

シンはダガーナイフを抜くと、手首の動きだけで投擲《とうてき》した。ダガーがローレンスの背広の襟首を器用に巻き込んで、壁にビィンと刺さって彼を固定する。首でも締まったか、「ぐぇっ」と間抜けな声を上げてローレンスは暴れた。

ふぅ、とシンがひと息ついて言った。

「とにかく仕事だな。俺は今からやつに軽く話を聞く。お前は本部への連絡を頼めるか?」

「わかったわ」

シルヴィは首肯する。

ベルズと呼ばれる携帯端末を取り出す直前、その動きを止めた。

いったいなにを呆けているのだか。伝えなければいけないことがある。それを言わずしてこの場を済ませるのは彼女の常識からしてありえないことだった。

「待って、チュ、ー、ミ、ー」

そう声をかけると、シンが振り向いた。

「その、どうもありがとう。助けてくれて。……いつもいつも、不甲斐ないわ」

「べつにいい。次に活かせれば、それで」

バツが悪そうにするシルヴィを見据えて、シンが言った。

「それより、お前はいつまで俺をその名で呼ぶつもりだ？」

「なによ、今さら。好きに呼べっていうから好きに呼んでいるだけよ」

本当に今さらな話だ。出会った当初から、シルヴィは相手のことをそんな変わったあだ名で呼んでいるのだから。

「まあ、べつに俺は構わないがな」
フ、とシンはマスクのなかで一笑した。
その様子を見て、シルヴィはふと半年前の出来事を思い出す。

初めて会ったとき、彼はくすりとも笑うことをしなかった。それどころか、素顔をすっかり覆い隠す、肉親の形見であるマスクをかたくなに外そうとしなかった。

あれからしばらく経って、彼は変化した。今や知人の前では素直にマスクを外すし、シルヴィからすると意外なことで笑いもする。ちょっとした昔話や、最近読んだ本の話さえする。

彼はもう、復讐者《リベンジャー》ではない。かつてのような幽鬼じみた冷たい雰囲気も感じられない。

成長していないのは、自分だけだ。

シルヴィは知っている。自分たちがほかの粛清官《しゅくせいかん》に、影でどう呼ばれているかを。

(不釣り合いなパートナー……)

そんな汚名を晴らしたい一心で、このごろミスが増えていることは重々自覚している。自分の未熟さがもどかしくて、シルヴィはマスクのなかで苦い顔を浮かべた。

完璧を目指しなさい。淀《よど》みのない白。あるいは何にも染まらない黒のように。

脳裏でだれかの声がする。それはこの十年、片時も忘れたことのない家訓だった。

(……なんとかしないとダメよ、アルミラ。どうにかして、彼に追いつかないと……)

「？　どうした、シルヴィ？」

「いえ、なんでもないわ」

シルヴィは白犬のマスクを振って答えた。

「本部に現状の報告と、輸送車の手配を依頼してくる。あなたはその人をお願い」

一定の空中砂塵《さじん》濃度下でなければベルズは機能しない。外気に触れるため、シルヴィはその場を離れた。

ビルの外では、きっともう、夜はすっかり更けている。

1

中央連盟本部、中層階の一室。

シルヴィの目の前で、一人の男が拘束されている。男の背後の大窓から、都市を包む眩《まばゆ》いネオンサインが一望できる。

鮮やかな光彩を瞳《ひとみ》に映しながら、シルヴィはいつか上官が語った言葉を思い出していた。

この街が夜でも明るいのは、暗闇《くらやみ》を畏《おそ》れているからだと。ここは間違えた都市なのだと。

夜、人々は死んだように眠り、朝になってようやく蘇って動きだす。それこそが自然で正しい形なのだと。

いつしか偉大都市《いだいとし》の夜が真っ暗になっても安全であるよう奔走《ほんそう》するのが、自分たち粛清官《しゅくせいかん》の仕事なのだと。

だから夜を駆けろ。

偽りの月明かりに白く照らされながら――

シルヴィは考える。奇抜な見た目のパンプキンマスクこそ怪しく感じたが、外見よりもずっと信頼できる人なのかもと思ったのは、就任して初めての言葉がそれくらい真面目だったからだっけ、と。

拘束された男――ローレンス・エルミが言う。

「俺の知っていることは、これで大体話した。これ以上はねえよ」

ローレンスのマスクは外されていた。

現代でも、排塵機《はいじんき》と呼ばれる機械の作動する屋内では、マスクを外すことができる。排塵機が特殊な電波を飛ばして自然発生する砂塵《さじん》粒子を打ち消し、素顔を晒《さら》しても問題のない空中砂塵濃度を保っているからだ。

ローレンスのパーマがかった長髪には脂汗が浮いていた。柄物のシャツには血痕《けっこん》が飛び散っている。だが、目立った外傷はない。シルヴィが窘《たしな》めるように刺した部位を除けば、頬《ほお》が腫れて内出血しているだけだが、それも移送中に勝手に転んだだけのことだ。

「ほかに隠していることはないの?」

「ねえよ！　俺が知っているのは、それだけだ！」

「本当かしら。嘘《うそ》だとわかったら、あのこわぁい黒犬さんをここに呼ぶわよ?」

「ひッ……！　あいつは、あいつだけはやめてくれ！」

ローレンスが怯《おび》える。現場尋問の際、シンによほど怖い目に遭わされたようだった。

二人は、いわゆる良い粛清官《しゆくせいかん》と悪い粛清官を演じることが多い。

冷たい機械音声を放つシンが身体に聞く詰問をした後で、シルヴィが特になにも工夫せずに尋ねると、意外なほどあっさりと情報を漏らす者が多いからだ。

ただしシルヴィの見立てでは、今回シンはなにも特別なことはしていないはずだ。この男が人一倍臆病者なだけだろう。

調べによると、このローレンスという若い幹部は、ボスの古い友人の甥《おい》っ子らしい。彼のような小物がどうして幹部の地位にまで至ったのか不思議だったが、要はコネを利用しただけのようだった。無論、こちらからすると助かるタイプの犯罪者といえる。

「ボンボンのなんちゃって犯罪者だとは思っていたけれど、まさかここまで骨がないとはね」

「こ、声に出てんぞ、あんた……」

「あら失礼」

シルヴィは手元のドキュメントをぱらぱらとめくる。

そこには今回の粛清案件の概要が記されている。

覚醒獣《かくせいじゆう》の取り締まり。それが現在シルヴィたちが担当している案件の目的だ。

その危険な塵工《じんこう》薬物が出回ったのは、今より数カ月ほど前のことだった。

何者かの手によってなんの前触れもなく出回り始めたその塵工麻薬は、偉大都市《いだいとし》の裏社会に多大な影響を及ぼした。

理由は単純。それは、このクスリがただの銃器よりも遥かに強力な武器だったからだ。

『塵禍《じんか》』以降、人類に砂塵能力《さじん》が与えられたとはいっても、すべての者が能力者になれたわけではない。体内に砂塵粒子を採りこんでも砂塵粒子を排出できる人間は、全体の三、四割程度と言われている。残る人々は、古来より変わらぬただの人間だ。

そんな非砂塵能力者《ブランカー》たちでも、覚醒獣さえ使用すれば人外の力を得る。複数人が使用して襲いかかれば、手練《てだ》れの砂塵能力者さえ凌《しの》ぐ戦闘能力を持てるようになるわけだ。

本来、武闘派の砂塵能力者を何人も抱えた小組織は、非砂塵能力者《ブランカー》だらけの大組織よりも武力で優れるはずだった。それは、能力を持たない人間が束になっても砂塵能力者に勝つことはできなかったからだ。

しかし、そんな本来は越えられるはずのない壁を、覚醒獣が壊してしまっている。

要は、組織間のパワーバランスが崩壊したのだ。そのせいで裏社会の抗争は後を絶たず、一般市民にまで波及して問題を引き起こしている。獣人集団の強盗事件など、この数週間でまったく珍しいものではなくなってしまった。

当然、そんな事態を中央連盟が放置しておくはずがない。

早急に、覚醒獣を生み出している砂塵能力者を粛清する必要がある。

これまでの調べで、覚醒獣は偉大都市の大手麻薬カルテル〈ルート72〉が市場流通を担っていることが判明している。

ルート72のトップは、ドン・グスタフという裏社会の重鎮だ。何十年も前、違法組織と中央連盟間で勃発《ぼっぱつ》していた大抗争時代を生き抜いた老兵の男である。

しかし、今回の粛清案件の対象はドン・グスタフではない。無論、グスタフも粛清できるに越したことはないが、目下偉大都市《いだいとし》を騒がせている覚醒獣《かくせいじゅう》の供給を絶つという目的においては、もっとも肝要なのは、それを作っている製薬の砂塵《さじん》能力者の排除である。

旧文明以前の麻薬問題とは異なり、現代の塵工《じんこう》麻薬は特別な能力者が自らの力で生み出している。その人物を消せば塵工物もなくなるという意味ではシンプルだが、逆にいえば、犯罪組織を崩壊させれば事件が解決するわけではないという難点も孕《はら》んでいるのだった。

ルート72が壊滅しようが、肝心の製薬の砂塵能力者に逃げられたとなれば根本的な解決にはならないのである。

現状、覚醒獣の製造者についてわかっていることは多くない。

たしかなのは、製造者が麻薬カルテルの所属者ではないということだ。複数の情報筋が証言するには、ルート72はあくまで販売と流通を委託されている仲介人にすぎない。

つまり、双方は業務提携の間柄ということだ。

カルテルの末端構成員は製造者についてほとんど聞かされていなかったらしく、中央連盟はまず幹部クラスを捕えるための情報収集に力を注いでいた。

初めてその成果が得られたのが、今夜のシルヴィたちによる闇市《やみいち》ビルの粛清だった。

そしてこの日、新たな事実が判明したのだった。


「――やつは、狼士会《ろうしかい》のルーガルーと呼ばれている」

若き幹部ローレンスは、尋問室でそう述べた。

シルヴィは手元の聴取書にその名を書き留める。

「覚醒獣の製造者の呼び名ね？」

「ああ。無論本名じゃねえだろうが、とにかくやつはそんな通称を使っているらしい」

「どんな人なの？」

「あいにく、俺も直接会ったことはねえよ。マスクデザインも知らねえくらいだ。やつと交渉していたのは、ボスとその右腕のマティスくらいだったからな」

「狼士会というのは、ルーガルーの所属組織？」

「所属というより、やつが頭だろうな。まあ、そんなでかい組じゃねぇことはたしかだ」

悪くない情報だ。粛清対象には仲間がいたほうがいい。だれかしらを捕まえれば芋づる式に本丸に行きつく可能性が高くなるからだ。

「だが、狼士会はおそらく手練《てだ》れ揃《ぞろ》いだ」

「どうしてわかるの？」

「うちの組織でもっとも腕が立つのは、今言ったボスの右腕のマティスっつー男なんだが……そのマティスが、当面は対等なビジネスパートナーとして付き合ったほうがいいとボスに進言したのは、連中の物腰を見てのことらしいぜ」

その発言に、シルヴィはひっかかるものを感じた。

当面ということは、遠くない将来、ルート72は状況を変えるつもりということだ。

「……ドン・グスタフは、ルーガルーを捕まえるつもりなの？」

「そりゃ、当たり前だろうが。覚醒獣《かくせいじゅう》は、とっくにうちの超主力商品だ。ボスが製造者の身柄を欲しがるのは当然の話だろ？」

シルヴィは納得する。ルーガルーは、いわば金の卵を産む鶏のようなものだ。今でこそ両者はただの業務提携者かもしれないが、いずれは力ずくだろうがなんだろうが、ドン・グスタフが自分の支配下におさめておきたいと考えるのは至って自然な話といえる。

シルヴィは達筆な筆記体でメモを取る。

ルーガルー率いる狼士会《ろうしかい》と、ドン・グスタフ率いるルート72の衝突。

もっとも都合がいいのは、そのタイミングに便乗して一網打尽にすることだ。

「仕掛けるのはいつなの？」

「詳しい日程は知らねえよ。だが、話自体はかなり進んでいたぜ。気の早いボスのことだ、次の取引時には奇襲でもかけるつもりかもな」

そこで、ローレンスは嘲《あざけ》るように笑った。

「あの〝獰猛《どうもう》のグスタフ〟だぜ？　捕まえるなんて生易しいもんじゃねえ。やつの四肢もいで観葉植物みてえにして、一生インジェクターだけ使わせる気だろうな。はっ、ざまあないぜ」

その恨み節が気になって、シルヴィはたずねる。

「あなた、恨んでいるの？　ルーガルーを」

「ああ？　当然だろ。やつが現れなかったら、俺たちが中央連盟にわざわざ目をつけられることもなかったんだ。俺がこんなザマを晒《さら》す必要もな」

「随分と身勝手な物言いね。あなたたちこそ、覚醒獣の恩恵に預かっていたでしょうに」

「それは否定しねえよ。だが、もともと組織のなかでも意見は割れていたんだ。ルーガルーの取引を受けるべきじゃねえってな」

「どういうこと？　だれがどう見てもいい取引じゃない」

「わかってねえな、粛清官《しゅくせいかん》。だからこそ、なんだよ」

ローレンスは吐き捨てるように言葉を続けた。

「人を化け物に変えちまう塵工《じんこう》麻薬なんざ、だれがどう捌《さば》こうが莫大《ばくだい》な金になる。それをやつは、親切にも買い切り価格で売りつけてきやがった。おかしいだろ？　現に、やつから買った金額の何十倍もの利益が市場から回収できている。ちょっとでも商売のわかるやつなら、考えられねえ大損だ。つまり、狼士会にはなにか裏があるに決まってやがる」

……ルーガルーが、割を食っている？

それはつまり、金銭が目的ではない可能性があるということだ。

興味深い話だった。もう少し話を聞いてもよかったが、ベルズに設定していたタイマーが音を鳴らした。

「十分な情報よ、ローレンス・エルミ。今日はここまでにしておいてあげる」

シルヴィは書類をまとめて立ち上がった。壁に内蔵された受話器を取り、本部の下層にいる職員に連絡する。ちょうど牢獄《ろうごく》行きの輸送車が出たばかりで、一時拘置室に空きができたらしく、この犯罪者の今夜の寝床が決まる。

「なあ、粛清官《しゅくせいかん》よ」

部屋を出る前に、そう声をかけられた。

「なにかしら」

「グレイザー兄弟は、強かったかよ？」

シルヴィは返答に迷った。最後に恥ずべき隙《すき》を晒《さら》した上、もっとも醜態を見られたくない人に助けられた。

グレイザーの心臓を抉《えぐ》った、たしかな感触を思い出す。自分の油断ではあったが、今となっては、彼の傭兵《ようへい》としてのプライドが不可能を可能にしていたのかもしれないとも思う。

シルヴィが答える前に、ローレンスは続けた。

「初めてあいつらを見たとき、こんな強力なボディガードを見つけた俺は、運がいいと思った。だが結果は、今日見た通りだった。つまり、どうやら噂《うわさ》通りらしい。粛清官に出くわしたら、おとなしく両腕を前に出したほうが早いってな」

ローレンスは机に置かれた、自分のファミリーマスクを見やった。

「おまえらに攻めこまれて、うちの組織は終わりだ。……くっくっ、やっぱり疫病神だったな。ルーガルーのクソ野郎はよ」

自嘲《じちょう》じみた笑い声を聞きながらシルヴィは退室する。

ルー・ガルー。

たしか狼《おおかみ》男を指す古い言葉だったかと思うが、いかに旧文明マニアのシルヴィといえど、さすがに定かではなかった。

2

尋問《じんもん》室を出て、シルヴィはその足で目的の部屋に向かった。左腕には愛用の白犬マスクが、右腕には今しがた記録した聴取資料が抱えられている。

その足取りは重い。返り血を浴びた日は、どろりとした疲労感がつきまとう。それを死者の怨念《おんねん》と呼ぶ者もいるが、あいにくシルヴィは現実主義者だ。ただの疲れだろう。

エレベーターを上がり、長い廊下を歩く。そのうち、突き当たりにある第七執務室にたどり着いた。両開きの扉をノックしようとしたとき、扉のほうがひとりでに開いた。

入れ替わるように出てきたのは、二人の男女の粛清官《しゅくせいかん》だった。

顔を見るなり、シルヴィは内心で悪態をつく。

ああ、面倒な相手に出会ってしまった。

「あら。これはこれは、バレト警伍級《けいごきゅう》じゃない。偶然ね」

女のほうの粛清官が、そんなわざとらしい口調であいさつしてくる。

リリス・マリーテル警肆級《けいよんきゅう》。ツインテールに結んだ金髪が特徴的な、同期の粛清官だ。ゴシック風の猫のマスクを腕に携えて、リリスはやけに挑発的な目つきでこちらを見ていた。

「や、やあ。どうも、警伍級」

対照的に、リリスの隣に立つ男はにこやかな笑みを浮かべている。リリスのパートナー粛清官を務める、リッカル・トルテ警肆級粛清官だ。きつねのような糸目を持つ、何年か上の先輩である。

「ええ、おつかれさまです」

シルヴィはそれだけ告げると、ぺこりと会釈をして執務室に入ろうとした。

「ちょっと、待ちなさいよ。自分よりも上の階級を相手にそれだけっていうのはないんじゃない？」

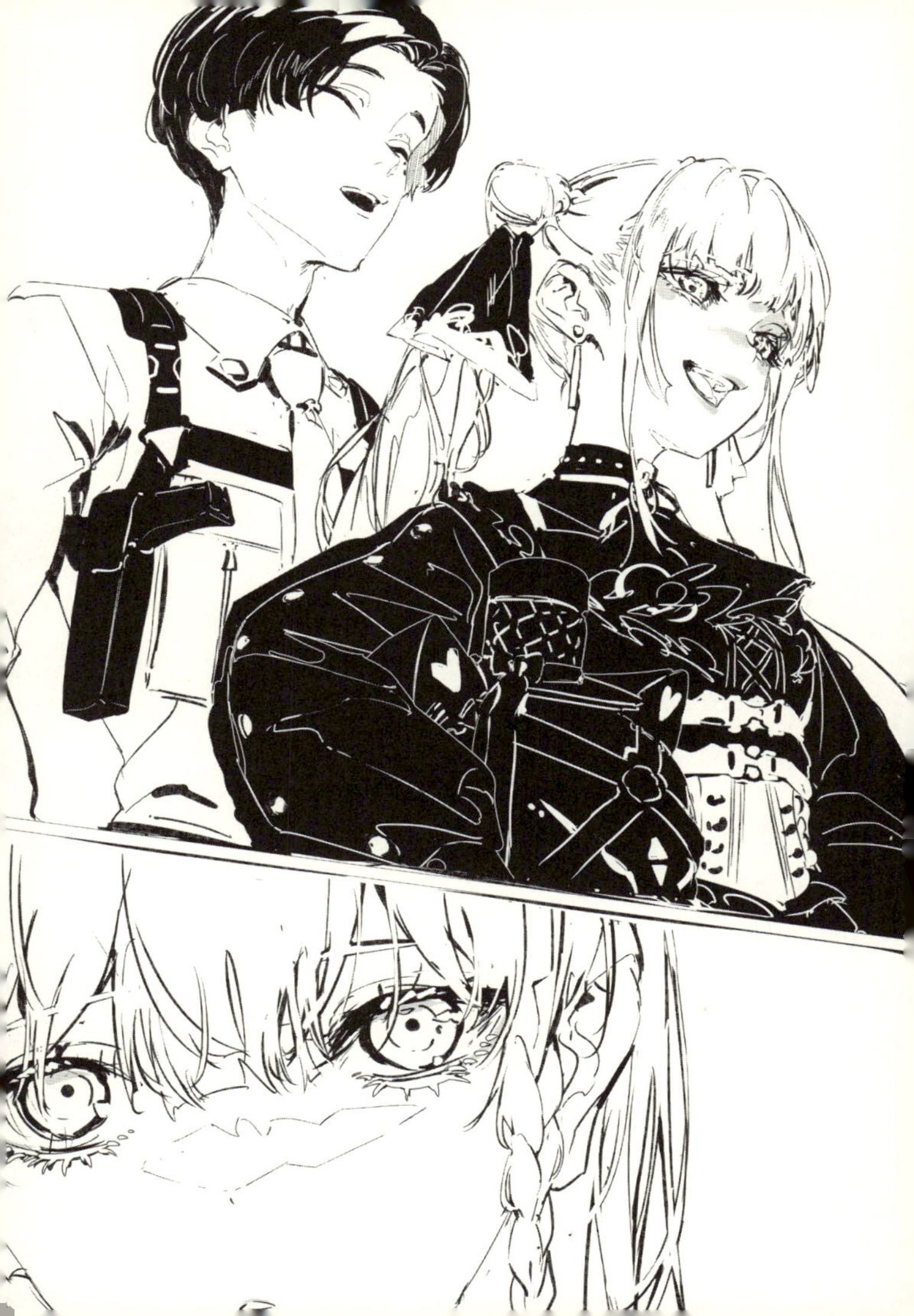

ハア、と聴こえないようにため息をついてシルヴィは立ち止まった。

「あんたもナハト警弐級《けいにきゅう》に報告？」とリリスが聞いてくる。

「ええ、まあ」

「ふーん。ならそっちも仕事だったんだ」

毎日が仕事よ、とシルヴィは思う。極力、シルヴィは自主的な休みを取らないようにしている。少しでも多くの昇級点が欲しいからだ。

覚醒獣《かくせいじゅう》の粛清案件は、シルヴィの直接の上官であるシーリオ・ナハト警弐級が主任担当を務めている。リリスとリッカルは、シルヴィたちと同じく協力要請を受けている粛清官《しゅくせいかん》だ。

つまり、本件に関しては名実ともに仲間と呼べる存在である。

とはいえ、関係が良好というわけではなかった。

特に、このリリスという女粛清官は自分に対してまったく良い印象を抱いていない。

もっとも、その理由は互いにとって自明なのだが。

「それで、どうだったの？　覚醒獣について進展はあった？　――って、これはいじわるな質問だったかしらね。だってあんたのその暗い表情を見れば、なぁんにも成果がなかったなんて明らかだもんね？」

リリスはにやにやとした笑みを浮かべて言った。彼女はシルヴィと同じ十七歳のはずだが、背丈や表情から受ける印象ではずっと幼く見える。

「おいリリス、そういう言い方はよくないって。おれたちみんな今は同じチームなんだから、もっと穏やかに……」

咎《とが》めるようにそう言うリッカルに、

「なによ。あんたは黙ってなさいよ、万年下級官」

リリスは鋭い目つきで言った。気が弱いのか、リッカルはそれだけで委縮する。

「たしかにおれはぱっとしないけど、そんな風に言わなくてもいいだろ……」

「それなら、単に雑魚って呼ばれたい？　いいから、あんたはおとなしく私の後ろで隠れていればいいのよ。いつだってね」

リリスはつまらなさそうにリッカルから目を離した。

それで、どう言い返すの？　と言わんばかりに睨《にら》みつけてくる。

シルヴィは目線を逸《そ》らさずに答えた。

「マリーテル警肆級《けいよんきゅう》。ご期待に沿えなくて申し訳ないけれど、成果はあったわ」

「え……うそよ、あんたが？」

リリスの顔から笑みが失せる。

「な、なんの情報を手に入れたのよ」

「べつにたいしたことではないわ。ルート72の幹部を捕まえたから、彼らの組織の内部事情や、あとは覚醒獣の製造者のちょっとした新情報がわかったくらいよ」

そう答える最中、シルヴィは優越感を抱いていることを自覚して自己嫌悪した。張り合ったら同レベルになってしまうというのに。

「はあ？　幹部？　製薬の砂塵《さじん》能力者の情報？　信じられない。なら教えなさいよ、だれが作っているのよ。あのクスリを」

「それを今から警弐級《けいにきゅう》に報告するのよ。たしかな内容だったら追って伝えられるはずだから、おとなしく待ちなさい」

　情報の錯綜《さくそう》や混乱を防ぐため、シーリオ主任の粛清案件では、いったん彼が一次報告を取りまとめて精査してから、順次全体共有されるという流れ《フロー》を採用している。

　リリスはあからさまに不満そうな表情を浮かべた。もともと幼い顔つきは、唇を噛《か》むとまさしく子供っぽく見える。これで武闘派の砂塵能力者だというのだから、人は見た目によらないものだとシルヴィはつくづく思う。

「ふ、ふん！」

　リリスは腕を組んで言った。

「なによ、まるで自分だけの功績みたいに言っちゃって。どうせ今日の仕事も地海警肆級《ちうみけいよんきゅう》が代わりにやってくれたんでしょ？」

「なっ……」

「いーわよね、あんたは。だって、人任せで努力しなくていいわけじゃない？　パートナー運に恵まれた。たったそれだけのことで、こんなに一気に状況が変わったんだもの。うらやましいったらありゃしない」

図星を突かれて、シルヴィはポーカーフェイスを崩して動揺してしまう。

その様子を見てか、リリスは得意げになって続けた。

「あんただって本当は気づいているんでしょ？　地海警肆級がいなければ、ナハト警弐級はあんたのことなんか自分の粛清案件に加えていないわよ。そもそも、ちょっと前までずっと疎まれていたじゃない」

「そ、そんなこと……」

ない、とは言い切れないのが実情だった。実際のところ、上官は長らくパートナーのいなかった自分に蔑視の目線を向けていた。

今回自分たちが必要とされたのも、シルヴィのパートナーの実力を求めてのことだろう。シルヴィが本日の職務内容を偽らずに記した粛報を提出すれば、その印象はさらに強固なものになるに違いない。

「実際すごいわよね、地海警肆級って。就任からたった一カ月で、あの幽霊左近の粛清が評価されての昇級だったっけ？　いいなあ、あたしも手腕を勉強させてもらいたいくらい」

リリスはそこで、いっそう意地の悪い笑みを浮かべて続けた。

「それで？　なんで現場でいっしょにいたはずのあんたは警伍級《けいごきゅう》のままなのよ？　どんだけ

役に立たなかったの？」

「……っ」

シルヴィはなにも答えられず、ただうつむいた。

数カ月前のことを思い出す。

幽霊左近とは、この数年間、十一番街にある偉大都市《いだいとし》最大の色町〈夜半遊郭《やはんゆうかく》〉に出没していた恐怖の通り魔のことだ。霧の濃い夜に幽霊のように現れて、遊郭で働く花魁《おいらん》たちを辻斬《つじぎ》りする、凶悪な剣豪だった。

その幽霊左近の粛清こそ、シルヴィとシンが正式なパートナー関係になってから、一番はじめに担当を任された大きな事件だった。

あの夜、逃げる粛清対象を単身追い、夜半遊郭の表通りにある人工の川沿いで、シンは幽霊左近と直接対峙《たいじ》していた。

ようやくシルヴィが追いついたときには、二人の剣士はすでに間近で向き合っているところだった。

援護しようとするシルヴィを、シンは手出し無用だとでも言うかのように、わずかな手の動きだけで制した。

相手が居合いの構えを見せた。これまで計四人の粛清官《しゅくせいかん》を返り討ちにしてきたという、幽霊左近必殺の構えだ。

危ない、とシルヴィは思った。

だが次の瞬間、白霊のマスクを被《かぶ》った辻斬りは、すでに地に伏せていた。

自分よりもはるかに小柄な剣士に、逆に斬り伏せられたのだった。シルヴィの常識を凌駕《りようが》する、神速の決着で。

「こいつ、噂《うわさ》ほどではなかったな。――シルヴィ、怪我《けが》はなかったか？」

空に浮かぶ朧月《おぼろづき》と、夜半遊郭のランドマークである五重塔。その下で、カタナに付着した血を払って納刀する黒犬マスクの粛清官の姿に、シルヴィは思わず身震いした。そして、この新しい自分のパートナーは、今後必ずや中央連盟の要となるに違いないと確信したのだった。

どうにかして、この人に追いつかなければいけない。

なんとしてでも、できるだけはやく。

シルヴィの心中にそんな焦りが生まれたのが、幽霊左近の粛清案件だった。

「ねえ、リッカル。あんた、これまで聞いたことあった？　後輩の新人パートナーに階級で抜かされる粛清官なんて」

「いや、その、おれは……」

リッカルは言い淀《よど》んだ。

リリスは返事など求めていなかったらしく、相手の反応を気にせずに続けた。

「あたしはいちどもなかったわ。あはは、だってそうでしょ？　そんな情けない粛清官がいるわけないって、今でもそう思うわ。もし仮に、今目の前にいるって言われても信じられないくらいにはね！」

無邪気な子どものように笑うリリスに、シルヴィはなにも言い返せなかった。

幽霊左近の粛清のとき、あるいは本日の闇市《やみいち》ビル粛清のとき、シルヴィが自分自身を認められる働きができたのであれば、こんな挑発など意にも介さなかっただろう。

だが、現実はいつだってシルヴィに甘い顔はしない。

シルヴィは自分が完璧とは程遠いことを、いやというほど理解している。

だからこそ、リリスの言葉が胸に突き刺さるのだ。痛いほどに。

（……今はマスクを被《かぶ》っていない。これ以上みっともない顔を見せたらだめよ、アルミラ）

シルヴィは目をつむり、ほんの数秒だけ堪《こら》えてから、いかにも平静そうな声で言った。

「ところで、そろそろいいかしら？　ご存じの通り、今から報告があるのよ。それとも、あなたのせいで時間に遅れたとナハト警弐級《けいにきゅう》に報告しても構わない？」

リリスはあからさまに不機嫌そうな表情を浮かべた。挑発の追い打ちでもするつもりだったか、何度か口を開閉させたが、いずれきっと睨《にら》みつけると、

「ふんっ！　恥知らずには嫌味も伝わらないのね！」

と言い、廊下の向こう側にずかずかと歩いていった。

残されたリッカルは気まずそうな顔で、

「その、バレト警伍級《けいごきゅう》。きみもよくわかっているだろうけど、リリスはああいうやつだから、あまり気に病むことはないっていうか」

「いえ、わたしはなにも気にしていませんから」

そこで、シルヴィは相手の様子が奇妙なことに気づいた。

自分と目を合わせないかと思いきや、ちらちらと覗《のぞ》くようにしてこちらの顔を見てくる。

「？　わたしの顔になにか？」

「い、いや！　ごめん、そういうわけじゃ」

リッカルは慌てふためいた様子で、

「そのさ、警伍級。実はおれ、」

「ばかリッカル！　なにぼさっとしているのよ、はやく行くわよ！」

廊下の向こうから怒号が轟《とどろ》いた。リッカルは露骨に肩を落とすと、名残惜しそうな顔をしたまま、ぺこりと頭を下げて去っていった。

シルヴィはため息をつく。

気を取り直すように自身の頬《ほお》をぱしりと叩《たた》いてから、第七執務室の戸をノックした。

3

偉大都市《いだいとし》暦一五〇年。それは、中央連盟という組織が発足してから経過した年月を指す。『塵禍《じんか》』と呼ばれる、人類史上最大にして最悪の事象が起きたのは、偉大都市の建設よりもさらにずっと前の話だ。『塵禍』以前と以後ではなにもかもが異なっていて、具体的になにがどう変化したかについての説明は、どうしたって煩雑になりやすい。

一部の学者には、ポスト塵禍に生まれた者を新人類と総称して、それ以前の人類とは似て非なるものだと主張する者さえいる。それは、砂塵《さじん》粒子を消化するための器官——人体頸部《けいぶ》に宿る黒晶器官《こくしょうきかん》の有無だけではなく、もっと根本的な違いがあるという話だ。

一説によると、今の人類は生まれながらにして強い凶暴性を持っているらしい。

つまり、現代人とは普遍的に悪人である、という眉唾《まゆつば》な説が存在するのだ。過去の人間に比べ、我々はより利己的で、ずっと排他的で、極めて暴力的であることが特徴だと。

この傾向は、砂塵粒子と共生している野生動物たちが、旧文明以前の生物よりも明らかに獰《どう》猛《もう》な性質となっている点からも窺《うかが》える。

かつて人は、主に資材や食材、土地を奪い合った。

今では、人材こそが最上の強奪対象だ。

砂塵能力によって、喩《たと》えではなく実際に黄金を作る人間さえ観測されたことのあるこの世界では、人材という言葉の持つ重みが旧時代のそれとは雲泥の差だ。

たとえば、その人さえいれば鉱物が摂取可能な栄養分に変わる。

たとえば、その人さえいればただの土塊が上質な建築物となる。

たとえば、その人さえいれば水が治癒《ちゆ》効果を持つ薬に変化する。

希少な砂塵能力者を我が物にせんとする利権争いが、偉大都市の内外問わずしてこの世界を包み込んでいる。

これは、かつての理知的で穏和だった旧文明の人々とは根幹から異なる性質だ。

今を生きる新人類は、敷かれた法になど塵芥《ちりあくた》ほども興味はなく、ただ他者の持つ富と才を食い物にしようとして虎視眈々《こしたんたん》と洞穴からこちらを覗《のぞ》きこみ、その牙《きば》を研いでいるのだ。

あたかも、理性の欠如した獣のように。


「――と、大体そんな内容ですかね。この本に書かれているのは」

リィリン・チェチェリィはそう締めると、大判本を机に置いた。表紙には『砂塵粒子、その知られざる悪影響－この地獄から君はどこへ逃げる？－』と書かれている。

はっきり言って、リィリンはこの本に書かれている論説を信じていない。憶測が多く、非科学的で、かつ実証不可能なことだ。第一、旧文明に明るいリィリンは、過去の人類が必ずしも理知的で穏和だったとは思っていない。

「ちなみに、この本の著者はダスト正教の過激派によって殺害されたそうですよ。気の毒とは思いますが、彼らの御神体である砂塵粒子の悪口を堂々と書いたのは悪手だったでしょう。なんといっても、正教の教えでは砂塵《さじん》粒子は神聖な女神様の身体の一部ということにされていますからね」

中央連盟本部の最下層。その奥の隠し部屋のような空間にリィリンはいる。

本棚に敷き詰められた蔵書に、色とりどりの茶葉の詰まった瓶《びん》の並び。旧文明文化の一種で、中華風《シノワズリ》と称される珍妙な骨董品《こっとうひん》。中央の机には、その筋の鑑定人が見れば舌を巻くに違いない、美しいティーセットが広げられている。

燭台《しょくだい》に模した排塵機《はいじんき》の照明が、リィリンの容姿をぼんやりと照らしていた。

年の瀬は十三、四ほどだろうか。丁寧に編んだ髪を団子状にまとめている、息を呑むような可憐《かれん》な少女である。ともすれば病的ともいえるほどに青白い肌が、不思議と彼女を蠱惑的《こわくてき》に見せていた。

リィリンが身にまとう、深いスリットの入ったデザインの衣装は旧文明の装束の一種であり、有識者からはチャイナドレスと呼ばれているものだ。

リィリンはポットから茶を注ぐと、向かいに座る客人に向けてたずねた。

「あなたもいかがですか？　最近、私が考案した新しいブレンドです。良質な塵工《じんこう》茶葉を使っていますから、とてもおいしいですよ」

リィリンの対面の席には、一人の男がどっしりと腰掛けていた。

彼もまた、尋常ではない風体をしている。

座っていても隠せないほどの長軀《ちょうく》。巨大なかぼちゃ型のマスクと、煤《すす》で汚れたローブ。傍《かたわ》らに置かれた巨大な棺《ひつぎ》が、周囲を威圧するような存在感を醸し出していた。

男はかぶりを振って答えた。

「いいや、おれは結構です。どーかオキヅカイなく」

「もぉ、こういうときは断らないのがマナーですよ。それとも、そのトレードマークのかぼちゃマスクを外したくありませんか？　ボッチ」

ボッチ・タイダラ警壱級粛清官《けいいっきゅうしゅくせいかん》。別名〝火事場〟のあだ名で名を馳せる彼は、この偉大都市《いだいとし》でもっとも有名な粛清官の一人である。

ボッチは、その巨大な手を幾度か振って答えた。

「そういうわけじゃありませんよ。ただほら、昼にてめェで作ったまずいソーダをガブ飲みするハメになったんで、しばらくはなにも飲みたくねェだけです」

「ソーダ？　どういうことです？」

「おれの趣味の試作品ですよ。首周りの血行をよくしてインジェクターの負担を軽くする効果があるはずなんですが、こいつがどうにもうまくいかねェ。そうだ、よければ飲んで意見をくれやしませんかね。部下に一ダースほど届けさせますが」

「けっこーですっ！　前にもらったかぼちゃようかんで、あなたの創作料理にはとんと懲りましたから。というか、まずいとわかっているものを人に薦めないでください」

「フッフッ、やだなァ。冗談すよ」

　ボッチはWの字に両腕を曲げてわざとらしく笑った。

　この男はいつだってこの調子だ、とリィリンは思う。軽口ばかり吐いて、本心がわからない。

　茶をひと口含む。気を整えてからリィリンはたずねた。

「それで？　今日はいったいなんの用ですか、ボッチ？　多忙なあなたが、まさかこんな空想読本の内容を聞きに来ただけなんてことはないでしょう」

　ようやく本題に入る。彼がここを訪れるのは珍しかった。そもそも本部にいること自体が少ない粛清官《しゅくせいかん》だ。風来坊というか自由人というか、そのたしかな実力がなければすぐにでも降級していそうな破天荒な男である。

「べつに、おれはただ麗しのセンパイに久々のご挨拶《あいさつ》に伺っただけですよ。それとも迷惑でしたかね？」

「そういうおべっかはいりません……。というか、虚《むな》しくならないのですか？　こんなおばさんを捕まえてそういうことを言うのは」

「まったく？　正直に言っちまえば、おれはいちどもあなたを年上だと思ったことはないんですがね」

「なっ、なにを言うのですか、今さら！　あなたの指導教官がだれだったのか忘れたのですか?」

リィリンは声を荒げた。二十年近くも前、当時粛清官になりたてだったボッチに、何度自分が年上だと言っても信じないものだから腹を立てていたことを思い出す。

「フッフッ。安心してくださいよ。センパイの鬼指導を忘れたことなんざ、ただの一日たりともありませんから」

「お、鬼と呼ばれるほど厳しかった覚えはないのですが……。いずれにせよ、悪い冗談ですよ、ボッチ。この体質のせいで私がどれほど苦労したか、あなたはよく知っているでしょうに」

リィリンは、まさしく子ども然とした自らの肢体をいまいましげに一瞥《いちべつ》した。

彼女は、世にも奇妙な塵工《じんこう》体質の持ち主である。

リィリンは過去、とある砂塵《さじん》能力者の手によって年を取らない身体に変えられている。ゆえにいつまで経っても、その外見は瑞々《みずみず》しい少女のままだ。

未来永劫、成長することがない。不変──それがリィリンの身体にかけられた呪いだった。

「いいや、あれはまさしく鬼でしたね。ですがそのおかげで、おれは今部下どもに優しく指導できているつもりですよ」

「私が反面教師だとでも言いたいのですか? いい度胸ですね、ボッチ。それとも、また高い高ーいしてほしいですか?」

リィリンがジト目で睨《にら》むと、ボッチはマスクのなか、深みのある声で笑った。

「いやァ、勘弁してくださいよ。この年になってあんなんされたら、今度こそ心臓麻痺《まひ》を起こしちまう」

「ええ、私のほうこそごめんです」

「ま、冗談を抜きにして言うと、あなたの教えがあったからこそ、おれは今の今までくたばらずに済んでいると思っていますよ」

「それこそ冗談でしょう。私の言うことを一番聞こうとしなかったのがあなたなのですから」

当て擦《こす》るようにリィリンはそう言ったが、ボッチはまるで気にしていない様子だった。

もっとも、殺したって死なないような男だから、彼ばかりは自分の教えを守らなくても問題はなかったのだが。

ひょんな昔話に、リィリンはふと過去を思い出す。

駆け出しの後輩粛清官《しゅくせいかん》たちに、リィリンはとにかく戦場での生き残り方を必死に教えていた。目標が達成できなくてもいい。どれだけみっともなくてもいい。

だから、生きて帰ってくることを第一目標にしろと。

仲間にはだれにも死んでほしくないと心から願い、その願いがどうしようもなく儚《はかな》いと気づいたのは、果たしていつのことだったか。

「……懐かしい、ですね」

意図せず洩《も》れたため息とともに、リィリンはぽつりと口にする。

「でも、昨日のことのように思い出せますよ。当時のあなたのことも、識流《シキル》のことも」

「そうすか？　おれには、もうなにもかもが遠いですが」

「私は見た目が変わりませんから、どうも人よりも過去に執着するきらいがあるようです。いくつになっても女々しくて、私は自分が嫌になりますよ、ボッチ。できれば、あなたのようにあっけからんとしていたいものなのですが」

リィリンは、机に引っかけてあるマスクボックスと呼ばれる箱から、帽子型のマスクを手に取った。呪《まじな》いが書かれた札の張ってある、珍妙な見た目のマスクだ。それがキョンシーという不死人をモチーフにした物であることは、一部の旧文明マニア以外にはわからないだろう。

マスクを膝《ひざ》にのせて撫でながら、リィリンは言う。

「それで？　本当のところは、どうして訪ねてきたのですか？」

再度たずねられた本題に、しかしボッチは口をつぐんだ。

その沈黙に含みを感じて、リィリンは続けた。

「いいのですよ、言いづらいことでも。ほかならぬあなたの頼みなら、よほど変なことでなければ聞いてあげます」

「そうすか？　じゃ、おれと結婚してください」

「……あなたのそういうところは、ずっと嫌いです」

リィリンはぷいと顔をそむけた。

「フッフッ。そんじゃ、ま、お言葉に甘えてストレートに聞きますが」

「ええ、どうぞ」

「どうか、現場に復帰しちゃいただけませんかね。チェチェリィ警壱級《けいいっきゅう》粛清官殿《しゅくせいかん》」

リィリンはぴたりと動きを止めた。

またぞろ冗談かと疑う。だが、もう軽口をたたく時間は終わったらしい。表情の読めないマスク越しに、ボッチは黙ってこちらを見ていた。

「……なぜです？」

短くそうたずねると、ボッチは長い足を組み直して答えた。

「単純な話、敵が多くて味方が少ねェからですよ。ひと昔前に比べて、中央連盟が制御しきれていない反社勢力がずっと多くなった。それもここ一、二年で急速に」

「闇《やみ》社会を制御できていないだなんて、今にはじまった話ではないでしょう。法と秩序が成り立つ、平和で安全な偉大都市《いだいとし》なんて幻想のようなものですよ。第一、地下の零番街のことだってあります。あなたもわかっていることでしょう？」

「違いますよ、チェチェリィさん。昔は、本当に得体の知れない犯罪者というのは少なかった。それは中央連盟が都市全体に深く根を張って、細かい情報の筋を辿《たど》れていたからだ。だが、今は違う。本当に、どこの馬の骨がなんの目的でやっているのかわからねェような事件が頻発している。明日急に本部が爆破されたって、おれはたいして驚きやしませんがね」

「……あなたにしては、やけに弱気な物言いですね」

リィリンは怪訝《けげん》そうな表情を隠さずに言った。

「私の知るボッチ・タイダラは、なにも言わずに目の前の犯罪者を淡々と粛清し続ける人だったはずですが」

「おれはただ現実主義者《リアリスト》のつもりですよ。だからこそ、彼我の戦力差を正確に分析して、適切な対処をしているだけにすぎないつもりですがね」

この巨大な後輩と自分に共通するところがあるならば、とリィリンは考える。それは粛清官という同胞《はらから》と、中央連盟という家になにより重きを置いている点だ。

ボッチは粛清官として、だれよりも正しい動機で動いている。

「それに、おれの仕事も変わりました。そりゃあ、昔は上司に言われるがまま、指さされた悪党を狩っていればそれでよかった。だが、いつまでそれが続けられる？　今のおれの最大の仕事は、おれに替わるような後継の粛清官を探して育てることなんすよ」

その話はこれまで何度か聞いていた。意外なことに、ボッチは自分の懐で熱心に部下を育てているのだという。部外者の加入を好まない、排他的な中央連盟の風潮に反して、外部からスカウトする行為も厭《いと》わない。

つい最近も、ボッチはどこからか優秀な人材を見つけてきたという。その噂《うわさ》は地下にこもっているリィリンの耳にまで届いている。

「あるいは、いつまでも過去のことを気にして、こんな地下の図書室に閉じこもっている先輩粛清官《しゅくせいかん》の目を覚ましにくるのも、今となってはおれにしかできねェことだ。――そうは思いませんかね、チェチェリィさん」

思わず、リィリンは目をそむけた。

じわりと胸に広がったのは、ほんの小さな怒気だ。

心の大切な領域に土足で踏み入られたかのような感覚。

そういうことはしない人のはずなのに、と思う。

その反面、相手の発言に正当性を感じる矛盾もあった。

「……ボッチ。あなたも知っての通り、私はおいそれとここを離れることはできません」

すっかり冷めた中国茶で喉《のど》を潤してから、リィリンはそう口にした。

「私には、この連盟本部を守り続けるという使命があります。その私がここを留守にするわけにはいきませんから」

「そいつは詭弁《きべん》だな、チェチェリィさん。おれたち警壱級《けいいっきゅう》の仕事は、おれたち自身が決めることだ。それじゃ、あなたは自分で決めた役割に自分で縛られていることになる」

「それこそ詭弁ですよ、ボッチ。現実的に考えて、今の私の最大の役割は防衛機構としての保険です。砂塵《さじん》能力的に、それは私か、せいぜいあの子――〝消失兎〟にしかできないことでしょう?」

「今は、あなたのような貴重な戦力が保険役を担っている場合じゃねェんすよ。おれはそいつをはじめに説明したつもりでしたがね」

リィリンは口をつぐんだ。ダメだ、もとよりこの男を相手に付け焼き刃の理屈は通らない。

そう、付け焼き刃なのだ。自分のやっていることが間違っているということは、リィリンは自分で気づいている。

たった数人しかいない最上級粛清官の一角でありながら、リィリンは現在、なんの粛清案件も受け持っていない。上役である中央連盟の盟主たちに対する随時報告や、一部の部下の意見番のようなことはやっているが、実務的な仕事はこの一年、ただのひとつもこなしていない。

その理由は、去年の事件だ。

この仕事をしていると、だれもが経験する出来事。

それでいて、だれもが耐えられないような出来事だ。

「——まだ、立ち直れないですかね?　チェチェリィさん」

後輩から、そんな問いかけをされる。

その質問には答えずに、リィリンは自らがインテリアを選んだ司書室をぐるりと見渡した。

ここには、自分の好きな物しか置かないと決めている。今のリィリンはきれいな物に囲まれて、ただ癒されることを望んでいる。

しかし、好きでもこれだけは置かないと決めているものがひとつだけある。

それは写真だ。見るとつらくなるから。

「……あの子は、本当にいい粛清官《しゅくせいかん》でした。あなたもそう思いませんか？　そういえば、今のあなたの若いパートナーとは、たしか同期でしたね」

古参粛清官であるリィリンは、過去に四人のパートナーを亡くしている。

そのたび、リィリンは生き地獄のような自責の念を味わってきた。

自分がもっとしっかりしていれば、あの人は死ななかったかもしれないのに、と。

「ボッチ。なぜ、粛清官にはパートナーが必要なのでしょう」

相手から目をそらしたまま、リィリンは続けた。

「官林院《かんりんいん》では、敵対組織との内通を防ぐための相互監視機能だと教えていますよね。それは間違いではありませんが、正解でもありません。実際の粛清の現場では、お互いに背中を守りたいと思う仲間がいることが、なによりも大きな力になるのです。だからこそ、パートナーは必要不可欠な存在なのです」

そこで、リィリンはかなしげに笑った。

「ですが、今の私にはパートナーを持つ勇気がありません。ならば本質的に、私はすでに粛清官ではないのでしょう」

それは自虐ではなく、本心だった。

あの日、通算四人目となるパートナーが死んだとき、リィリンの心は折れた。

もう二度とあの苦しみを味わいたくなくて、この職を辞すると決めたとき、多くの同僚たちに引き留められて、今のように籍を残しながら前線を離れる立場となったのだった。

あのときにやめるべきだったのだ、と今になってリィリンは思う。中途半端な態度はよくないと、たくさんの後輩を叱《しか》ってきたはずなのに、気がつけば自分が一番の半端者じゃないか。

ボッチはマスクのなかで息をついて言った。

「わかりました。ま、ああは言いましたが、おれはなによりあなたの意志を尊重しますよ、センパイ」

見限られただろうか、と思い、リィリンは上目遣いで相手のマスク越しの顔色を窺《うかが》った。

だがボッチは特に呆れる様子を見せるでもなく、ただローブの懐からある物を取り出して机の上に置いた。

「最後に、ひとつ面白い話をしていいですかね」

「べつに構いませんが……ボッチ、それはいったいなんですか?」

背丈の小さなリィリンは、身を乗り出して確認する。

それは緑色のカプセルだった。一見するとインジェクター装置のようにも見えるが、カプセルの内部におさめられているのは、砂塵《さじん》粒子ではなく液体のようだ。

「こいつは、今偉大都市《いだいとし》に流通している、戦闘用の塵工《じんこう》麻薬——通称、覚醒獣《かくせいじゅう》と呼ばれている代物です。今はおれの部下が主任の案件として取り締まっていますが、おれも注意するようにしていましてね」

「戦闘用？」とリィリンは首を傾げる。「それは、とてもめずらしいですね」

「ええ。おかげさんで、非砂塵能力者《ブランカー》だらけでノーマークだった犯罪組織が、こいつを使って暴れたい放題だ。多くの職員が連日連夜、鎮圧に向かわされている。今年度という区切りでいうなら、今がもっとも治安の荒れている時期でしょう」

それはたしかに由々しい事態だ。だが、それくらいのことならばこの男は平然と解決するだろうともリィリンは思った。

「興味深いのは、こいつを使ったときの効用でしてね」

「？　普通に、身体能力が強化されるのではないですか？」

リィリンの疑問に、しかしボッチは首を横に振った。

「それが、獣人になるんですよ。黒々とした毛に覆われて、オートピストルの弾《たま》くらいなら簡単に弾くほど高密度の筋肉を持った、半人半獣の怪物——ちょうど、あなたも見覚えのあるような野獣の姿にね」

「……っ！」

リィリンは目を見開いた。

反射的に思い出したのは、自分の最後のパートナーの姿だ。

二十も年の離れたパートナーは、危なっかしいほどに正義と秩序を重んじて、子どものような情熱を持った、若い男の子だった。

彼が強力無比な獣人と化す砂塵《さじん》能力を用いて、リィリンの得意距離とは異なる近距離戦で多くの犯罪者を粛清してきたのは、それほど昔のことではない。

「あ、ありえません！」

リィリンはそう否定した。

「第一、あの子の能力は自分自身が獣になることでした。その薬は、使った者が獣になるのでしょう？　だとしたら、それは似ているようでまったく違う能力です」

「あァ、そうだった。さっきのあなたの質問ですが」

まるで話を聞いていないかのように言って、ボッチは立ち上がった。この小部屋には到底おさまりきらない長身が、こちらを見下ろして告げる。

「やつがいい粛清官《しゅくせいかん》だったかって？　ええ、ウォール・ガレットはいい粛清官だったと、当然おれもそう思っていますよ、チェチェリィさん」

リィリンは息を呑んだ。思わず頭を抱えたくなったが、そんな態度はおくびにも出せない。

「ボッチ、まわりくどい言い方はやめてください。多少能力が似ているからといって、あの子が生きているかもしれないと、あなたはそう言いたいのですか？」

「べつに、そうは言いませんよ」

「なら、いったいなにを」

「ただ、チェチェリィさん。おれはありとあらゆる可能性を考慮しながら仕事するタイプだ。そして、おれにそうしろと教えてくれたのは、ほかならぬあなただったと思いますがね」

「だ、だからって……！」

その先を継ぐことができずに、リィリンは脱力する。

急に先の見えない暗闇《くらやみ》に放り出されたような気分だった。

「チェチェリィさん、おれは」

「ボッチ。今日は帰ってください」

今の自分には荷が重くて、リィリンは相手の言葉を遮った。

不躾《ぶしつけ》とは知りつつも、そうせざるを得ない。

「お願いします。今日はもう、帰ってください」

立ち上がったまま、ボッチはしばらく口を閉ざしていた。

カプセルをローブの内側にしまうと、扉を通るために思いきり腰を曲げる。

くぐり抜けるようにして部屋を出て行く直前、ボッチはこう口にした。

「これだけは言っておきます、センパイ。おれがあなたに戻ってきてほしいと思っているのも、あなたの意志を尊重するというのも……そのどちらも、紛れもねェ真実ですよ」

扉が閉まる。暗い部屋に取り残されると、リィリンは一層ひどく心細い気持ちに襲われた。

（……あの子が、生きているかもしれない？　そんな）

そんなわけがない。仮にそうだとして、あの正義感の塊のような男の子が、どうして塵工麻《じんこう》薬など作っている？　第一、なぜ自分のところに戻ってきてくれないのだろうか。

ぐるぐると渦を巻くような思考を追い払おうと、リィリンは頭を乱暴に振った。

ボッチが訪れる直前まで読んでいた蔵書に目を戻す気にはなれない。パートナーを失くしてたったひとりのリィリンの周囲にはだれもおらず、ただ沈黙しかなかった。

4

第七執務室で、シルヴィは上官と向き合っていた。

品のいい調度品でまとまった室内で、シーリオ・ナハト警弐級《けいにきゅう》が巨大な椅子《いす》に腰かけて聴取書に目を通している。

シーリオは舞台役者のような気取った立ち振る舞いと、執事のような正装が特徴の細身の男だ。その若年にもかかわらず、覚醒獣《かくせいじゅう》のような大きな案件の粛清を任されているのは、ひとえに彼が稀代《きたい》の俊英《しゅんえい》だからである。

シーリオが聴取書から顔をあげた。

「ご苦労だった、バレト警伍級《けいごきゅう》。本日の件は、非常にいい働きだ」

「ありがとうございます」

シルヴィはお辞儀をして言う。

「今後、わたしとパートナーは引き続きルート72経由で情報を集める方向でかまわないでしょうか」

「おそらくそうしてもらうことになるだろう。また追って指示は出す」

うわの空ぎみに答えながら、シーリオは思案顔でふたたび手元の書類に視線を落とした。

「？　なにか不備でもありましたか、警弐級」

「いや、そういうわけではない。ただ、タイダラ警壱級《けいいっきゅう》のご推察が裏付けされる形となったなと、そう思っただけだ」

意外な人物の名に、シルヴィは驚く。

ボッチ・タイダラ警壱級は、シーリオのパートナーであり、かつ上司でもある粛清官《しゅくせいかん》だ。

シルヴィからすると大ボスという存在になる。

「警壱級も、本件を捜査されていたのですか？」

「ああ。私も聞かされていなかったのだが、つい今朝がた、警壱級から本件に関する情報をいくつかいただいた。どうやらご興味があるらしく、単身で捜査されていたらしい」

このところ姿を見ていないが、どうやら相変わらずの自由人のようだ。部下兼パートナーとはいえ、人の粛清案件に無断で介入するとは随分な型破りである。

「タイダラ警壱級《けいいつきゅう》は、製薬の砂塵《さじん》能力者の動機に着目していらっしゃった。ルート72の組織力の大幅な強化を考えるに、覚醒獣《かくせいじゅう》の提供者はかなりの低レートで塵工《じんこう》麻薬を扱っている可能性が高い。つまり、利益目的ではないのではないかと」

またしてもシルヴィは驚く。まさしく、ローレンスの供述と一致する話だったからだ。

「では、ルーガルーの目的はいったいなんなのでしょうか」

「それはまだ警壱級にもわからないそうだ。無論、こと能力絡みの事件である以上、可能性は多岐にわたる。引き続き調査の必要があるだろう。警伍級《けいごきゅう》には、マリーテル警肆級《けいよんきゅう》らとも連携してもらうことになるだろうから承知しておけ」

リリスのことだ。嫌な名前が出たものだが、シルヴィは表情には出さなかった。

「いずれにせよ、本日の情報は大きな収穫だった。報告書にもよく記しておこう」

「ありがとうございます」

会釈をして、見えない角度でシルヴィは口角をあげた。出世に繋《つな》がりそうな話が、今はなによりも嬉《うれ》しい。たとえ、それが浅はかな欲求と言われようとも。

「……ローレンス・エルミに目をつけていたのは、あの無礼者だったか」

上官が思い出したように言った。

あの無礼者。シーリオがそう呼ぶのはチューミー――シンのことだけだ。

「そういえば、やつは今どこで何をしているのだ？」

「彼なら、ローレンス・エルミから得た情報の裏が取れないか、工獄の情報協力者に連絡を取っているところです」

「ふん、そうか。まあ、いないならいないでやりやすくていいがな」

シーリオは不服そうに鼻を鳴らした。

彼はシンのことを嫌っているが、その能力は正当に評価している。

リリスの言う通りだ、とシルヴィは思う。

粛清官《しゆくせいかん》にとって、その力量で仕事を任される以上のことはないに違いない。

「近日中にまた情報共有の場を設ける。地海《ちうみ》にもそう伝えておけ」

「承知しました」

そう答えながら、シルヴィは数刻前のパートナーとの口論を思い出していた。

いや、あるいは口論というほどのことではなかったかもしれない。

だが少なくとも、シルヴィのほうはまるで納得がいっていないというのが本音だった。

ローレンス・エルミを捕えて、輸送車に乗って本部に帰還している最中のことだった。

中央連盟の大型輸送車は、粛清対象の身柄のほか、二人の移動手段であるバイクを格納して、さらに自分たちも搭乗するだけの十分なスペースがある。

途中まで、シンとは事件の話をしていた記憶がある。

強い疲労感に襲われていたシルヴィは、車の心地よい揺れのせいもあって、気がつけばうとうとと目を閉じてしまっていた。排塵機《はいじんき》が稼働する安全な車内で、マスクを外していたせいもある。マスクを取ると、どうしてもオフの気分になって気が抜けてしまうのだ。

うたた寝をしていたのは、ほんの数分ほどだろうか。

いけないと思って目を覚ましたとき、

「――ひゃっ!」

すぐ眼前で自分を見つめる赤い瞳《ひとみ》が目に入って、シルヴィは思わずそんな情けない声を出してしまった。

「な、なによ。おどろいた、心臓に悪いじゃない」

胸を押さえながら、シルヴィは相手に向けて言う。

「なんなの?　チューミー」

「ああ――いや、すまない。ただ、顔色が悪いようだから見ていただけだ」

変声機を介さない、高くて細い地声でシンが言った。

十五、六ほどの少女。それがシルヴィのパートナーの正体だ。

その素顔を知る者は、連盟本部にもそうはいない。

シンは以前と違ってマスクを脱ぐようになったが、それでも基本的には素顔は隠して生活している。今もパーテーションの内側には自分たちしかいないから外しているのだろう。

「シルヴィ。最近、なんだか目の隈《くま》が濃いように見える。疲れているのか？」

向かいの席に座りなおしてシンが聞いてくる。

路上の大きな石でも踏んだのか、輸送車がいちどだけホップした。

「え、ええ。まあ、少しね」

実戦の直後だ。ある程度は疲れていないほうがおかしいだろう。

「ちゃんと寝ているんだろうな？」

「あ、当たり前じゃない」

「具体的には？」

「えっと、昨日は、三……いえ、なんだかんだ四時間くらいかしら」

「まるで足りていない。俺の半分も寝ていないじゃないか」

「あなたはちょっと寝すぎだと思うけれど？　先週の定例会も寝坊していたじゃない」

「俺は成長期だ、放っておけ。それより前も言ったが、お前は少し根を詰めすぎだ、シルヴィ」

細い眉《まゆ》を不満げに歪《ゆが》ませて、シンが言った。

「オフの日も自主訓練しているのだろう？　いつだったかボッチのやつも言っていたが、俺たちは休むのも仕事の内だ。でないと、いざというときに身体が動かない」

「わかっているわよ。わたしだって休むときはきちんと休んでいるし、第一わたしにはわたしのペースがあるの」

シルヴィはそう言い訳するが、シンは非難するような目つきだった。

なんとなく顔を合わせづらくて、シルヴィは車窓の外に視線を逃がした。

夜の偉大都市《いだいとし》のネオンサインが流れている。

今夜の環状高速道路は空いているが、あの位置に九番街のメルクマールである九龍《クーロン》アパートが見えるということは、中央街に到着するにはまだ時間がかかるだろう。

「とにかく、その調子なら明日は休んだほうがいいな。俺からシーリオのやつに連絡を入れておく」

「な、なにを言っているのよ。せっかく幹部クラスを捕えたのだから、すぐにでも次の行動に移る必要があるわ」

「今回はチーム戦だ。手の空いているほかの粛清官《しゅくせいかん》に任せればいいだろう」

「そんなこと――」

できるわけないでしょう、と続けそうになり、シルヴィは口をつぐんだ。

無論、それは可能だ。だが、それだけはしたくない。それでは、もし明日の捜査が重要な手がかりに繋《つな》がったとき、手柄が奪われてしまう。

一日でもはやく追いつきたいのに、それでは困る。

「い、今さらなにを言い出すのよ、チューミー」

そうシルヴィは言い直した。

「この仕事が過酷だなんて、そんなの当たり前のことじゃない。それに、特に負傷したというわけでもないのに、すでに手いっぱいのべつの粛清官に任せるだなんて、甘えているみたいでわたしはしたくないの」

シンは数秒だけ黙った。それから言った。

「お前の主張もわかる。ただ……その、今のお前には黒晶器官《こくしょうきかん》の問題もあるだろう。だから」

「チューミー！」

シルヴィは相手の言葉を遮った。

「その話はもうやめて。何度言わせるのよ」

「だが、シルヴィ。それは俺の責任だ。俺があのとき、お前の身体で無茶をしたから」

「だから、やめてって言っているの！」

シルヴィは声を荒らげて言った。

「いい？　チューミー。黒晶器官のことなら、わたしは本当に気にしていないのよ。あれは必要なことだったの。あのとき、あなたがわたしの砂塵《さじん》能力を使っていなければ、わたしたち二人とも今こうして生きていることはないのだから。そうでしょう？」

「それは……たしかに、理屈はそうかもしれないが」

「理屈より先立つものなんてないわ。大体、この話はもう何度もしたじゃない。だから、もうこれで最後にして。……いいわね？」

シルヴィは真剣な眼差《まなざ》しではっきりと告げた。

これだけ言っても納得しかねるパートナーを糾弾するかのように。


これは、二人が正式にパートナーになる前の話だ。

時期としては前年度の終わり、晩冬のころ。

当時まだ粛清官《しゅくせいかん》ではなかったシンは、特殊な事情を持つ外部協力者として、シルヴィとともにスマイリーと呼ばれる凶悪犯を追っていた。

スマイリーという男は、人間の持つあらゆる性質を交換するという異質な能力を用いて、相手に砂塵《さじん》能力を与えることを条件に、偉大都市《いだいとし》中の人身売買組織に誘拐《ゆうかい》を代行させていた。

紆余曲折《うよきょくせつ》の末に敵を追い詰めたシンは、そのスマイリーの砂塵能力によって、シルヴィの身体と人格を交換されてしまった。それは絶体絶命の局面だったが、土壇場でシルヴィの肉体が持つ砂塵能力を使いこなすことで、最終的には勝利を収めた。

そして、使いこなしてしまったがゆえに、シルヴィの黒晶器官《こくしょうきかん》は後戻りのできないダメージを負ったのだった。

黒晶器官は、人体でもっともデリケートな組織だ。生涯に渡って砂塵能力を使いたければ、負担を感じた際にはすぐにでもインジェクターを解除しなければならない。だが、そのシルヴィの黒晶器官のリミッターを、シンが外してしまったのだった。

結果として、現在のシルヴィは長時間のインジェクターの使用は禁じられている。具体的には、一回の稼働限界時間は三分程度だ。その三分も、これまでにはない鋭い痛みを伴うようになったが、その件に関しては、シルヴィはだれにも明かしていない。

この話題は、二人の間で繰り返し話に上がった。

どうやらシンは強い自責の念を感じているらしいが、シルヴィは当人の言い分通り、まったくといっていいほど気にしていない。

少なくとも、それがシンの責任だとは微塵《みじん》も思っていない。

だというのに、時折こうして口論を生み出す種となってしまっている。

二人の間に、重たい空気が流れた。

ああもう、とシルヴィは思う。

相手を悪く言っているわけでもないのに、どうしてこうなるのだろう？

いちどだけ大きく咳《せき》をする。気を取り直したように聞こえる声調を作り、シルヴィは言った。

「とにかく、この話はもう終わり！　わたしの体調も問題ないし、明日も捜査は続けるわ。いいわね？」

シンはいかにも不服そうにうなずいた。それから、まるで表情を隠すかのように黒犬のマスクを被《かぶ》ると、すっかり口を閉ざしてしまう。

結局、その沈黙は連盟本部に着くまで続いたのだった。

「──失礼しました」

報告を終えると、上官に一礼を残してからシルヴィは第七執務室を退室した。

しばらく廊下を歩いてから、三叉路《さんさろ》を右に曲がる。すると、大きな赤字で『連絡室』と書かれた二重扉が見つかった。

入室の前に、シルヴィはマスクを被《かぶ》る。

連絡室とは、排塵機《はいじんき》の設定を調整して、屋内でもベルズが使える環境に制御している専用部屋のことだ。内部の空中砂塵《さじん》濃度が安全値を上回っているため、マスクの着用を警告するメッセージで扉は埋め尽くされている。

壁全体がガラス窓になっている連絡室で、シルヴィはベルズを開いた。

(チューミー、出るといいけれど)

シンのアドレスを呼び出して電話をかける。しばらくベルが鳴ったあとで通話が繋《つな》がった。

『シルヴィか。俺だ』

「どうだった?」

『ダメだな。ルーガルーや、狼士会《ろうしかい》という名だけでわかるやつはいなかった。やはりごく最近出てきた犯罪者なのか、あるいはこれまでよほど巧妙に立ち回っていたかだな』

「そう。それはまあ、しかたがないわね」

特に残念にも思わず、シルヴィはそう答えた。もともと、獄中から新情報が得られるパターンはあまりないからだ。

それよりも、電話の目的はほかにある。

「ねえ、チューミー。こっちはローレンス・エルミから興味深い話が聞けたの。よければ、今からわたしの部屋で食事でもしながら話さない？」

気まずい雰囲気を翌日に持ち越したくなくて、勇気を振り絞ってシルヴィはそう言った。

しかし、

『すまない。緊急じゃないなら、話は明日でいいか？ このあと、俺は少し用があるんだ』

シンはそうして断ってきた。

「用……って、こんな時間になにがあるの？」

シルヴィは腕時計を確認する。もう夜も遅い時間だ。

『べつになんでもない。ただの野暮用だ』

「でも、前に就任関係の手続きは全部済んだって言っていたじゃない」

『それとは別件だ。とにかく、たいしたことじゃない』

「そう。……わかったわ」

一応うなずいてはみるものの、納得いかなかった。

このところ、シンはなにやら業務以外に用事を抱えているらしく、どこかへ消えていくことが多い。気になって行く先をたずねてもはぐらかされるばかりだった。

『シルヴィ、明日はいつもの時間で問題ないか？』

「え、ええ」

『じゃあ、今日はよく休んでおけよ』

「あ、待って。チューミー」

そこで、電話は切られてしまった。

暗転した画面に向けて、シルヴィはぽつりとつぶやく。

「……なによ。そっちは、根掘り葉掘り聞いてくるくせに」

無論、パートナーといえども四六時中一緒にいるわけではない。

相棒と長く続けるコツは適度に距離を取ることだという話もあるし、プライベートな時間が必要なのはシルヴィとて同じだ。

とはいえ、これほど明らかな秘密を抱えられるともやもやした気持ちを抱く。

しぶしぶ、シルヴィはパートナーの助言に従うことにして、部屋で休むことにした。

すでに二人分用意してある夕食の処理に頭を悩ませながら、シルヴィは連絡室を後にした。

5

連盟本部の廊下を歩きながら、スナミ・マテリアは鼻歌をうたっていた。

今日は中々気分がいい。職員用食堂の日替わりメニューのプティングがおいしかったし、砂《さ》塵《じん》能力の遺伝に関する新法則の発見について書いた論文の評判も上々だった。

一方で、卸したての白衣にケチャップを零《こぼ》してしまったし、くるくるの金髪にかけたストレートパーマはたった一週間で落ちてしまったが、それらを差し引いても総合でプラスの気分といえる。

スナミは、中央連盟の直下で創設・運用されている砂塵粒子研究機関の研究員である。偉大都市《いだいとし》に数多《あまた》いる頭脳労働者のなかでも、中央連盟管轄の組織で働けているのはラッキーだとスナミは思っている。成果第一主義だから勤務時間は自由だし、上司が高位の粛清官《しゅくせいかん》だから研究費用は潤沢に回してもらえる。

なんといっても、溢《あふ》れる知的好奇心は発散したい放題だ。

砂塵粒子は生涯解けないパズルのようなもので、膨大な不規則性から些末《さまつ》な規則を発見することは、この世のどんな娯楽にも勝る。

スナミからすると遊びながら賃金をもらっているようなもので、これ以上の労働環境はほかにないと断言できるほどだ。

「さてさて、今日はまだあとひと仕事……がんばりますよーっと」

そんな大胆なひとりごとを漏らしながら、スナミはＰＤ研（砂塵粒子研究室）の扉を開いた。

（……おやや？）

スナミは意外に思う。約束していた時間よりもずっと早く、被験者が訪れていたからだ。

来客用と呼ぶには粗末なソファに、黒髪の少女が腰掛けていた。

男らしく大股《おおまた》を開いてどっかりと座り、肘《ひじ》をついて思案顔を浮かべていた。宝石のように澄んだ赤い瞳《ひとみ》が、どこともいえない虚空を見つめている。

空いているほうの手は、膝《ひざ》にのせた黒犬のマスクを大切そうに撫でていた。

「こんばんは、警肆級《けいよんきゅう》。先に来ていたんだね。もしかしてけっこう待ったかな？」

入室と同時、スナミはそう相手に声をかける。

「ん、そうでもない」

シンは気だるげに返事をした。

「だれもいなかったら困ると思ったが、ここも粛清官《しゅくせいかん》の手帳でロックが開くんだな」

「一部の特別なセキュリティ以外は、粛清官特権で開けられるようになっているんだよ」

「なるほどな。それは便利だ」

「悪用しちゃだめだよー？　記録は残るんだからね！」

「俺にはここの機材の悪用法はわからないから安心してくれ」

そんな外見に似つかわしくない不遜《ふそん》な物言いに、不思議な子だな、と改めてスナミは思う。

この年で粛清官として活躍する者は特殊な人物であることが多いが、シンはそのなかでも際立って珍しいといえる。

独特な圧があるというか、人を寄りつかせないというか。

スナミは研究室の奥にある冷蔵庫を開いて、中身を物色しながら聞く。

「ところで、どーしたの、シン君？　浮かない顔してさ。せっかくの可愛いお顔が台なしだよ？」

「なにを言う？」

シンは心外そうに細い眉《まゆ》をひそめた。

「俺の容姿はこの偉大都市《いだいとし》でもっとも優れる。多少うつむき加減だろうと、この外見の圧倒的な愛らしさにはなんの影響もない」

「わ、私、たまにきみのキャラがわからなくなるなぁ……」

やっぱり不思議な子だよなぁ、とスナミは思う。

この寡黙な言動でナルシストなどということがありうるのだろうか。

「でも、浮かない顔をしていることは認めるんだ？」

「……それは、まあ……」

口ごもるシンに、スナミはにやにやと笑って言う。

「はっはーん、わかった。シルヴィちゃんのことでしょ？」

シンは意外そうに目を丸くした。まだ短い付き合いではあるが、この少女粛清官が意外にも顔に出るタイプの人間であることをスナミは知っていた。

「べつに……違うが？」

「あはは。思いっきり嘘《うそ》が下手だねぇ」

スナミは冷蔵庫の奥で缶ビールを発見する。無塵環境で作った麦汁を発酵させて、塵工《じんこう》調味料で味を整えた高級ブランドのアルコール飲料だ。

どうやら上司の物らしい。彼のトレードマークのかぼちゃシールが貼られていたが、それを容赦なく剝《は》がした。

「飲む？　シン君」

「それ、ボッチのじゃないのか」

「えー、うそ！　気づかなかったなぁ。うーむ、気づかなかったならしょうがないよね？」

「わざとらしい……あいつの周りはこんなのばかりか」

「こんないいビールを放置している室長が悪いもん。で、飲まないの？」

シンはかぶりを振って答える。

「いらない。俺はアルコールを摂らない。身体に悪影響だ」

「そうなの？　意外と健康志向なんだねぇ」

スナミはプルタブを引くと、ぐびぐびと勢いよく飲んだ。それから、客人——まして制度上は自分よりも高位の職員である粛清官《しゆくせいかん》になにも出さないのは失礼かと思い、毎朝自分が飲んでいる無塵加工製品の酪農ミルクを机に置いた。

ぺこりと頭を下げるシンに、スナミは切り出す。

「それでそれで？　シルヴィちゃんとなにがあったのかな？　お姉さんに話してごらん？」

「なんだそのノリは……。いいから仕事をしろ」

対面のソファに腰をかけ、スナミは身を乗り出す。

「いいじゃん、ちょっとくらい。せっかく予定よりも早く来たんだし、しれっとお酒なんか開けちゃったし、お悩み相談の時間と洒落《しゃれ》こみましょうよ」

「べつに、あんたに話すようなことじゃない」

「ふーん？　じゃあ、だれに話すようなことなの？　タイダラ室長？」

警壱級《けいいっきゅう》粛清官は、慣例として粛清官以外の役職を持つ。自身も科学者であるボッチは科学室長を務めており、このPD研の最高責任者を兼任している。

つまり立場こそ違えども、スナミとシンは上司をともにする同僚ともいえるのだった。

「それはないな」とシンは否定した。

「じゃあナハト警弐級《けいにきゅう》？」

「それもない。あいつが一番ない」

「だったらほら、私が適任じゃない？　粛清官ではないけど、きみのこともシルヴィちゃんのこともわかるから、ちょうどいい距離感だし」

もともと、スナミはシルヴィとは面識がある。粛清官《しゅくせいかん》とそれ以外の職員としてはかなり仲がいいほうだと思っているし、シルヴィの件を抜きにしたとしても、本部でなにかと噂《うわさ》になっているシンの話には興味津々だった。

「あとほら、私は口も堅いしさ」

「いかにも軽く口外しそうに見えるが？」

「失礼だね、きみ……。しないよ？　我らが救いの女神である砂塵粒子《さじん》にかけてね」

スナミは一人で笑った。科学者が小馬鹿にしている砂塵信奉者の常套句《じょうとうく》を口にするという研究室内の鉄板ジョークだったが、どうやら伝わらなかったらしい。

「……本当に、しないか？」

上目遣いでそう聞かれて、スナミはぶんぶんとうなずいた。

ふう、とシンは小さく息をつくと、

「べつに、これは言ってどうなるという話でもないが……」

そう切り出してくる。どうやら、一応は信頼してくれたらしい。

「……俺は、あいつが心配なんだ」

「いいよ？　全然」

ぽつりと、シンはそう言った。

「心配……というのは、粛清官の職務上の話？」

「ああ。見ていて、どうにも危なっかしい。……べつに、粛清官《しゅくせいかん》に適していないとは言わない。たまに、俺でも感心する動きを見せることもある。だが、なにかと粗いんだ。今日も俺がいなければ大けがか、あるいはけがでは済まない事態に陥るようなミスがあった。……思い出すと、肝が冷える」

パートナーの実力不足。

聞かない話ではない、とスナミは思う。

「はじめは俺がすぐ隣でサポートしていればいいと思っていたが、それではダメだった。現場では二手に分かれなければならない場面も多いし、俺だって目の前の敵から目を離すわけにはいかない。なにより、つきっきりではあいつが成長しない」

シンは次に言うべき適切な言葉を選ぶかのように、その小さな唇を押さえた。

「なるほどね……」

スナミは顎《あご》に手をやって思案した。時期的には、シンはシルヴィの後輩に当たる。しかし、それでいてその階級はひとつ上をいっている。

それがなにを意味するのか、一介の研究員にすぎないスナミにもよくわかっている。

つまり、戦場という特異な空間において、この子はシルヴィより何枚も上手ということだ。

なにせ、あの火事場のボッチが直々にスカウトしてきた外部組だ。その実力は折り紙付きといっていい。

「それで、シン君には具体的な解決策が思いついていないってことかな？」

「解決するかはともかく、場数は踏んでもらいたいと思っている。経験上、実戦以上に成長を促す機会がないことは俺もよく知っているから」

その若年で経験もなにもないだろう、とスナミは思ったが口にはしないでおいた。

「だから現状では、実戦のウェイトは可能な限り向こうに振っている。しかしそうすると、当然それだけ危険も増えるというジレンマがある」

「まあ、それは避けられないよねえ」

「……俺は自分がする分には、それがどれだけ危険な仕事でも躊躇《ちゅうちょ》することはなかった。だが、それを人がするとなると……」

そこで一拍置いて、シンはいかにも物憂げにため息をついた。

「こんな悩みは、生まれて初めてのことだ」

スナミはふーむと腕を組んだ。

これは自分がアドバイスしてやれるような話ではない。

武力行為ほど縁のない分野はそうはないし、まして粛清官レベルの葛藤となると、そこらの傭兵《ようへい》程度では理解できないようなハイレベルな話になっているのかもしれない。

「シン君。私には、あんまりたいしたことは言えないけどさ」

それでも、そう前置きしてスナミは率直に考えを告げることにする。

「でも、これまでそれなりに本部で粛清官《しゅくせいかん》と話してきた経験でいうと、どれだけ強い人が、どれだけ注意していたとしても、不慮の事故っていうのは起きるときは必ず起きる。長く粛清官をやっている人は、そのあたり気負いすぎないように、どの人も折り合いはつけているように見えるかな」

逆に言えば、折り合いがつけられない粛清官は、どこかで自分自身が折れてしまう。

ある高位の粛清官が同様の理由で一線を退いたという話を小耳に挟んだことすらある。

「それは……俺は、思考の放棄だと思う」

「そうかもね。でも、考えてもどうしようもないこともあるんじゃないかな。実際、シン君の心配っていうのは、シルヴィちゃんが粛清官をやめない限りはずっと付きまとうものかもよ？もちろん、それが程度問題だっていうのはわかった上での意見だけどさ」

「だが……」

「それに、過度な心配はシルヴィちゃんに対して失礼かもしれないしさ」

それがひとつの正論だったせいか、シンは言葉を引っ込めた。

「彼女には彼女の意思があって、こうしてリスキーな粛清官職に就いているわけなんだから。それはきっと、きみが粛清官になったのと同じことでさ」

そこでふと気になって、スナミは聞く。

「そういえば、シン君が粛清官になった理由ってなにかな？　やっぱり高待遇？」

「……言えない」

「えー、気になる。実は世界平和とか！」

「じゃあそれでいい」

「うわぁ、そういうのってよくない返事だよ？　友達なくすよ？」

「俺のことはどうだっていいだろう。今はシルヴィの話だ」

取り付く島もないようだ。スナミは残念に思う。

突如本部に現れたこの少女剣士は、決して自己を語らない。どうやら厳格な秘密主義者らしく、そのせいでスナミはシンの背景をほとんどなにも知らなかった。

ちゃん付けで呼ぶと怒る理由や、マスクに変声機能がついている訳や、そもそもボッチにスカウトされた由縁も気になるところだが、さらりと聞いてもさらりと受け流されるだけだ。

そのあたりはボッチも教えてくれなかったことでもある。

（なーんか、こういう大事なことを隠すあたりはタイダラ室長に似ているよねぇ）

ちなみに、こうした詮索癖《せんさく》は下世話なのではなく、あくまで好奇心旺盛なだけだと自分に言い聞かせている。

シンは仕切り直すように言った。

「スナミの言う通り、現状では俺が悩んでもしかたがないことなのは事実だ。それに、俺の言っていることは当人が一番気にしているはずなんだ」

「そうなの？」

「ああ。その証拠に、いつもオーバーワークをしている。このごろもあいつは働き詰めで……俺としては、それもどうかと思うんだが。少しは休めと言っているのに、まるで聞く耳を持たない。まったく、どうしたらいいんだか……」

「なるほどね。ふふっ」

「……なんだ？　なぜ笑う」

思わず一笑したスナミを、シンは睨《にら》みつけた。

「あ、ごめんね。変な意味じゃないんだ」

「ならどんな意味だ」

「いや、その、なんていうかさ……ほら、シン君っていかにも『フン。弱いやつは死ぬだけだ』とか言いそうなタイプじゃない？　でも、そんなに思い悩むほどシルヴィちゃんのこと気にしているっていうか、それだけ大切にしているんだなぁーって」

「……っ！」

「よほど馬が合うのかな？　まだパートナーになって半年かそこらなのにね？」

スナミはにやにやとした笑みを浮かべて続けた。

「シン君も知っているだろうけど、シルヴィちゃんってずっと気の合うパートナーがいなかったからさ、きみのそういう話はなんだか無性に嬉《うれ》しくもあるんだよね。あと単純に微笑《ほほえ》ましいし。あぁ〜美少女カップリングは無性にオタク心がくすぐられちゃうよ〜」

「……ああ、クソ。話して損した……」

シンはあからさまに脱力した。

スナミは目を輝かせて言う。

「お姉さん、なんだかとってても胸がキュンキュンしてきましたよ？　抱きしめてもいいかな？」

「ひとつ言っておくが、この身体に下手に触れたら斬るぞ。冗談ではなく、本当にな」

「う、うわー、想像の百倍手厳しいんだー」

シンはいかにも不機嫌そうに額にシワを寄せて、

「とにかく、もういい。二度とあんたにプライベートなことは話さない」

「わわ、ごめんってば！　機嫌直してよ」

「大体、そっちが話せというから話したものを。……それよりも、本当に口外は」

「しないから。そこは安心して、ね？」

ちょっとからかいすぎたな、とスナミは焦る。機嫌を取るために手つかずのミルクの栓を抜いて渡すと、シンは不承不承といった風に受け取り、ひと口だけ飲んだ。

スナミは自分のデスクの一番上の引き出しを開ける。いつでも確認できるようにしていたシンの生体レポートを取り出し、表面に印字された数列に目を落とした。

シルヴィであれシンであれ、今のスナミにとっては死んでほしくない存在であることはたしかだ。たとえ一介の研究員が、ひと握りの天才揃《ぞろ》いの粛清官《しゆくせいかん》に対してそう心配することが失礼に当たるにしても。

こんな不安定な世のなかで、スナミはそれでも正常なバランス感覚は失っていないと思っている。スナミにとっては二人ともまだ若く、からかい甲斐のある年下の女の子たちだ。これからも元気に会いに来てほしいし、そのためにできるサポートはなんだってするつもりだ。

だからこそ、このＰＤ研でシンのデータを採ることは、単なるいち科学者として以上に意義のある仕事だといえた。

「……でもさ、シン君。それだったら、きみが今以上に強くなって、もしシルヴィちゃんがピンチになったときは、いつでも助けられるようになるに越したことはないわけだよね？」

「まあ、それはそうだが……」

シンはスナミの持つドキュメントに目をやる。

「ひょっとして、例の結果が出たのか？」

「うん。もちろん、まだ実際にインジェクターの起動はしてもらっていないから、百パーセント確定とは言えないけどね。それでも、我がＰＤ研の誇る精密なスキャンデータと、莫大《ばくだい》な量の塩基配列サンプルを参照して演算している適性アルゴリズムは、九九．九パーセント、きみにこう告げているよ」

スナミはとんとん、と自分の頸部《けいぶ》を叩《たた》いて言った。

「地海警肆級《ちうみけいよんきゆう》粛清官。──あなたは、れっきとした砂塵《さじん》能力者だってね」

そう告げても、シンは特に驚いた様子は見せなかった。

ただ、やはりか、とでもいうかのように、その煌《きら》めく赤眼を細めただけだった。

6

つい先日のことを、シンは思い返す。

粛清官として就任して以来、仕事が矢継ぎ早に降りてくる毎日だった。

ボッチ曰《いわ》く、とにかく二人の実戦機会を増やす意図があるとのことらしい。言うまでもなく、両者の能力的な摺《す》り合わせを行い、連携の精度を高めることが目的だった。

シンは、砂塵能力者ではない。それでいて、近接戦闘の間合いでは並大抵の敵には後れを取らない兵士でもある。それは、ひとえにシンの持つ特殊な塵工《じんこう》体質によるものだ。

シンの身体は、脳の異常活性によって常人離れした運動能力を持っている。そして実戦の際にインジェクターを必要としない性質は、シルヴィの砂塵能力の影響下で戦闘するのに最適だった。

もともと息が合うこともあって、二人は結成からわずか数カ月で優れた成果を挙げていた。

ある日のこと、シンは第七執務室に粛報を届けに向かっていた。内容は、偉大都市《いだいとし》最大の銀行であるディオス・バンクの支店を襲った強盗団の粛清についてだった。

粛報の提出は普段シルヴィに任せていたが、ボッチに呼ばれている旨を話すと、

「なら、ちょうどいいからあなたが書いて持っていきなさい」

と言われ、助言を聞きながらどうにか書き上げたのだった。

ボッチに呼び出されるのは珍しかった。堅苦しい業務をパートナーであるシーリオに放り投げて、自分は執務室どころか本部さえ留守にしていることが多いからだ。

シンが執務室に入室すると、ボッチは大型のデスクチェアに背中を預けて、あるファイルをいつものかぼちゃマスク越しに眺めていた。

「よォ、シン。来たか」

「ボッチ。まずはこれに承諾サインを頼む」

「ん、粛報か？　……おまえが書いたのか。フッフッ、へたくそな字だなァ」

「放っておけ」

こいつは余計な言葉を吐かなければ死ぬ病気なのかと思う。

ボッチが中身も読まずにサインしたのを確認してから――せっかく細かく記述したのだから流し読みくらいはしてほしいと思うが、決して口には出さずに――シンは聞いた。

「それで、話とはなんだ？」

「おう。これなんだがな」

ボッチが読んでいたファイルを表にした。

中央連盟に保管しているシンの個人情報だった。無愛想な表情の素顔と登録マスク。そして、粛清官《しゆくせいかん》に就任する際に受けた身体検査の結果と細かな生体情報が記されている。

「……あんたにそれを見られるのは、あまりいい気がしないな」

「そりゃ失敬した。おっさんになると、どうもデリカシーがなくなるもんでよ」

「なにか書類不備でもあったか？」

「そういうわけじゃねェ。ただ、スナミのやつから気になる報告があがってな」

「スナミ？　だれだ？」

「研究室のほうの部下だ。とにかく、この項目を見てみろ」

ボッチが指したページには、長く不規則な文字群が丸々一ページ分も載っていた。

まるで暗号のような不可解な長文だ。

「なんだ、これは」

「そいつは、おまえの遺伝情報をある法則に基づいて文字列変換したものだ。粛清官全員のデータをこうしてＰＤ研で一括管理している。なぜだかわかるか？」

「さあな。あんたの趣味か？」

わざわざ呼び出したかと思えばいつもの無駄話かと、シンは適当に受け答えしながら応接ソファに腰を預けた。

　しかし、ボッチが続けたのは意外な言葉だった。

「それはな、これがその人物の砂塵《さじん》能力に深く関わる生体データだからだ」

　黒犬マスクのなかで、シンは怪訝《けげん》な表情を浮かべた。

「シン。確認なんだが、おまえ、その身体は非砂塵能力者《ブランカー》だったって話だよな？　最後にインジェクターを起動したのはいつのことだ？」

　シンは急いで記憶を辿《たど》って答えた。

「正確にいくつのころだったかは覚えていない。おそらく十歳かそれくらいだったはずだが」

「十か……大器晩成型の黒晶器官《こくしようきかん》だったら、十分に変質は考えられるか……。ひとえに非砂塵能力者《ブランカー》といってもどのタイプだ？　粒子を完全に消化しちまうほうか？　それとも効果がわからないが少量は出るタイプか？」

「それでいうと、たしか後者だったが……ボッチ、これはいったいなんの話だ？」

「オイオイ、なんとなく察してるだろ」

　かぼちゃマスクに彫られた空洞が、こちらを見つめて言い放つ。

「おまえが、砂塵能力者かもしれねェって話だよ」

　シンは驚愕《きようがく》する。反射的に思い出したのは、自分も能力者かもしれないからと言ってインジェクターを試し、針が痛くて泣いていた、ごく幼いころの妹の姿だった。

「まさか……」

そうつぶやいてから考え直した。

いや、ありうる。

人体の一部である以上、黒晶器官もまた成長する。ただし砂塵能力者の場合、六歳のころには効果がわかる程度の砂塵粒子は出るものだ。それでもどうしても個人差はあるから、一般的な家庭では非砂塵能力者《ブランカー》でも未成年のうちは毎年の誕生日にインジェクターを試す慣習がある。シンの身体は途中でその習慣を行う機会が失われて、それ以降は試していない。空中砂塵濃度が高い場所でマスクを外してしまう、いわゆる砂塵吸引事故も起こしてはいない。

「通常、こういうことは起こり得ないんだがな。……ただ、ま、おまえの場合はいろんな事情が重なったか」

ボッチの言う通りだ。自分には「通常」も「普通」も無縁の言葉といえる。

しかし、そうだとしても異例だ。

試してみようとすら思わなかったのがなぜなのか、自分にもわからない。

シンは黙って思案する。

インジェクター装置の起動は、その仕様上、必ず身体に針を刺して傷をつける。今でも身体が傷つくことは人一倍嫌うが、昔はその比ではなかった。

……ともすれば、無意識のうちに自傷行為を畏《おそ》れていたのだろうか？

「とにかくそういうわけだから、おれとしちゃ精密検査を勧めるぜ。まだデータ上の類型で推測しているだけだしな」

「検査が必要なことなのか？」

「安全を取るならな。何年も手つかずの黒晶器官《こくしょうきかん》にいきなり刺激を与えると、ショック反応が起きてもおかしくねェんだよ。べつに今ここでインジェクターを貸してもいいんだが、リハビリ患者と同じペースのほうがずっと安全だ。ま、おまえの希望に任せるがな」

「それなら……多少時間がかかっても、俺は安全なほうがいい」

「だろうな。ＰＤ研には話を通しておいてやるから、明日にでも行ってこい」

シンはうなずきだけで返して、自分の掌《てのひら》に目を落とした。

（成長したというのか、この身体も……）

言うまでもなく、それは当たり前のことだ。日々実感していることでもある。

それでも、まるで予期していなかった話に戸惑いが隠せなかった。

「フッフッ、どうした？　シン」

反面、ボッチは楽しそうに笑った。

「こいつは、いわゆる嬉《うれ》しい誤算ってやつだ。楽しみじゃねェのかよ？　いったいそれがどんな能力なのか」

たしかに、人によっては宝くじに当たったかのように大喜びをしてもおかしくない話だ。

ある日突然、非砂塵能力者《ブランカー》が能力に目覚めて大活躍するという娯楽小説は多い。能力を持たずに生まれた者は、まともな人間になれなかった「人のなり損ない」だという差別すら平気で横行する世界で、それも当然のことかもしれない。

それでも、シンは首を振って答えた。

「べつに、仮に砂塵《さじん》能力者だったとしても使える能力だとは限らないだろう」

「こんな与太話もあるぜ。優秀な砂塵能力者の親族は、おしなべて優秀な能力者だってな。もともとのおまえの身体の砂塵能力は、頭に超がつくほど有用だったろ？」

「それはただの迷信だろう。科学者の発言とは思えないが」

「そりゃな。遺伝情報が関わるせいで勘違いされやすいが、こんな説に科学的な根拠はねェよ」

そうだろうとシンは思う。優秀かどうかというのは、所詮ヒトの価値観による物差しだ。万能物質である砂塵粒子は、ただアトランダムな事象を人間に引き出させているにすぎない。

「いずれにせよ、俺は粛清官《しゆくせいかん》だ。戦闘転用が可能な能力でないとあまり意味がない」

「本当にそうか？　武闘派の能力だったら、パートナーとの相性的にむしろ困るだなんて思ったりはしてねェよな？」

あっさりと心中を言い当てられて、シンは反射的に相手のマスクに目を向けてしまった。

そのせいで図星であることがバレてしまい、自分の軽率さに辟易《へきえき》する。

「お、当たりか」

「……ちっ」

へらへらとなかで笑っていそうなかぼちゃ頭から目を背けた。

まったく、浮ついた言動でこの察しの良さだというから腹が立つ。

「よォ、最近シルヴィとはどうなんだ？　こんな報告書なんかじゃなくて、おまえの言葉で直接話して聞かせろよ。思えば、ここでおまえと二人になるのも久しぶりじゃねェか」

シンはパートナーの姿を思い浮かべる。

周囲の砂塵《さじん》能力を一時的にシャットアウトすることが特徴のパートナーを。

シルヴィがこれを知ったら、いったいどう思うのだろうか？

あいつの性格上、きっと祝福してくれるに違いない。

だが、その内心は？　人の心はだれにも覗《のぞ》けない。そういう砂塵能力者でもない限りは。

「どうもこうもない。俺たちはうまくやっているし、第一あんたに心配されるようなことじゃない」

「おいおい、こんなんでも上官だぜ？　それもおまえらの人事を直接担当したんだ。そのおれが心配しねェでどうしろってんだよ」

「……それもそうだ。が、問題はないのだからそう聞かれても困るというだけの話だ」

「べつに、いらん節介を焼く気はねェよ。おれだって、おまえくらいの時分はおっさんの話なんざ一秒だって聞きたくはなかったさ。だが実際問題として、経験っつーのは年食ってるやつに分があるもんだろ?」

「なんなんだ、ボッチ。さっきからなにが言いたい?」

その質問に、ボッチはもったいぶった口調で答えた。

「これは、シルヴィの元パートナーも含めて、シルヴィの周りの人間や、あるいは当人ですら勘違いしていることだがな。シルヴィがこれまでパートナーとうまくいかなかったのは、べつに能力的な嚙《か》み合いだけが問題なんじゃねェ。これはあいつにとって、もっとずっと本質的な命題であり、同時に組んでいるパートナーの問題でもあるわけだ」

シンはその言葉を一考する。しかし、まるで要領が摑《つか》めなかった。

「……よくわからないな。忠告や助言にしては、やけに抽象的だが」

「フッフッ。あいにく、大事なことはそういうもんだって相場が決まってんだよ」

普段のごとく、ボッチは自信に満ち溢《あふ》れた口調だった。

「なァ、シン。現場で人に背中を任せるってのがどういうことなのか、よく考えろよ。パートナー関係っつーのは、シンプルだからこそ難しいんだぜ」

「くどいな。さっきも言っただろう。俺たちにはなにも問題はないと」

「フッ。そんならいいんだがな」

かぼちゃマスクの下で笑ってから、ボッチは締めた。

「とにかく、これでおれの話は終わりだ。ああ、それとおまえの検査経過については研究室のほうから逐次報告させるから、そのつもりでいろ」

「承知した」

「無論、パートナーへの説明はすべて一任する。……おれのほうからは、なにも言うつもりはねェからな?」

「……そちらも、承知した」

こちらを見透かすようなボッチの目線が、たまに無性に居心地悪く感じるときがある。マスクで覆い隠している強がりすら、この上官は遥か頭上から見通しているかのようだ。

「気張れよ、シン。おまえには、おれはだれよりも期待してんだからよ」

そんな本心かもわからない激励を背中に浴びて、シンは逃げるように踵《きびす》を返した。


そして、今。

PD研の奥にある被験室で、インジェクターの起動スイッチに触れたまま、シンは動かない。

強化ガラスの張られた壁の向こう側では、幾何学模様のマスクを被《かぶ》ったスナミがこちらに注目している。そのマスクの下では、初めて砂塵《さじん》能力を使う人間に対する好奇心溢《あふ》れる視線を向けているはずだ。

「安心してね、シン君。眠っていた黒晶器官《こくしょうきかん》を慣らす工程は完璧にクリアしている。今のきみなら、なんのダメージもなくインジェクターを起動できるはずだから」

室内に通じるマイクに向けてスナミが言う。

「砂塵粒子を操る感覚は人によってまったく違うらしいけど、共通して大事なのはおそれないことだよ。だから落ち着いてやってみてね」

「了解した」

「それと、もしなにも起こらなくても気にしないようにね。知っての通り、砂塵粒子は無限に近い効能の代わりに、発揮できる条件は限られることが多い。いろいろな条件と対象物を用意しているから、どんどん試していこう。オッケー？」

問題ない、とシンは内心で告げた。インジェクターを起動することも、自身の身体を通じて出る砂塵粒子の扱いも、どちらも重々心得ている。

今からやることは、ごく単純だ。インジェクターを起動して、人の形をしたテスト用のオブジェクトに向かって粒子を放つ。あるいは宙に、もしくは自分自身にまとわせて、幾億通りの砂塵粒子の効果から、この身体が一体どんな能力を引き出したのかを確認する。たったそれだけだ。そして自分がどんな砂塵能力者であれ、事態の悪化を招く可能性なんて少しもない。

パートナーとの関係がゆらぐなんてことも、当然ありえない。

そう、だからなにも問題はないはずだ。

シンは深く、いちどだけ呼吸する。それから、静かに起動スイッチを押した。

（ラン……）

心中で、いつまでも忘れることのできない人の名を呼んだ。

それに返事をするかのように、インジェクターの起動音が虚空に響いた。

7

夢を、見ていた。

そこにいるのは以前の自分だ。何年も前というわけでもないというのに、今とは決定的な断絶を感じる。まるで別世界の出来事だったかのように。

蔦《つた》のかかった校舎の通学路を歩く。

女学園の制服。蓬色《よもぎいろ》のスカートが風に揺れる。姦《かしま》しい声援が聴こえる。

「あそこをご覧になって。あの鏡張りのマスク、アルミラさまよ」

「あのミラー家のご息女の？」

「彼女、今期の学業成績も一番だったそうよ」

「それだけではありませんわ。先月は、なんとプロも出る射撃大会で優勝されたそうよ」

「まあ、すごい。なにもかもが完璧ですのね。憧《あこが》れますわ」

お手を振ってさしあげたら？　と隣を行く学友に言われる。

集団に向けて小さく手を振ってみると、きゃあっと歓声が上がった。

恥ずかしくて顔を逸《そ》らすと、足早に校門を出る。

迎えの車に乗る。運転手がなにも言わずに自宅に向けて走り出す。

後部座席で風景が流れるのを眺めていて、ようやく実感が湧《わ》いてくる。

これで女学園に通った数年間、ずっと一番の成績だったことになる。

父に報告するのが楽しみだ。きっと自分のことのように喜んでくれるに違いない。

完璧というものがなんなのか、未だによくわかっていない。

しかし二番よりも一番のほうがそれに近いことはたしかだろう。

級友のなかには親を嫌う子もいるが、自分にはよくわからない。

昔からずっと好きなままで変わらないし、この先変わることもないと思う。

幼少期からの愛称で呼ばれて、優しく頭を撫でられれば、あとはなにもいらないのだから。

車がエデンの仮園の区画に入る。

ミラー家の邸宅が見えたころ、違和感に気づく。

中央連盟の車が何台も門の前に停まっている。

粛清官《しゆくせいかん》がいる。連盟職員がいる。父の会社の者がいる。使用人がいる。

職員の制止を振りきって家のなかに入る。

べつにだれが自分の家にいても構わない。

両親さえいれば。

しかし、その両親だけがいない。

代わりに残されたのは血のにおい。

生涯忘れることのない、命が消えたあとの虚無のかおり。

割れた鏡面に映る、完璧とは程遠い、無力な自分の姿。


——場面が変わる。

鉄の学舎だ。建物内の端々にミラー社のロゴが刻まれている。

机には、もう被《かぶ》ることのない鏡張りのマスク。

マジックミラー越し、何人もの粛清官候補《しゆくせいかん》が血の滲《にじ》むような訓練を受けている。

彼らを眺めていると、傍《そば》に立つ、遥か長身の男が言う。

連盟盟主の一角、円卓会議に席を持つ者だった父に、その昔世話になったという粛清官が。

「最後に確認します。本当にいいんですね？」

「はい」

「おれが部屋を出て、然るべき手続きを踏めば、あなたはもう盟主の娘ではなくなる。中央連盟の保証する各種サポートも受けられなくなる。それどころか、名前すらも変えねばならなくなる。それでも構わないと？　アルミラ・M・ミラー嬢」

「構いません。お願いします」

かぼちゃ頭を見上げる。その目に彫られた空洞をしっかりと見据えて言う。

「もうひとつ、お願いがあります。わたしをここに……官林院《かんりんいん》に入れてください」

「まさか、粛清官になられるつもりで？」

沈黙で肯定した。

「このなかから粛清官の肩書きを与えられるのは、ほんの数パーセントに満たない。いくらおれでも口利きは」

「ご心配なく。一切の不正は望みません。必要な審査は、すべて自分の力だけでパスします」

ぴしゃりとそう宣言する。

「わたしは、完璧を目指さなければなりません。半年でここを出ます。そして──」

そして……

その先は、言わなくてもわかるだろう？

真に高温の炎は、冷たい見た目の群青色となって燃ゆる。

銀色の瞳《ひとみ》に宿る灯火《ともしび》は、見る者みなを納得させる、暗澹《あんたん》とした復讐《ふくしゅう》の明かりを帯びていた。


──場面が変わる。

紫色のリーファージャケット。少しだけ大人びた顔つき。

胸元には連盟の所属を表すエムブレムが光っている。

なかでも特別な意味を持つエメラルド色は、すなわち粛清官《しゅくせいかん》の肩書きを周囲に知らしめる。

「今日から、おれがおまえのボスだ」

すっかり口調を変えた上官が座っている。

名目上、二人の間であらゆる過去はなかったことになっている。

彼女は初対面であり、彼もまた初対面のはずだ。

それでも彼は当初の約束を守って告げる。

「こいつがミラー家当主殺害事件の機密情報だ」

一葉の写真。

血溜《ちだ》まりに添えられたトランプのエース。

穴が空くほどに、長く、ただ見つめた。

「連中は、必ず現場にトランプを残す」

組織名は〈ＡｖｅＣＥｎｔ〉。この偉大都市《いだいとし》のどこかに潜むという、特殊な犯罪集団。

彼らがいつまた動くかはだれにもわからない。

その際に粛清に関わることができるかは挙げた功績次第だ。

第一等粛清対象。警壱級《けいいつきゅう》粛清官のみが担当できる最重要案件《マキシマムマター》。

確実なのは、その高位まで辿《たど》り着くこと。

目の前でトップ・シークレットの資料が燃やされる。

トランプのエース……　ロのなかだけでつぶやいた。


――場面が変わる。

怪我《けが》をしたツインテールの女粛清官がこちらを怒鳴りつけている。

「あんたのせいで死にかけた！　あんたのハタ迷惑な砂塵《さじん》能力のせいで！」

「本当にごめんなさい、リリス。あんなつもりじゃなかったの」

素直に頭を下げる。相手の言う通り、自分が悪い。

自分が能力の範囲を見誤ったせいでパートナーを窮地に陥らせたのだ。

味方の足を引っ張る面倒な能力。しかし使わなくては自分がやられてしまうジレンマだ。

何度謝っても許してもらえない。

「――タイダラ警壱級のベッドに何回忍びこんだのよ？　無能のコネ女」

かっと頭に血がのぼり相手の頰《ほお》を叩《たた》く。

それが決定打となり、パートナー関係が解消となる。

粛清官は一人ではなにもできない。

焦りが募る。このままではいけない。

このままでは。

はやく、どうにかしなければ。

——場面が変わる。

黒い髪。赤い眼を持つ少女がこちらを見つめている。

ある日突然いなくなったかと思いきや、ある日突然帰ってきたパートナーは、自分の正体も、目的すらも知っている。

だからこそ、そっと、肉親の仇《かたき》を明かしたのだ。

「第一等粛清対象」

うなずく。

「大事なのは階級」

もういちどうなずく。

「ん……俺が警壱級《けいいっきゅう》になっても同じことか」

ひとり言のようなその言葉に、ほんの一瞬でも救いの糸を視《み》てしまったことを恥じた。

自分の宿命だ。自分で解決したい。いや、解決しなければならない。

目の前の尊敬する人は、自分の力だけでそうした。

完璧を目指さなければならない。

愛する両親の、誇りある一族の、それが唯一の教え。

——場面が変わる。
獣だ。規定外の大きさをした獣人が、自分に豪腕を振り下ろそうとしている。
なんてばかな油断を。
光る剣先が走り、窮地を救われる。
今のパートナーは自分の心配をしてくれる。助けてもくれる。
だが頼ってはならない。
走るのをやめてはいけない。甘えそうになったときは、隠れて腿《もも》を抓《つね》った。
焦りが募る。このままではいけない。
このままでは。
完璧を目指さなければならない。
そうでないと、いつまで経っても——
「はぁっ、はぁ……っ！」
シルヴィは荒い呼吸とともに目を覚ました。
ひどい寝汗だ。枕元に水差しがない。
電気をつけると、あいもかわらず雑多な部屋があらわとなった。

シルヴィの旧文明趣味が存分に表れた、家具やインテリアの溢《あふ》れる自室だ。

仕事漬けの日々で満足に整理をする余裕がなく、このごろはいっそう散らかっている。

シルヴィはベッドを降りて冷蔵庫に向かった。ペットボトルの水に手を伸ばすとき、かぼちゃマークのラベルが貼られた大量のジュースが目に入る。少し前に上官が置いていった迷惑な創作飲料だ。身体にいいらしいが、少なくとも舌に悪いことは間違いない。

それでも当人は品種改良を重ねていると言うし、今回こそはと思ってそちらを手に取る。

飲んだ瞬間に後悔した。粘り気のせいでまるで喉《のど》が潤わないのはどういうことなのだろう。

(これ、なんとかしてチューミーに押しつけられないかしら……)

シルヴィは天井を見上げる。上のフロアにある一室で、シンは眠りこけているのだろう。

犬のマスクを被《かぶ》るくせに、眠る様子は猫のようであることをシルヴィは知っている。

薄手のカーディガンを羽織り、窓際の椅子《いす》に腰掛けた。趣向を凝らした模様は、かつて旧文明においてアールデコと呼ばれたデザイン様式の逸品で気に入っていた。

二重の窓ガラス越しに、分厚い雲が浮かぶ夜空を見上げる。

悪い夢だった。

ざわついた心が落ち着かない。久々にゆっくり休もうとしたらこれだ。

事件から一年半が経過しようというタイミングで、どういうわけか悪夢が増えた。

忘れたいとは言わないが、あまり必要ではないときに思い出したくはない。

シルヴィは、自分の睡眠不足を快く思わないパートナーに心のなかで弁明する。

たしかに、このごろのわたしは働きすぎかもしれない。でも、少なくとも仕事をしている最中は眠らなくて済むのよ、と。無論、それだけが理由というわけでもないが。

あるいは、頻繁に現れるようになった苦しい過去の背後には、正当に復讐《ふくしゅう》を遂げたパートナーの影響があるのかもしれない。

羨望《せんぼう》？　憧憬《しょうけい》？　……まさか嫉妬《しっと》ではあるまい。

そうして、シルヴィが癖でもある自己分析を行っている最中だった。

足音がした。この深夜にだれかが廊下を歩いている。

その人物は、自分の部屋の前で立ち止まった。

直後、かすっと音がして、扉の下に手紙が挿し込まれる。

それでシルヴィはピンと来る。こんなことをする人物は自分の周りには一人しかいない。

急いで扉を開けると、予想通りだった。

「やっぱり。――タイダラ警壱級《けいいっきゅう》」

「ん？」

連盟本部の廊下で長身の男が振り向いた。がしゃり、とボッチの担ぐ巨大な棺《ひつぎ》が揺れる。

「なんだ、起きていたのかよ。……いや、おれが起こしたのか？」

「いえ。寝付きが悪くて、外を眺めていました。警壱級は、こんな時間までお仕事を？」

「いや、今日はたいして仕事はしてねェ。ちょいと古い知り合いと話していただけだ」

ボッチはキャリアの長い粛清官《しゅくせいかん》だ。

古い知り合いとなると、よほど高位な粛清官か、すでに退官した人物だろうか。

「わたしになんのご用事でしょうか」

シルヴィは書き置きを拾う。かぼちゃのシールを剝《は》がそうとすると、ボッチが止めた。

「おい、目の前で開けるんじゃねェ」

「なぜです？」

「なぜって……そりゃあ、バツが悪いからに決まってンだろうがよ」

「ふふ。恥ずかしがらなくても」

シルヴィはくすりと笑ってしまう。

「警壱級《けいいっきゅう》、どうぞ上がってください。……その、散らかっていますが」

「バカ言うな。こんな遅い時間に若ェ女の部下の部屋になんか入れるかよ」

そんなことを気にしなくとも、と言おうとしてシルヴィは口を閉ざす。実際に勘違いされた過去があるのだった。

「ナハト警弐級《けいにきゅう》から伺いました。覚醒獣《かくせいじゅう》に関して、警壱級もお調べになっているのだとか」

「あァ。まだそこまで関われてはいねェけどな。おまえらもまた厄介な案件に回されてんのな」

「ええ。ですが、いつかの仕事に比べたらずっとマシです」

「ハッ、そいつは言えてんな」

そう、今はずっと楽な条件だ、とシルヴィは思う。

正規の粛清案件だし、正規のパートナーだっているのだ。

「警壱級も、今後は本件の捜査に加われるのでしょうか」

「まァな。今やっている仕事に片がついたら、おれもこの塵工《じんこう》麻薬の件は一枚かむつもりだ」

そこでボッチは意味深に間を置いた。それから言った。

「シルヴィ。たしかに、こいつはスマイリーの一件よりも状況そのものは簡潔だ。だがおれの見立てでは、覚醒獣はどうも見た目通りの事件じゃねェ」

「それは……なんといっても、この事件規模ですから。覚醒獣のせいで、裏社会の抗争が激化していると聞きますし」

「そういうことじゃねェんだ。今回の件は、どうも裏を感じる。一面的なものじゃないってな。ま、そう感じる根拠自体は、いくつかあるっちゃあるんだが」

「それは、例の犯行動機のお話でしょうか?」

シルヴィは先刻シーリオから聞いた話について触れた。

「それも理由のひとつだな。ルート72っつー麻薬組織は、たしかに最大手の一角ではある。だが今の塵工麻薬の販売は、そもそも組織系統を持たないタイプの新しい売り方が主流でな、昔気質の連中は斜陽傾向にあるんだよ。なら、そんな状況でわざわざ連中を選んだのはなぜだ？　そこにはなにか必然性があるに違いねェ」

「ルーガルーが、なにか個人的な事情があってルート72を乗っ取るつもりと考えたらどうでしょう」

「その場合も同じだな。その個人的な事情とやらがネックとなる。そしてもうひとつ、その場合は方法が謎《なぞ》だ。現状の調べでは、狼士会《ろうしかい》とやらは小規模組織なんだろ？　ならどうやって大物の麻薬カルテルを相手する？　頼みの綱であるはずの覚醒獣《かくせいじゅう》を相手に渡しているのは謎なんだよ」

　どうやら疑問は尽きないようだ。今後の捜査に今以上に本腰を入れるほかないだろう。

「……と、わりィな。こんな時間に、こんな場所で立ち話する内容じゃなかった」

「いえ。警壱級《けいいっきゅう》の推理は勉強になります」

「おれのやり方は勘頼りだ。真似《まね》してもロクなことになんねェから参考にすんなよ。……それより、ここに来た理由だがな。例の銃について、追加装甲がある」

　――例の銃。

　その言い方で、シルヴィは上司がなにを指しているのかすぐにわかる。早く実戦レベルまで仕上げたくて、暇さえあれば練習している、シルヴィにとって特別な銃器だ。

「パーツはスナミのところの研究室に置いてある。詳しい説明も用意してあるから、今度取りつけておくといい」

「ですが、警壱級。あれは、まだわたしにはうまく扱えなくて」

「そうか。だが、練習はしてんだろ?」

「ええ、それは」

「ならいいじゃねェか。焦らずやれや、シルヴィ。一人前の粛清官《しゅくせいかん》っつーのは、どっしりと構えているもんだぜ」

シルヴィはこうべを垂れる。

文字通り、頭が上がらなかった。この偉大都市《いだいとし》にたった数人しかいない最上級粛清官が、自分のために莫大《ばくだい》な費用を投じて塵工銃《じんこうじゅう》を特注してくれた。その上、こうして追加装甲まで用意してくれているというのだから、なんと礼を言えばいいのかわからなかった。

「警壱級。その、いつも本当に」

「あァ、礼ならいらねェからな。こいつは、おれのただの工作趣味の一環だからよ」

「で、ですが――」

「だからいいっつーの。こんな夜中に邪魔したな」

そう残して、ボッチはさっさと歩き去ってしまう。

がしゃがしゃと揺れる棺桶《かんおけ》に対して、シルヴィは深く一礼した。

寝床に戻る前、シルヴィは一丁の銃の手入れをする。何十と所有するミラー社製の銃器のなかから取り出したのは、観賞用の小銃だ。十年以上も前に、射的がしてみたいと言い出した自分のために、父が特別にこしらえてくれた子ども用の銃だ。

改めて握ってみると、まるでミニチュアのようだ。たとえ弾《たま》が心臓部に直撃しようとも殺傷することはできないほどの小経口。なんと可愛らしいものだろう。

上質なガンオイルで丁寧に整備しながら、シルヴィは自分がそれとない不安を抱いていることに気がついた。

その正体を探る。自分の慢性的な実力不足？　違う。できるだけはやく解決しなければならない問題ではあるが、それは今に始まったことではない。

あのボッチが憂慮するような大きな事件に加わっているから？　それも違う。むしろ、大きな案件に関われることは好機だと思っているくらいだ。

最近になってほんの小さな溝ができただけで、今は信頼できるパートナーだっている。

やはりなにも問題はないはずだ。

理屈ではそうわかっているにも関わらず、しかしシルヴィは正体不明の不安の種を無視することができなかった。

8

──中央連盟本部から遠く離れた、とある場所。

窮屈な牢《ろう》に、口笛の音が響いていた。

それは知らない者が聴けば、なにかしら特別な楽器で奏でられた音楽のように思うことだろう。たかが口笛といえど、その音色はひとつの旋律と呼んで差し支えない。

美しく、また儚《はかな》げなメロディだった。

「──その耳障りな口笛を吹くのをやめろと、いつも言っているだろう。〝人形遣い〟」

連盟職員の指定マスクを被《かぶ》った男が牢屋に近づいて言う。

囚人は口笛を中断すると、天井を眺めたまま返した。

「そんなこと言って、本当はボクの曲が好きなくせに。知っているんだよ？　ボクが夜な夜な口笛を吹くと、見回りの足を止めて聴き入っているでしょ」

ソプラノのように高く、透き通る声だった。

檻《おり》付きの窓の外で、厚い雲がゆるやかに流れている。おそろしいほどに光る月があらわれて、囚人の姿を映した。

囚人は、ほんの少年だった。工獄の指定服を身にまとい、囚人番号の彫られたマスクを腹の上にのせて寝転がっている。

そのマスクは、ピエロのデザインをしていた。

「妄言を。そんなはずがないだろう」

「自分の心を偽ったらダメだよ。特においしい食事と、美しい曲への素直な感性に関しては。そういう嘘《うそ》をついていると、いずれ自分で自分の本心がわからなくなっちゃうからさ」

「ほざけ。元第一等犯罪者が偉そうに」

連盟職員が吐き捨てるように言う。

ここは、偉大都市《いだいとし》某所――中央連盟の管理する厳戒牢獄《ろうごく》の一棟である。

特に堅牢《けんろう》な作りをしている最奥部《さいおう》には、決して脱獄を許してはならない最重要犯罪者が収容されている。

職員が牢屋の前のパネルを操作する。数段階の電子ロックが外れたあとで、さらに懐から鍵束を取り出してアナログ錠を外した。

「出ろ、人形遣い」

「？　なに、ひょっとして逃がしてくれるの？　やっさしー！」

「貴様の冗談はいちいち癇《かん》に障るな」

職員はため息をつくと、

「前に宣告した通り、貴様は本日付けで移送だ」

「ああ、そういえばそんなことを言っていたね。つまりあれだね、お引っ越しってやつ？」

牢を出るとき、ガチャリと銃を構える音がした。複数人の連盟職員が少年に対してアサルトライフルを構えている。

「そんな物騒な物を向けないでよ。インジェクターを取り上げられて、こんなおとぎ話に出てくる奴隷みたいな鎖までつけられて、今のボクに抵抗できるはずがないでしょ?」

「黙って従え」

人形遣いと呼ばれた少年は肩を竦《すく》めて歩き出した。

職員たちは、決して警戒を緩めなかった。マスク越しとはいえ、彼らが抱いている強い警戒心が伝わってくる。かわいそうに、と少年は思う。弱者として生まれると、こんな必要のない恐怖に震えることになるなんて。

牢が閉まり、囚人はほんの一時だけ、監獄の外に出ることを許される。

連盟の輸送車が、夜の都市を走行する。

内部で厳重に縛られた人形遣いが、心地よい子守唄のような曲を口ずさみながら言う。

「そっかぁ、移送かぁ。じゃあ、職員さんともお別れなのかな?」

「そういうことだ。まったく、せいせいするな」

「さみしくない? ボクはさみしいな。だってボクたち、なんだかんだで仲良くなったしさ。思えばこれまで、結構いろんな話をしたものだよね?」

その発言に、ライフルを抱える職員たちが怪訝《けげん》そうに顔を見合わせた。有名な犯罪者に好意を抱かれている同僚に、猜疑心《さいぎしん》を抱いているようだった。

「ボク、職員さんのことは好きだったよ。なんといっても、音楽の趣味が合うし。アルフ・ポートの砂塵《さじん》礼讃曲が好きな看守だなんて、偉大都市《いだいとし》広しと言えど、きっと職員さんくらいのものじゃない？」

「貴様のような重罪人から向けられる好意ほど気色の悪いものもないな」

「もう、素直じゃないんだから」

「言っておくがな、人形遣い。次に入る監獄は、これまでのように甘くはないぞ」

職員は苛立《いらだ》ちを隠さない口調で言った。

「なんといっても、あの〝典獄〟が直々に管理されている工獄の本棟だ。いくら貴様の砂塵能力に利用価値があろうとも関係ない。あの方の機嫌を損ねれば、すぐさまあの世行きだ」

「ふぅん。それはこわいねえ」

「ちっ、思ってもいないことを」

「あは、わかっているじゃん。ほら、やっぱりボクたちって馬が合うよ」

少年は快活に笑うと、

「ねえ、職員さん。いつか職員さんが死んじゃったら、そのときはボクが特別に鎮魂歌を歌ってあげるね」

「そうか。なら貴様が死んだときには、俺はせいぜい腹の底から笑ってやる」

「本当に？　約束だよ？　ものすごーく高らかに、天まで届くくらい、大きく笑ってね？」

それきり、会話はなかった。

人形遣いは、変わらずに歌を口ずさみながら、輸送車の揺れを楽しんでいた。

こんな単調な揺れですら、この数年の牢獄《ろうごく》生活では決して味わえなかった代物だ。それを全身で感じて次の曲にしたいと思い、目を瞑《つむ》って周囲の環境を意識する。

だからだろうか。

その脅威にだれよりも早く気づいたのは、人形遣いだった。

恐怖と力が具現化したような、禍々《まがまが》しい感覚に襲われる。だが不思議とそれは懐かしく、また自分にとって因縁のあるものであるように少年には感じられた。

「？　どうした、人形遣い」

「——なにか……なにか、くる。これは……」

またいつもの妄言かと、連盟職員がマスクの下に呆れ顔を浮かべたときだった。

「う、うわぁぁ————っ！」

運転手が叫んだ。それと同時、輸送車が大きく揺れた。

車が急回転したあとで、ガリリリッ！　と激しいタイヤの摩擦音を出してから壁にぶつかる。

「なんだ、何事だッ！」

職員が声を張り上げる。全身を鞭《むち》うったかのような衝撃に、マスクの内側で血の混じる咳《せき》を吐きながら。

「わ、わかりません！　今、なにやら黒い物体が、車の前に立ち塞《ふさ》がって……！」

「なんだと……？　見間違いじゃないのか？」

「え、ええ！　なにか、黒い獣のような化け物が――！」

そのとき、連盟職員たちはたしかに耳にした。

グルルルル、と、まさしく獣が吐くようなおぞましい唸《うな》り声を。なにか、姿を見るのも恐ろしいような怪物が、車の外にいることを直感で理解する。

その直後――輸送車の窓ガラスが割れる音がした。

次いで、けたたましい叫び声。一同には、運転手が宙に浮いたように見えた。否、暗がりで視認が適《かな》わなかったが、どうやら闇《やみ》に溶け込む何者かに身体を持ち上げられたらしい。その直後、人体が破壊される嫌な音が響いて、事切れた運転手が路上に放り捨てられた。

割れた車内灯がいちどだけスパークしたとき、人形遣いはその姿を目にした。

一頭の、黒き獣の姿を。

「い、いったいなにが……！」

「敵襲だ、狼狽《うろた》えるな！　各自、武器を構」

指示を出しきる前に、その職員の身体が吹き飛んだ。

連盟の武装職員たちが応戦を開始したが、それは戦闘と呼ぶにはあまりにも一方的なものだった。遥か見上げるような巨体が、言葉通り、瞬きさえも許さないような一瞬の内に、すべての職員を屠《ほふ》ったのだった。

生き残ったのは、人形遣いだけだった。

死体の山と輸送車から漏れ出る煙のなか、人形遣いは口にする。

「キミは……」

その獣を、人形遣いはよく知っている。

彼にとっては因縁の相手。

ほかでもない。犯罪者である自分を捕え、牢獄《ろうごく》に送り込んだ張本人だ。

「どういうこと？　どうして、キミは自分の仲間たちを襲って……」

「――質問はあとだ。俺に協力しろ、〝一〇八人殺し〟の人形遣い」

身の毛のよだつような低音。それでいてどこか穏やかな声には、聞き覚えがある。

「協力？　ボクが、キミに？」

「ああ。そうすれば、おまえを外に出してやる」

ピエロマスクのなか、人形遣いは目をぱちくりさせた。

それから、

「くっ、くくく……あはははははは！」

こみあげてくる気持ちに、思い切り笑った。

わけがわからない。夢でも見ているかと自問すれば、きっとそうに違いないと答えるだろう。だが、久しぶりに嗅《か》ぐ血のかおりは、少年もよく知る残酷な現実の産物だ。

「人生、なにがあるかわからないなぁ。――いいよ、これが冗談や虚言じゃないことはよくわかった。解放してくれるなら、このボクがなんでも協力してあげるよ」

獣が、腕を振るった。

鋭利な爪《つめ》の一閃《いっせん》が、少年を縛っていた堅牢《けんろう》な鎖をたやすく断ち切る。

「長居は無用だ。行くぞ」

獣は人形遣いの身体をひょいと持ち上げると、四足を使って夜の街を駆けていく。

望外に訪れた自由の風だった。心地のいい風を身に感じながら、人形遣いは久しぶりに見る偉大都市《いだいとし》の夜景に見入る。

そこで人形遣いはふと、つい今しがた交わしたばかりの約束を思い出す。

ん、んん、と喉《のど》の調子を整えてから――

彼は、高らかに歌った。澄み渡るような美しい歌声は、風にかき消されながらも、たしかに夜の街に響き渡った。

人形遣いが気に入る相手は少ない。だからこそ、彼は特別な相手には特別な楽曲を見舞うことにしている。

「なんのつもりだ？」

「気にしないで。ただ、友達との約束を果たしただけだから」

人形遣いはどこまでも続く夜空を見上げると、空に語りかけるように台詞を続けた。

「――ねえ、職員さん。鎮魂歌の約束、思ったよりもずっと早く来ちゃったね？」

かくして、事件は流転する。

1

まるで洞窟《どうくつ》のような場所だった。

うんと空を見上げても、星はおろか、雲さえも目に映ることはない。代わりに広がるのは、灰色の殺風景な天井だけだ。

この場所には、陽光が差し込むことはない。頭上から注ぐ弱い光は、すべて人工のライトだ。そのほかの光源は、せいぜい木製の柵《さく》沿いに何本も立ち並ぶ、枯れ木のような街灯くらいのものだ。

バチバチと点滅する街灯は、洞穴の奥へ奥へと続き、あばら家のような古ぼけた民家の群れを照らしている。

そこは村だった。ただし、闇《やみ》の底のように暗い村だ。

どこかから、子どもたちの遊ぶ声がする。村を駆け回っている。何人かの少年少女たちによるものだった。

それぞれ異なる小動物のマスクを被《かぶ》った少年たちは無邪気に笑いながら、ひとつの家——さびれた教会のような建物に吸い込まれていく。

もっとも背の低い少年が、玄関先でひとりの人物にぶつかった。

「うわ、っと……！」

「きゃっ」

入り口で少年と鉢合わせた女性が、運んでいた大量の洗濯物をその場に落としてしまう。

修道女の格好をした女性は、着用する梟《ふくろう》のマスク越しに少年を叱《しか》る。

「こら、トルメス。走るときは前を見なさいと、いつも言っているでしょう」

「ごめんごめん、シスター。落ちた洗濯物、あとで俺が洗っておくから！」

少年はそれだけ残し、ふたたび笑い声を上げながら走り去っていった。

「謝るときは、ちゃんと相手の目を見て謝りなさいっ」

シスターがそう声を張り上げるが、少年たちはまるで気にしない様子だった。よほど遊びたい盛りなのか、小さな柵で区切られているだけの庭——彼らが校庭と呼んでいる遊び場で、追いかけっこを再開する。

「もう。まったく、しょうがない子たちなんですから」

シスターは落とした洗濯物を拾う。

ビュオオオ、と不気味な音を立てて風が吹いた。

この地中深くにおいても、時おり思い出したかのように風が吹く。地上への出入り口が開いているとき、そこから舞い込んだ風が長い洞窟《どうくつ》を通って村まで届くためだった。

教会の入り口に旗のように刺さっている、風見鶏を模した住所表示がくるくると回る。

そこには〈木漏れ日と福音〉と書かれている。

それが、この孤児養護施設の名だ。

だがその名とは異なり、この場所は木漏れ日とは無縁である。

ここには樹木もなければ、それを育てるための陽さえも届かないのだから。

ここは偉大都市《いだいとし》の真下、最下層帯に広がる住処《すみか》。

公的には存在しないとされる、棄民たちの土地。

その名を、零番街と呼ぶ。


洗濯物を拾い集めたシスターのテスラは、来た道を引き返して建物に戻った。扉を開けっぱなしにしている施設児たちの私室を通り過ぎて、奥のキッチンに入る。

テスラは手首に巻いたD《ダスト》メーターを一瞥《いちべつ》する。メーターが安全値を示しているのを確認してから、愛用の梟《ふくろう》のマスクを脱いだ。

肩まで切りそろえられた金髪に、きらきらと光る碧眼《へきがん》があらわになる。

ローブの腕部を捲《まく》ってから、テスラは洗濯物を水でゆすぎはじめた。

「しすたぁ……」

そう声をかけられて振り向くと、半べそをかいている少女の姿があった。

「あらあら、アニータ。どうしたのですか？　転んでしまいましたか？」

「ちがうの。トルメスたちが遊びに混ぜてくれないの」

「またですか？　本当にしょうがない子たちですねぇ」

先ほど、ぶつかって洗濯物をぶちまけた少年たちだ。わんぱくという言葉がこれ以上ないほど似合う彼らは、年相応に女の子にいじわるもするのだった。

「こっちにおいでなさい。いじわるする子は放っておいて、わたしとお話でもしましょうか」

アニータがてこてこと歩み寄ってくる。

「シスター、なにかご本でも読んでぇ」

「それはまた夜。みんなで寝る前にしましょうね」

アニータは食器棚の前にある踏み台を運んできて、流し台によじ登って縁に座った。行儀が悪いと注意しようかとテスラは迷ったが、やめておいた。

アニータは子ウサギのマスクを脱ぐと、膝《ひざ》の上に置いた。横目で見て、汚れてきてしまったなとテスラは思う。今度また、全員のマスクをチェックしてきれいに修繕しなければ。

この施設の子は、みなが小動物のマスクを被《かぶ》っている。素体のマスクフレームに編みぐるみを被せて作った、テスラ手製の品だった。

「ねえ、シスター。わたしがいじわるされるのは、わたしが捨て子だからなの？」

一瞬、テスラの手元の動きが止まる。

「だれがそんなことを言ったのですか？」

「だれにも言われてないよ。ただ、そうなのかなと思っただけ」

よかった、とテスラは思う。もしいじわるする男の子たちが言ったのなら、それは仲間はずれにするよりも、もっとずっとしっかり叱《しか》らなければならない。

だが、よくよく考えればだれも言わないはずのことだ。

なにせ、この施設には親のいない子しかいないのだ。そして自分が気にしていることを人に言うような子はいないはずだ。

テスラの横顔を眺めてアニータが言う。

「シスター、今日もきれい」

「ふふ。それはどうも」

「シスターは、結婚しないの？」

「そうですねえ。今は、あなたたちがいて子沢山ですからね。みなさんが大きくなって独り立ちしたら、そのときに考えてみましょうかね。……あ、でもそのころにはもうおばさんになっているでしょうから、もらってくれる人もいないかもしれないですね」

あは、とテスラは笑った。

反面、アニータは暗い顔を浮かべて言った。

「……わたし、出て行きたくないな。ずっと、ここにいる。シスターといっしょに、ずっと木漏れ日にいる」

「あら、どうしてですか？」

意外な発言だった。ほかの子たちは、できるだけはやくこの零番街を出て行きたいと思っているからだ。

「だって、こわいんだもん。上の世界は危険がいっぱいだって、トルメスたちが言っていたよ」

「そうでした。アニータはまだ、偉大都市《いだいとし》をちゃんと見たことがないのですものね。でも、いつか行ってみればわかりますよ。きらきらしていて、とてもきれいな街ですよ」

この施設を出て、村の奥にある坑道をずっと歩いていく。まるで蟻《あり》の巣のように複雑怪奇な地下道――通称「地下迷宮」と呼ばれる暗黒道だ――を進むと、黒い棺《ひつぎ》のような見た目をした古いエレベーターにたどり着く。

そこを昇ると、十八番街のすぐ真下に出る。

あとは梯子《はしご》を上るだけで、簡単に地上の偉大都市に至ることができる。

テスラは、ごくたまに一定の年齢以上の子どもたちを地上へと連れていく。

そして、この世界が本当はどんな見た目をしているのか見せてあげるのだ。

それは教育でもあり、……そして、浄化でもある。

こうして洗濯物を水でゆすぐのと同じだ。自分がそうすることで、きっと彼らは、いつか幸福になることができる。

テスラは思う。

外の世界に憧《あこが》れすぎてはならない。彼ら子どもは、この薄汚れた地下を今すぐに飛び出ることはできないのだから。

だが、嫌ってもいけない。まして、恨むだなんてもってのほかだ。子どもたちはいずれ、上の世界に順応する必要があるのだから。

「本当に？　いだいとし、こわくないの？」

「ええ。少なくとも、わたしがいっしょにいれば大丈夫ですよ」

テスラは努めて優しい声色で答えた。

実際には、偉大都市《いだいとし》には危険が多い。地下にいても耳に届くような凶悪な砂塵《さじん》事件が頻発している。

それでも、一生をここで暮らすよりはずっとましだ。

第一、この零番街とて、本来であれば安全とは無縁の危険地帯なのだから。

「シスターは、何度もいだいとしに行ったことがあるんでしょ？　上の世界はだれがいて、なにをしているの？」

「たくさんの人たちが住んでいるんですよ。アニータが想像できないくらい、たくさんの人がいるのです。それで、中央連盟という大きな組織があって、街の平和を守っているのですよ」

テスラはそう嘘《うそ》をついた。

中央連盟は、決して自分たちのような存在を助けてくれはしない。特に、この零番街の出身者のような市民権を持たない層は、どんな危険に巻きこまれても知らん顔だ。

それどころか、彼らは——

連中は、許されざることをした。

テスラは、荒廃した地下の街を窓越しに見つめた。この零番街の風景を見ていると、すべてが蹂躙《じゅうりん》されたあの日を思い出す。同じ人間とは思えない、あまりにも強大な力を持つ粛清官《しゅくせいかん》に、父が、母が、仲間が……。

あるいは、すべてが。

（……いけない。過去のことは、過去のままにしておかないと……）

テスラは、自分の記憶と感情を必死に押し殺している。

中央連盟に対する恨みなど、おくびにも出さない。

いつか孤児たちがなんの疑問も抱かずに偉大都市で生活を送れるように、自分のことも零番街のことも、本当のことは明かしていない。

自分たちが、どういう境遇で生まれてきた孤児なのかということさえも。

もし知ってしまえば、中央連盟を恨まずにはいられないだろうから。そして、ひとたび恨みに思ってしまえば、それは見えない入れ墨となって永久に身体に刻まれてしまうのだから。

(――あの人みたいに)

だから、テスラ・バレーは多くを語らないのだった。

「ふ――ん……」

アニータは疑うように口にする。

「それなら、いつかシスターが上の世界で結婚式するときに、わたしも上に行くことにする」

洗濯を再開しながら、テスラは笑った。

「うふふ。アニータは、どうしてそんなにもわたしの結婚が気になるのですか」

「だってシスター、園長先生のこと、好きなんでしょ?」

「は、はぁっ!?」

思ってもいない意外な発言を聞かされて、テスラは声が裏返ってしまった。

「な、なにを言うのですか、アニータ！　というか、園長先生って、まさかあの人のことですか?」

「ちがうの?　トルメスたちは、あの男の人がここの一番えらい人なんだって言っていたよ」

テスラの口が、ぱくぱくと口を開いては閉じる。結局、なにも言うことができなかった。

「あはは。シスター、顔が真っ赤。好きなんだ」

「赤くありませんし、そういうのでもありません」

「あの人、なにをしている人なの？　シスターとはどういう関係なの？　マスクの下は、シスターと付き合ってもいいくらいいけめんなの？」

小さくても女の子か、アニータは興味津々といった様子でそう質問してくる。

「なにも教えることはありません。詮索《せんさく》は下品な人のすることですよ、アニータ」

「いいじゃん、教えてくれても。恥ずかしいの？」

テスラは幼い教え子を睨《にら》むと、服をゆすいでいた手をぴっぴと払い、水しぶきを相手の顔に浴びせた。

「うわ。なにするの、シスター」

「アニータ。笑顔が戻ったのなら、もう大丈夫ですね？　もういちど、トルメスたちに遊びに混ぜてもらうように頼んできなさい」

「ええー。いやだよ、また置いてけぼりにされるもん」

「アニータを混ぜてあげないと、お夕飯の献立を減らすとわたしが言っていたと伝えなさい。それで一発ですから」

脅すようであまり好きな手段ではないが、やむを得ない。

「……わかった。園長先生の話は、また聞かせてね」

「彼は園長先生ではありません。みんなにも、そう伝えておくように。ああそれと、間違ってもお外でマスクを外してはいけませんよ」

「はぁい」

アニータは生返事をしながらマスクを被《かぶ》ると、たたたと駆けて部屋を出て行った。

その姿を見届けたあと、

（……なにをしている人で、どういう関係なの、か）

テスラは布巾《ふきん》で手を拭いて、思案する。

説明はしないのではなく、そもそもできないのだ。

彼についてわかっていることは、たったひとつ。

それは、今の彼は大きく道を間違えていて、それを正しい方向に導くことは自分にはできないということ。

それでも、どうにかして道を正してほしかった。

夜、地層の上に広がっているのであろう月に向かって祈ろうとも、神さまがこの願いを聞いてくれているかもわからない。

テスラが薄幸そうな顔つきに、いっそう物憂げな表情を浮かべたとき、

「――俺は、べつに園長先生って呼ばれるんでも構わないんだけどな？」

すぐ背後から、そんな声がした。

「ひゃあああっ！」

テスラは大声をあげて身をひるがえした。

一人の人物が、部屋の隅の暗い場所に立っていた。

仕立てのいい灰色のスーツを着こなす、長身の男だった。

「おっ、これはまたかわいい悲鳴をいただいちまったな。もったいねえ、録音しておきゃよかったぜ」

男は快活に笑って言う。

明るい青年の声だが、着用するマスクはおそろしい意匠をしていた。スマートな印象を与える服装とは似合わない、修羅のごとき表情を浮かべるキメラのマスクである。

「もう！ 毎度毎度、子どものいたずらみたいに驚かさないでください。寿命が縮まるかと思いました」

「へへ、悪い悪い。ただほら、テスラちゃんはいつもいい反応をするもんだからさ、どうしても悪戯《いたずら》心がうずいちまうんだよな」

テスラは息をつくと、一気に上昇した体温を冷ますために手で顔をあおいだ。

彼は、めったにこの場所を訪れることはない。孤児たちは彼のことを知らないだろうと思っていたが、目立つ風貌《ふうぼう》をしているせいか、すっかりバレていたらしい。

それどころか、まさか陰で園長先生とまで呼ばれているとは。

「元気そうだな、テスラちゃん」

「あ、あなたこそ」

そう返したものの、相手が元気であるかどうかなど、テスラには皆目見当もつかなかった。

「とにかく、座ってください。今、お茶を入れますから」

「いいや、その必要はねえよ。すぐに帰るからさ。……と、そうだ。なにはともあれ」

男はコートの内ポケットをまさぐると、机の上にどさりとある物を置いた。

いくつもの分厚い札束だった。

「ほら、いつもの献金だぜ。取っておいてくれよ」

テスラは険しい目つきで札束を一瞥《いちべつ》すると、

「受け取れません。しまってください」

「どうしてだ？」

「前にも言ったでしょう！　悪いことをして稼いだお金なんて、わたしには使えません」

「おいおい、心外だな。なにも悪いことなんてしてないぜ？　こいつは、俺が毎日汗水を垂らして働いて得た代償さ」

見え見えの嘘《うそ》を無視して、テスラは相手を非難するように睨《にら》んだ。だが、男はまったく気にしている素振りを見せない。口笛などを吹きながら、窓の外の校庭を眺めて言う。

「お。ガキんちょたち、元気よく遊んでんなあ。だれも、けがや病気はしていないのか？」

「……ええ。みんな健康です」

「よかったぜ。こんな地下暮らしをしているわりには丈夫でさ。ちゃんと砂塵《さじん》障害の予防ワクチンも打っているんだろ？」

その通りだった。テスラは子どもたちにきちんとした医療処置を与えている。

ほかならぬ、この人が置いていく献金のおかげで。

彼は、ここを訪れる度に大金を残していく。ここに住む何十人もの子どもたちが毎日元気に暮らせるようにと。

彼は決して園長先生などではない。だが彼のおかげで施設が成り立っていることは事実だ。

この施設だけではない。近くの村の住人も、食べる物や着る物に困ると、ここの戸を叩《たた》く。

テスラがいつだって分け与えることができるのは、ほかならぬこの人の支援があるからだ。

ただし、これが綺麗《きれい》な金ではないことをテスラは知っている。彼が上の世界でなにか悪いことをして稼いできた金なのだ。聖職者のテスラにとって、この献金はあまりにも重たい。

強大なジレンマの代償は、テスラの良心だけだ。

「テスラちゃん、俺は本当に悪いことなんかしていないんだぜ？　この金だって、偉大都市《いだいとし》の犯罪組織をちょっくらだまくらかして、ちょちょいと稼いでやっただけさ」

「わ、悪いことじゃないですか……」

「悪人から盗っているだけさ」

相手はまるで悪びれない口調で、

「いずれにせよ、金の出所なんてテスラちゃんが気にすることじゃない。テスラちゃんは、自分たちの心配だけしていればいいんだ。……人はさ、大切な家を守ることが一番大事なんだからよ」

そこで、男がキメラのマスクを外した。

修羅の形相の下から現れたのは、精悍《せいかん》な顔つきの青年だった。口元には不敵な笑みをたたえている。顔の右側には、鉤爪《かぎづめ》で引っかかれたかのような痛々しい傷跡が残っていた。

テスラがその傷跡を眺めていると、男はにぱっと笑った。

そのわざとらしい笑みに対して、テスラはたずねる。

「……さっき」

「ん？」

「さっき、園長先生って呼ばれてもいい、って言っていましたよね。あれは、本心ですか？」

「おう、本心だぜ？　センセって慕われるのも中々いい気分じゃねえかよ。へへ、できればテスラちゃんにそう呼ばれたいものだけどな」

茶化すような口調の相手に、テスラは思い切ってこう告げる。

「でしたら、この場所に残ってくれませんか？　なんなら今日、今からだって構いません。みんなに、きちんとあなたのことを紹介します」

「……。」

「あれから、もうずいぶんと経ちました。わたしは、あなたが上でなにをしているかはわかりませんが、なんのために行動しているのかはわかっているつもりです」

相手はなにも返さなかった。

一転して静かになり、ただテスラの言葉を聞いている。

「考え直してほしいんです。今なら、まだ間に合います。わたしたちの宿命……零番街の戦いは、終わりました。あのとき戦っていた人たちの生き残りにも、中央連盟に逆らおうと思っている人なんて、もうほとんどいません」

こんなものは子どもにだってわかる理屈だとテスラは思う。

敗戦者にできることなんて、なにもないのだ。

「だからもう、復讐《ふくしゅう》なんて考えるのはやめて、わたしといっしょに零番街の未来を……あの子たちの将来を考えませんか？　それをきっと、お父さんたちも望んで――」

「なあ、テスラちゃん」

そこで、男が遮った。

「さっきも言ったが、俺は長居するつもりはねえんだ。このあと、ちょっと大事な用があるからさ。だから手短になっちまうけど、大切な頼みがあるんだ。聞いてくれねえか？」

頼み事と聞いて、テスラは顔を上げる。

しかし、続いたのは期待していたような言葉ではなかった。

「テスラちゃん、たまにガキんちょどもを上に連れて行ってやっているんだろ？　それ、この先しばらくは控えるようにしてくれないか？　テスラちゃんも、上に買い出しなんかには極力出ないようにしてもらいたいんだ」

「な、なぜですか」

「偉大都市《いだいとし》は、これからしばらくの間荒れるからさ」

「……っ！」

テスラはぎゅっと唇を噛《か》んだ。

自分の説得や願いは、この人の耳にはまったく届かない。自分の声が届くことはないのだ。いつだってそうだ。話しているようで、話していない。テスラの要望はなにも聞いてくれない。どこでなにをしているのかすら教えてくれず、たまにこうして献金を置いていくだけだ。

軽薄な口調も、浮かべる笑みも、その裏側に潜む真意を隠しているだけだ。

それに、今回はそれだけではない。

（……偉大都市が荒れる、ですって？）

それは予言というよりも、予告だ。

まさか、この人がそれをしようとしているというのだろうか。

「……どうして。どうして、あなたはいつもそうなんですか！」

テスラは札束を掴《つか》むと、それを思いっきり地面に叩《たた》きつけた。

「こんな押しつけみたいな善意ばかりよこして、なにも教えてくれないじゃないですか！　わ、わたしが、どんな気持ちで、この零番街に残っていると思っているんですかっ……！」

しゃがみこみたくなる衝動を堪《こら》えて、テスラは続ける。

「あなたはあのとき、言いましたよね。自分は、正義のために行動しているって。こんなことをしているのも、その正義とやらのためだというのですか？」

「……ああ。俺は、なにがあっても俺の信じる正義を遂行する。今やっていることだって、そのためさ」

たしかに、だれよりも義を重んじる人に違いない。優しくないとも言わない。ただの悪人が、孤児養護の施設にこれほどの大金を置いていくはずがない。

だが、それでいて決定的に間違っているのだ。

「その結果が、今のあなただというのですか？　だとしたら、間違っていますよ。そんなの、絶対に間違っています……」

「はは、そう思うかい。まあ、そりゃあ、俺だって最良の選択肢を選べているとは思えないけどよ」

「それがわかっているなら、どうして！」

「今よりも、さらに間違っていた過去があるからさ」

「そんなの……！　だれにだって、消したい過去はあります。でも、起きてしまったことを変えるなんてだれにもできない。大事なのは今、これからのことだとは思いませんか？　それに、あなたが粛清官《しゅくせいかん》をやっていたのは……」

そこで、ふっと彼の顔から笑みが消えた。

言い過ぎたかとテスラは思う。自分が中央連盟に所属していたという事実は、この人にとってまさしく消し去りたい過去であるに違いない。

しかし思いのほか、相手は変わらない平静な声で言った。

「それだけじゃないんだ。俺が行動しているのは、どんな手段を使ってでも、罰する必要がある連中がいるからさ。とても同じ人間とは思えねえ、理性のない獣みたいなやつらがさ。そんな連中にいつまでも好きにさせておくことは、俺にはできないんだ」

テスラは、久しぶりに――あるいは初めて、彼の本音を聞いたように思った。それを察したか、男は心情を覆い隠そうとでもするかのようにキメラのマスクをすっぽりと被《かぶ》ってしまう。

へへ、と男は笑った。

「なんだか辛気臭い話をしちまったな。こんなこと、きみには話したくはないってのに。……もう、行くぜ」

「ま、待ってください！」

テスラは相手のコートの裾《すそ》を摑《つか》んで止める。

話はなにも終わっていない。知りたかったことをようやく知れるような気がして、この手を離したくなかった。

「――テスラちゃん」

相手が、そっとテスラの頬《ほお》に触れた。ごわごわとした大きな手だった。雪のように冷えたテスラの頬に、たしかな血潮の通う掌《てのひら》が体温を伝える。

あたたかいと思った。

たとえそれが、これまで何人も殺《あや》めてきた手であったとしても。

「今までありがとうな。きみがここに、こういう家を作ってくれたっていうのが、俺は純粋に嬉《うれ》しかったぜ。なんつーか、俺たちにも……きっと、こういう未来があったんじゃないかって、そう思えたからさ」

「ウ、ウォール君……？」

それがまるで今生の別れのように聞こえたから、テスラは相手の名を呼んだ。

「お願い、ここに残ってよ。わたし、あなたがいてくれるなら、本当はそれだけで……」

「これでさよならだ。しばらく偉大都市《いだいとし》には上がらないって話、どうか忘れないでくれよ」

彼はテスラの頬から手を離すと、その首筋にとん、と優しく手刀を当てた。

反応すらできず、テスラは気を失った。倒れる軌跡に合わせて、宙に一筋の涙が舞う。

男はぐったりとしたテスラにマスクを被《かぶ》せて、テーブルにそっと横たわらせる。数度だけためらうような素振りを見せてから、裏の勝手口に手をかけた。

零番街の村を、キメラマスクを被った男が、ゆっくりと歩き去っていく。

それはまるで、群れをなくした一匹の狼《おおかみ》のようだった。

2

偉大都市西部、七番街。こぢんまりとした石畳の通りには、この区画につらなるレストランの店名を刻んだ看板がぶらさがっている。

偉大都市の豊かさを象徴する、もっとも日常的な文化は食だ。ほかの地では、決して偉大都市のように安全で高品質な食事をとることはできない。

七番街には調理に関連する砂塵《さじん》能力者が多く集う。料理人たちが集結して技術交換を行い、一流の料理人となって店を開く風習があるため、この一帯はグルメタウンとも呼ばれている。

そのグルメタウンの最奥に、閉店中と札の提げられた店がある。創作料理屋ラトヴィエと看板を掲げた店内には、されど多くの客の姿があった。

「気に食わん……！　まったくもって、気に食わん！」

そう怒鳴りながら、中央の丸テーブルで肉を食い散らかしている老人がいる。テーブルにかけられたマスクボックスは使わずに、すぐ隣に立つ従者に自らのマスクを持たせていた。

銃口から咲く薔薇《ばら》のペイントは、ルート72のファミリーマスクである。

周囲の者が被《かぶ》るマスクと比べて、いっそう豪奢《ごうしゃ》なデザインが施されているのは、この老人が組織でもっとも高位な人間であることを知らしめている。

ルート72首領、ドン・グスタフその人である。

「ルーガルーの若造が……！　このわしの組織に合併の申し出だと？　身の程も知らんガキが、ちっとばかし売れる塵工《じんこう》麻薬を作れるぐらいのことで図に乗りおって……！」

怒り心頭の理由はただひとつ。取引相手である狼士会《ろうしかい》の首領から、組織併合の提案を受けたためである。その通達があった今朝がたから、グスタフの怒りは冷めることがなかった。

「こいつは悪くない提案じゃないですか、組長」

ろくに事情も知らない新入りがそう口走ったことも、グスタフの怒りの炎に油を注いだ。

たしかにルーガルーと名乗る砂塵《さじん》能力者は、自分たちの目玉商品である覚醒獣《かくせいじゅう》の製造者だ。あれほど有用な砂塵能力を持つ人材がルート72に加われば、売れ筋の塵工麻薬の供給が絶える心配をする必要はなくなる。

ルーガルーの身柄を押さえるために抗争の準備を整えていた矢先のこの合併提案は、理屈だけでいえばメリットしかない。

とはいえ、そんなことは問題ではなかった。

グスタフからすれば、狼士会などというぽっと出の新興組織に対等に接されることがなによりも我慢ならないのだ。

半年持つ犯罪組織すらひと握りという厳しい偉大都市《いだいとし》の裏社会で、何十年と存続しているのが重鎮ドン・グスタフの擁する麻薬カルテル、ルート72である。

ルート72は、グスタフの人生と誇りそのものだ。

若かりし日のグスタフが、ただの一麻薬売人として鎬《しのぎ》を削っていた時代、偉大都市高度発展期の七十二番道路で商売に明け暮れていたことが組織名の由来だ。ラリった兄貴分に毎日のように殴られながら、いつか人の上に立つことを心に誓い、苦心の末に実現したのである。

「わしとおまえの組では、組織としての格が違うんだッ！　青臭いガキがッ！　おまえもそう思うだろう、ええ!?」

グスタフが咀嚼《そしゃく》中の肉片を飛ばしながら護衛に怒鳴る。彼は首がちぎれそうなほどにうなずいたが、老いた首領はその様子を目端にすら収めず、肘《ひじ》をついて忌々しげな表情を浮かべた。

「まったく、ラトヴィエの肉を食えば少しは気も晴れるかと思ったが、どうにも腹の虫がおさまらん……ええい、マティスの阿呆はまだ着かんのか！」

「へ、へえ、組長。もうじき到着するという連絡は入っているんですが」

「そうこうしているうちにメインを食い終わってしまったではないか！」

グスタフの対面には空席がある。現在、実質的な組織のナンバー2を務めている、傭兵隊長《ようへいたいちょう》マティス・ロッソの席である。

マティスは、幹部のなかでは一番の新参者だ。だが、グスタフはマティスの総合的な実力を高く評価していた。常に冷静沈着で見識があり、なによりも腕が立つ。

このままマティスが知力と武力の両方で組織に貢献し続けてくれたならば、いずれ自分が隠居せざるを得なくなった暁には、ぜひルート72の行く末を任せたいと考えている逸材だ。

だが、今にしてグスタフは初めてマティスの判断を疑っていた。

狼士会《ろうしかい》と手を結んだとき、〝獰猛《どうもう》〟とあだ名されるほどに血気盛んなグスタフは、すぐにでも抗争をしかけたいと考えたが、マティスがそれを止めたのだった。このタイミングで動くのは得策ではない、と。

グスタフは一時その案を飲み、これまで行儀よく付き合いはしてきたものの、蓋《ふた》を開けてみれば、それはただ相手の増長を招くだけのことだった。

そもそも、マティスとその部下のような傭兵《ようへい》団が武力行使を拒むなどというのがおかしいのだ。断るということは、勝てない可能性があると認めていることになる。

だが、戦に勝てない傭兵になんの意味がある？

首領が勝てと命じた戦で結果を持って帰れない部隊など、ルート72にはふさわしくない。

グスタフは握り拳《こぶし》で机を叩《たた》いて言った。

「狼士会など、どうせちんけな半グレ集団のようなものに決まっておる。たしかに連中は覚醒《かくせい》獣《じゅう》を大量に抱えておるだろうが、それも今やこちらとて同じことだろうが。のう？」

「いやまったく、組長のおっしゃる通りで」

若い護衛が、スーツの懐にしまってある塵工麻薬《じんこう》を見せてくる。

グスタフの護衛を務める部下には、全員に覚醒獣を装備させている。仮にどこかの敵対組織が急襲してこようとも、常になんの問題もなく撃退できるだけの戦力を整えていた。

「おまえら、承知しているだろうな」

グスタフは部下たちをぐるりと見渡すと、

「マティスが到着次第、すぐにでも対狼士会抗争の段取りを決めるから覚悟しておけよ。こうなれば多少あからさまでも構わん、明朝にでも仕掛けるくらいのつもりでいろ。ルートをなめたクソガキに、組織力の差というものを見せてやれ！」

「はっ！」

総計数百名にも及ぶ構成員。その半分を戦力に投じる抗争で、グスタフは力の差を見せつけるつもりでいた。

「組長、マティスさんが到着しました」

「おお、はやく入れと伝えろ！」

店の扉が開く音がする。それから複数人が闊歩《かっぽ》する足音が聞こえた。グスタフは部下に注がせた赤ワインを煽《あお》り、そのグラスを机に叩きつけて口にする。

「遅いぞ、マティス。いったいなにをしておったのだ？　今朝がたの話はもう聞いておるだろうな。あの狼士会の若造ども、あろうことか、このわしに……。……!?」

店内に入ってきた集団を見て、グスタフは言葉を失った。信じられない、というようにその双眸《そうぼう》を見開く。

相手は堂々とこちらに向かって歩いてきて、グスタフの前の席に座った。それどころか、長い足を机の上に組んで乗せて、いかにもリラックスしたポーズでこう告げた。

「よお、グスタフのじいさん。合併提案の話、受けてくれなかったんだな。残念だぜ」

「貴様、ルーガルー……!?」

ぴっしりとした灰色のスーツに、凄《すさ》まじい形相を浮かべるキメラのマスク。その姿は、グスタフがこれまで商談してきた態度の悪い取引相手――ルーガルーに違いなかった。

「これはいったいどういうことだ、マティス……ッ!?」

なによりもグスタフが信じられないのは、ルーガルーの背後に自らの右腕、マティスが立っていることだ。背中で手を組んで物静かに立つ様子は、まるでルーガルーに従うかのようだ。

マティスはいつものように、堆石《たいせき》を思わせる寡黙な佇《たたず》まいをしていた。その雰囲気は、強欲な麻薬カルテルの所属者というよりも、修行僧に近い。

「どうもこうもありませんな、組長。この状況を見れば、おのずとどういうことかはおわかりになるでしょう」

ルート72のマスクを被《かぶ》り、傭兵《ようへい》らしい深緑色のジャケットを羽織ったマティスが、落ち着いた声でそう答える。

「まさか貴様、狼士会《ろうしかい》と通じていたとでもいうのか？」

「ご名答」

周囲の護衛たちがざわめいた。拳銃を抜こうとする者もいたが、いざ発砲まで至る者はいなかったのは、彼らの実質的なボスがまさしくこのマティス当人だからだろう。

「ご聡明な組長のこと、ともすればお気づきかとも思いましたがね」

「気でも違ったか、マティス！」

「滅相もない。お会いしたときから今まで、私は私のままですよ」

「なあ、ドン・グスタフ。元腹心との間、積もる話もあるだろうが、とにかく今は俺の話を聞いてくれねえか？」

ごく涼しげな口調で、ルーガルーが口を挟んだ。

「簡単な話だ。ルート72の全権を、俺に委譲しろ。そうすれば、命だけは助けてやる」

「な、なんだと？」

「……俺さ、ついさっきまで、天使みてえな子と話していたからよ。今日は、できれば血は見たくねえんだよ。この申し出、どうかおとなしく聞いちゃくれねえかな？」

併合以上の傲慢《ごうまん》な要求に、グスタフはもはや怒りを感じることさえなかった。

グスタフは改めて現状の把握に努める。

敵はルーガルーとマティスのほか、マティス直下の部下が数人。そしてマティスの実力は、グスタフもよく知るところである。

だが、こちらには二十名にも及ぶ護衛がいる。年を重ねてみずから戦闘する体力はなくしたグスタフだが、それでも素早く思考が回転し、この場に五分以上の勝算を見いだす。

「ふざけるなよ、ガキがッ……！」

グスタフは軋《きし》むほど強く歯を食いしばると、

「やれッ、きさまら！　わしが許可する――マティスを殺せ！　首を取った者には、次期傭《よう》兵《へい》長の座をくれてやる！」

「し、しかし組長……！」

「愚鈍どもが！　なんのために貴様らに覚醒獣《かくせいじゅう》を持たせていると思っている！　このわしをなめた人間を、皆殺しにするためだろうがッ！　いいから、やれ！　やつを殺せッ！」

老人とは思えない怒号に、部下たちは一斉に動いた。

この場にいる全員が、あの傭兵長マティスに対して銃火器が役に立たないことを知っている。だからこそ、はじめから虎の子のカプセルを取り出した。

覚醒獣を部下たちが使用する最中、グスタフは強烈な違和感を無視することができなかった。

マティスが動かない。それどころか、製薬の砂塵《さじん》能力者にすぎないはずのルーガルーや、その部下たちさえも。グスタフには、なぜ相手が微動だにしないのか理解できない。

ただ、長年の経験から——なにか、嫌な予感だけが脳裏をよぎった。

「グ……ウゥ……グ、グルゥゥゥ！」

部下たちの変貌《へんぼう》が終わり、品のいいレストランが途端に異常な光景となる。何十体もの巨大な獣たちが荒々しい息を繰り返し、ルーガルーを取り囲んだ。

そんな窮地に陥りながらも、

「——ああ、つまらねえな」

ルーガルーはただ、そんな落胆の声を漏らした。

直後、護衛の獣人たちがルーガルーに向けて同時に襲いかかる。

一匹の爪《つめ》がまさにルーガルーに突き刺さろうという直前、

「止まれ」

たったひと言、ルーガルーがそう告げた。

その瞬間。ぴたり、と獣人たちが静止した。

「群れの長に向かって爪を立てるとは感心しねえな。……今なら許してやる。全員、おとなしくそこに座っていろ」

ルーガルーの指示に従って、その場の獣人たちがみな、ひれ伏すかのように膝《ひざ》をついた。

それきり、わずかも動くことはなかった。

よく訓練された猟犬が、おすわりを命じられたかのように。

「な……、こ、これ、は……！」

「なあ、獰猛《どうもう》のグスタフよ。昔は、狡猾《こうかつ》のグスタフと呼ばれていたんだろ？　年は取りたくねえもんだよな。この世には無数の砂塵《さじん》能力があるってのに、こんな可能性にすら考えが回らなくなるってんだからよ」

「ルーガルー。まさか、貴様の本当の能力は……！」

グスタフは慄《おのの》きながら口にする。

からくりがあるとするならば、たったひとつ——塵工《じんこう》麻薬の製造者、ルーガルーの能力だ。

「ようやく気づいたか？　獣は獣として、この俺が手綱を握って従わせる。理性のない不正義が蔓延《はびこ》るこの都市で、なによりも使える力だ。お前もそうは思わねえか？」

ルーガルーは憐《あわ》れむような口調だった。

「しかし、よくもまあ得体の知れねえ塵工麻薬なんざ使えたもんだぜ。それも、ただ人に売るのはおろか、てめぇの組織の強化にまで使っちまうってんだから救えねえよ、グスタフ」

がたた、と音を立ててグスタフは椅子《いす》から転げ落ちた。そのすぐ傍《かたわ》らには、意識があるのかないかもわからない獣人が、人間離れした呼吸音を発しながら佇《たたず》んでいた。

今やこの場に、グスタフを守ろうとする者はだれひとりとしていない。つい今朝がたまで自分の右腕だったはずのマティスも、なんの感傷もない様子で突っ立っていた。

いくら粘りと根性が売りの古株といえど、諦念《ていねん》を抱かせるには十分な状況だった。

たった数分のうちに何年分も老けたかのような憔悴《しょうすい》しきった表情で、グスタフは言う。

「はじめから、これが目的だったのか？　わしの組織を乗っ取るために、覚醒獣《かくせいじゅう》の契約を持ちかけて……」

「半分は正解。半分ははずれだ」

ルーガルーは二本指を立てて言った。

「俺の目的はふたつ。ひとつは、俺の砂塵《さじん》粒子の因子を持った人間を、この偉大都市《いだいとし》に大量に用意すること。そしてもうひとつ、こっちが本懐だ」

「本懐だと……？」

「ああ。あんたの持っている砂塵増幅器、それをそっくりそのまま返してもらうことだ」

意外な単語が飛び出して、グスタフは驚愕《きょうがく》に目を見開く。

砂塵増幅器。それは二十年近くも前、当時犯罪者としての旬を迎えていたグスタフがある場所から盗み出した、とある特別な塵工《じんこう》機械のことだ。

闇《やみ》社会の重鎮であったグスタフの手にすら余る、摩訶不思議《まかふしぎ》な旧文明の置き土産。ある経路から手に入れたはいいものの使い道に困り、結局は対中央連盟用の切り札として抱え続けることとなった代物である。

その存在は、ごく限られた者しか知らないはずだ。ルート72にも所在を知る者はほとんどおらず、あの中央連盟でさえ、自分が砂塵兵器を隠し持っていることなど皆目見当もついていないはずである。

漏洩《ろうえい》ルートは、ひとつしか考えられない。

「マティス、貴様、なにを考えている……！」

グスタフは、マティスに対して唸《うな》るように口にする。

「砂塵増幅器を持ち出して、どうするつもりだ！　あれは——あれは、人にはすぎた代物だ！　使い方ひとつ間違えば、この偉大都市ごと崩壊させるような兵器なのだぞ！」

グスタフの主張に、一切の誇張はない。その逸話が正しければ、砂塵増幅器は旧文明のとある大都市を丸ごと破壊した実績を持つという。

それを知ってか知らないでか、ルーガルーはこともなげに言った。

「ああ、よくわかっているぜ。砂塵増幅器のことなら、わざわざあんたに言われずとも、よぉくわかっている。あれはもともと、俺たちの代物なんだからよ」

「なんだと？」

グスタフは驚く。それはルーガルーの出自を示す発言にほかならなかった。

「まさか貴様、零番街解放戦線の関係者だというのか？」

「言ったろ？　返してもらうってな。あれはあんたの薄汚い手が、そう易々《やすやす》と触っていい代物じゃねえんだ」

「し、信じられぬ。まさか連中に、生き残りがいたとは……」

グスタフは絶句する。過去の遺恨が、今まさに蘇ったような思いだった。

零番街掃討戦の衝撃は、自分のような古株はみな覚えていることだろう。焼け野原のようになった地下の村の惨状は、悪人の自分をしても吐き気を催すような蹂躙《じゅうりん》だった。

中央連盟に逆らえば、自分たちもああなると痛感した。だからこそ、交渉の材料として今日まで砂塵《さじん》増幅器を隠し続けていたのだ。それがこうして仇《あだ》になるとは、考えもしなかったことだが。

「いずれにせよ、砂塵増幅器を使おうなどというのは正気の沙汰《さた》ではない！　いったい、なんのためにあれを動かす気だ！」

「あんたが気にするようなことじゃないさ。わかるか、グスタフ。あんたは敵ですらない……俺の敵は、あくまで中央連盟だけだ。安心しろよ、あれは俺がうまく使ってやるさ」

そのときグスタフには、目の前の若い男が、なにか自分とは根本から異なる生命体のように見えた。人を騙《だま》す、穢《けが》らわしい獣のような姿に。

「く、くく……」

獣人たちの姿が立ち並ぶ、奇妙だが静かな空間で、グスタフの口から笑いが洩《も》れた。

「どうした。なにかおかしいかよ」

「……砂塵増幅器は、このわしがあらゆる手段を使って居場所を隠した。だからこそ、中央連盟でさえも所在が摑《つか》めなかったのだ。だが、マティスがすべて調べたのだろう？　だとしたら、あれの起動に必要な条件も知っているはず。……違うか？」

グスタフは、まだ違和感を抱いている。

この状況。

なぜ自分がまだ生かされて、こうして交渉を受けているのか。

全権を委譲しろと主張するには、すでにルーガルーはあまりに多くの物を手中に収めている。ルーガルー自身が覚醒獣《かくせいじゅう》の供給源であり、組織の個人最大戦力であるマティスを従えさせ、その上、その常識外れの砂塵能力でルート72の実質的な人材も押さえているのだ。

もはや、直接グスタフの口から後継人として名指しされる意味はほとんどない。

だというのに、なぜ自分はまだ殺されていないのか。

その理由は、おそらくルーガルーが知っているからなのだ。

「そう。砂塵増幅器の起動には、このわしが塵工《じんこう》ロックを解除する必要がある」

塵工ロックとは、砂塵粒子を利用した生体認証のことだ。

個人の出す砂塵粒子は、それぞれ異なる波長の電磁波を放っている。指紋のように利用できることから、別名「塵紋《じんもん》」とも呼ばれるＩＤだ。

その塵紋を参照して制御する、砂塵能力者用の電子ロックがこの都市には流通している。

当然、砂塵粒子の放出は生きている人間にしか行えない。ゆえに、塵工ロックの解除も生者のみ可能だ。

だからこそ連中は自分を生かしておく必要があったのだ。そして言うことを聞かせるために、こうして諦念《ていねん》を抱かせる状況を作り出したのだろうと、グスタフはそう考える。

だが——

「残念だったな、ルーガルー。わしはなにがあろうと、貴様のような下卑た若造の思い通りにはさせんぞ……！」

グスタフは懐からピストルを抜いた。

安全装置を下げて、自分の側頭部に押しつける。

「好きにはさせん。わしを無理に従わせようとするなど、この世のだれにも許さぬぞ……！」

「……やめておけよ、グスタフ。そんなことにはなんの意味もない。俺があんたを殺さずにいるのに他意はないさ」

そんなグスタフの決死の行動を、ルーガルーは冷ややかな様子で見つめて言った。

「性根の腐った麻薬組織とはいえ、あんたにとっては、ここが大切な家だったんだろ？　俺は、自分の家を守ろうとする人間には一定の敬意を払う。命だけは見逃そうというのも、自分の家を守ろうとしたあんたに対する、ただの慈悲なんだよ」

「ほざけ、ガキが……！　せいぜい、わしの死体を吊るし上げるでもして悔しがるといい！」

完全に詰みの状態で、グスタフは服従の道は選ばなかった。最後に、自分が信じていた右腕の立ち姿を悲しげな顔で一瞬見つめたが、それだけだった。

銃声が鳴る。

向日葵《ひまわり》の印象画を収めた額に、グスタフの脳漿《のうしょう》が飛散した。

享年六十五歳。暗黒期の重鎮と呼ばれた男の、それはなんともあっけない最期だった。


レストランの裏口で、何者かが駆けていく音がした。

怯《おび》えた声と、慌ただしく開閉する扉の音。

「……店主か」

その方向を一瞥《いちべつ》すらせず、ルーガルーが口にした。

岩石のように佇《たたず》んだまま、マティスが聞く。

「始末しますか?」

「やめておけ。厨房《ちゅうぼう》じゃ、俺たちの会話も聴こえていない。たいした手がかりには繋《つな》がらねえさ」

ルーガルーは立ち上がると、小柄な老人の死体を見下ろした。

「頭領。実際のところ、どうされるのですか? ドン・グスタフが死んだとなれば、例の砂塵《さじん》兵器が起動しないのは事実ですが」

「言ったろ、問題ないってな。……まあ、やつが黒晶《こくしょう》器官《きかん》を巻きこんで自殺するっていうなら無理にでも止めていたが、これなら計画に支障はない。そのために、ある男を連れてきた」

突如、その場の空中砂塵濃度が急激に上昇した。

何者かがインジェクターを起動したのだ。

黄色い砂塵粒子が辺りを舞った。場を覆い尽くさんほどの砂塵量が店内を満たし、マティスは身構える。

ルーガルーが動揺しないのを見るに、これが味方の能力行使であることに間違いないとはわかっているが、それにしても異様に不吉な雰囲気を醸し出す砂塵だと感じた。

次の瞬間、がばりっ、と音がした。

影が、こちらに向かって走ってくる。考えるよりも先に、マティスは大腿部に差したコンバットナイフを抜いた。だが、迎撃の手は直前で止まった。

「な、これは……！」

マティスは驚愕の声をあげた。

自分に走り寄ってきた男が、たった今死んだはずのドン・グスタフその人だったからだ。

「マティスぅ～……貴様、よくもこのわしを裏切ってくれたなァ～。許さん、絶対に許さんぞぉ……」

ドン・グスタフが、怨念じみた声で言った。

側頭部からは、間違いなく自害を遂げた証拠に、鮮血がピュッピュッと飛び出ている。

「頭領、こ、これはいったい……」

ルーガルーが呆れたように言った。

「やめろ、人形遣い。死体で遊ぶな。隠れていないで、はやく出てこい」

すると、どこかからくすくすという笑い声がした。

「いやだなぁ、ちょっとしたジョークじゃない。そんなに怒らないでよ」

マティスが振り向くと、そこにはピエロのマスクを被《かぶ》った少年が立っていた。解き放たれた拘束衣のような服を身にまとい、どういうわけかヴァイオリンを担いでいる。

「なにがジョークだ。おまえの冗談は笑えねえんだよ」

「そう？　ならこれは？」

少年が弓を振る。それから、流麗な演奏を行った。音楽に合わせて、グスタフがコサックダンスを踊り始めた。まるで、今もなお生きているかのような自然な動きだった。

十数秒の演奏が終わると同時、グスタフはその場にぐしゃりと倒れ込んだ。

「どうかな？　名付けて『哀しき首領のラスト・ダンス』」

「何度も言わせるんじゃねえ。死体で遊ぶなと言っているだろうが」

「もう。まじめだなぁ、キミは」

少年は肩を竦《すく》めて、

「……と、まじめなのはこっちの傭兵《ようへい》さんも同じかな？　フフ、はじめまして。今回、いっしょに楽しくテロ活動をする、しがない奴隷のピエロだよ。どうぞよろしくね？」

マティスの半分ほども身長のない少年が、無理やりこちらの手を握ってくる。

「そうだ、ここレストランなんだよね。ボク、ジュースでももらってこようかなあ。それくらいの自由はいいでしょ？」

「好きにしろ」

少年はインジェクターを解除すると、すたすたと奥に歩き去ってしまった。

その姿を見届けてから、ルーガルーが言った。

「あいつのことなら、あまり気にしなくていい。単に、今回の計画に必要だから協力させているだけだ。見ての通り、やつは死体を手足のように操ることができるからよ」

「頭領。人形遣いとは、ひょっとしてあの〝一〇八人殺し〟のことですか？」

常に寡黙なマティスの部下たちが、その名を聞いて動揺する。

人形遣い。それは数年前、とある凶悪事件の主犯として名を馳せた犯罪者の通称である。複雑怪奇な殺人事件を起こし、偉大都市《いだいとし》全土を恐怖に陥れた重罪人だ。

「ああ、そいつで合っている」

「ですが、人形遣いは中央連盟に捕まったと聞きましたが……」

「だが、今はこうして外にいる。その意味はわかるだろ？」

「まさか、あなたが……」

マティスは事情を理解する。一度捕まったはずの人形遣いが娑婆《しゃば》にいるということは、考えられる要因はたったひとつだ。

「いずれにせよ、お前が気にすることじゃねえさ、マティス。だれが協力者だろうと関係ない。俺もお前も、今なすべきことはひとつだけだ。違うか?」

「……ええ。無論、わかっております。今度こそ、あなたの父上のように、我々もこの偉大都市で死に場所を見つけてみせましょう」

このルーガルーと名乗る青年は、マティスにとっては過去の贖罪《しょくざい》そのものだ。すべては数奇な運命のいたずらだ。とはいえ、マティスはそこに必然性を感じている。なるべくしてこうなったのだと、今ではすべてに納得することができている。

「俺を恨んでもいいんだぜ、マティス。これが終わったら、俺を仇討《あだう》ちしたって構わねえよ」

「なにを仰いますか。あなたが道を違えたのも、元を辿《たど》れば我々の不覚。詫《わ》びこそすれど、恨むなど滅相もありません」

マティスは数人の部下を見やった。かつての零番街で現役だった兵士の生き残りは、もはや自分たちだけだ。そして全員が、今はマティスと同じ気持ちを胸に抱いている。

「打倒、中央連盟。そのために必要なものが、あなたであれ、砂塵《さじん》兵器であれ、あの人形遣いであれ……我々はもう、このまま突っ走るのみです」

ルーガルーが無言でうなずく。

群れの長の心情に呼応したか、その場にいる獣人たちが、満月に向けて一斉に吼《ほ》えた。

まるでこれから起きる災厄の先触れのように、その遠吠えは都市の冷たい夜に響き渡った。

3

早朝の、偉大都市《いだいとし》の二番街のことだった。

中央街の閑静な住宅地であるはずのその区画が、その日ばかりは騒がしかった。

ある豪奢《ごうしゃ》な屋敷の前に、中央連盟の車が数台停まっている。決して野次馬が入らないように、職員による入念な監視の目が立っていた。

その現場に、新たな輸送車が加わった。

「到着しました、粛清官殿《しゅくせいかん》」

「ご苦労さまです」

運転手にそう返し、シルヴィは下車しようとする。

隣の席では、シンがマスクを被《かぶ》ったまま居眠りをしていた。シルヴィは起こさないように気をつけて席を立ったつもりだったが、相手は目覚めてしまった。

シンはいかにも眠そうな声で、

「ん、……着いたのか」

「べつに車内で待っていてもいいわよ、チューミー」

性格上、相手が断るだろうとわかっていながらもシルヴィはそう言った。

「そんなわけにはいかない。俺も現場は見ておきたい」

シンはだるそうに答えて、先に車を降りていく。

その後ろ姿を、シルヴィは疑いの眼差《まなざ》しで見つめた。たしかに暇さえあればくぅくぅと眠る人ではあるが、こうもあからさまに疲れているのは珍しい。

この数日がこれまでに比べて特に激務だったというわけでもないから、なおのことだ。

(やっぱり、業務外でなにか疲れるようなことをしているに違いないわ……)

マスクに隠れて、シルヴィはむっつりとした表情を浮かべた。

このところ、シンはますます自分に内緒で行動することが増えている。その間に彼がなにをしているのか、シルヴィには皆目見当もつかないのだった。

シルヴィはあまりそのことを考えたくはない。どういうわけか、無性に苛々《いらいら》してしまうからだ。せめてもう少しはぐらかすのがうまい相手なら、これほど気を揉《も》まずに済んだものを。

二人が屋敷に近づくと、すぐさま鑑識の連盟職員が出迎えた。

「お疲れさまです、バレト警伍級《けいごきゅう》」

「なかを拝見しても?」

「もちろんです。ご入用があれば、なんでも申しつけください」

現場保全のテーピングをくぐり抜けて、二人は邸宅に入った。

内部はわかりやすい富豪の邸宅といった様相だった。連盟の指定マスクを被《かぶ》った職員たちがあらゆる場所を検分し、重要な証拠となりそうなものを探していた。

「ここが、ドン・グスタフの私邸か」

屋内を見渡してシンが言う。

「ええ。厳密には、彼の表名義であるダニエル・クリストフの住居ね」

この屋敷の主がドン・グスタフの表向きの市民名義であるということが判明したのは、つい数時間前のことである。

事の発端は、昨晩七番街で起きたという奇妙な事件だ。

昨晩、創作料理屋ラトヴィエという店で店主がある特別な客を迎え入れていたらしい。客はさる大物と、その大勢の護衛たちで、注文は二人分のフルコースだった。その常連客を迎える日は常に店は貸し切りであり、調理もサービスもすべて店主が行うのが習慣だという。

片方の客が遅れて到着したあと、店内からは怒声と物騒な物音が聴こえた。

恐ろしく感じた店主が厨房《ちゅうぼう》で震えていると、いずれ聞いたこともないような獰猛《どうもう》な唸《うな》り声がし、さらにはそのあとで一発の銃声がしたという。

店主は裏口から逃げたあと、小一時間ほど時間を置いてから、おそるおそる店へと戻った。するとそこにはだれの姿もなく、少量の血が壁に飛散していたほかは、店内は驚くほどにきれいなままだったという。

ラトヴィエという店には、もともとあまり表舞台には立てない客が多く訪れていたらしい。つまり、日常的にアウトローを相手に商売を行っていたということだ。

実際に死体が見つかったわけでもなく、店主は大ごとにしないためにも他言しないと決めたが、結局は近隣住民の通報によって事件が露見することとなった。

同時間帯に周辺で獣人の姿が目撃されているということもあり、店主は中央連盟本部で厳重な取り調べを受けた。

「お客様は、ダニエル・クリストフというお方です。さる高名な資産家だそうで、私の店をよくご利用下さっていました」

窮屈な尋問室《じんもん》で職員に囲まれて、洗いざらいといった風に店主はそう供述したという。

店主の知るマスクデザインは、銃口から咲く薔薇《ばら》の絵が描かれたものだったそうだ。

つまり、ルート72のファミリーマスクである。

ある種の犯罪者はスペアマスクを被ることを嫌う。顔を変えるのは臆病者のすることだという風潮があるためだ。

中央連盟は早速、ダニエル・クリストフの身柄を洗った。その市民権を持つ者の登記住居を特定して、すぐさま人員を送りこんだ。

決定的だったのは、屋敷に住みこみで働いていた家政婦たちの証言である。彼女たちもまた取り調べを受け、そこで旦那様の真の姿を明かしたのだった。

自分たちの捜査対象に深く関係する事件ということで、シルヴィたちが早々に現場の様子を見に来たというのが現状である。

「いろいろと現場を見ておきたい。行ってくる」

そう言ってシンは階段を上っていった。

シルヴィは好きにさせる。自由に行動してもらって、持ち前の観察眼で自分では見つけられない手がかりでも発見してくれれば万々歳だ。

シルヴィは応接間らしい部屋を訪れた。見事なビロード糸の織物が壁に飾ってある。マホガニー製の本棚に並んだ塵禍《じんか》時代の詩集や、一流とされる現代塵工《じんこう》アーティストの調度品が目立つ一室だ。成金趣味というよりは、ある種のポリシーが窺《うかが》える内装といえる。

シルヴィはマスク越しの顎《あご》に手を当てて思案する。

(仮に、すでにドン・グスタフが殺されているとして。なぜ、その遺体は消えたのかしら)

証言者が生き残っていることを考えるに、証拠隠滅のためという線は考えづらい。レストランの店主を口封じすれば、多少の時間稼ぎもできたはずである。

それだけではない。諸々の観点からして、これはかなり奇妙な状況といえる。

たしかに、ローレンスはルーガルーとドン・グスタフが衝突する可能性が高いと証言していた。とはいえ、攻め込まれるなら狼士会《ろうしかい》側が自然だったはずだ。これでは逆の構図となる。

とすれば、襲来を察知したルーガルーが逆に攻め入ったのだろうか？　しかし店主の話ではグスタフは行きつけの店で食事をする際、決まって二人分の食事を用意させていたという。

つまりグスタフは見知った相手と待ち合わせしていた可能性が高いということだ。

(そこで問題が起きたということは……組織内で裏切りがあった？)

しかし、それでは銃声が一発という点と矛盾しそうだ。部下全員がドン・グスタフに対して謀叛《むほん》を起こしたのでもなければ、店内では激しい抗争が勃発《ぼっぱつ》していたはずだからだ。

だが、まさかそんなことはありえないだろう。

いずれにせよ、想定の斜め上の事態が起こっていることに間違いはなかった。

(やはりタイダラ警壱級《けいいっきゅう》のおっしゃるとおり、これは外見通りの麻薬事件ではないのかしら。ルーガルーの目的がわからなければ、わたしたちが次に打つ手はない……？)

シルヴィは二階のバルコニーに出る。ベルズで本部に電話をかけ、上官に繋《つな》いでもらった。

『私だ。現場はどうだ』

シーリオが挨拶《あいさつ》もなしにそう聞いてくる。

「残念なことに、まだ特に進展は。現場検証が続いていますが、さすがに重要機密書類のたぐいは入念に隠してあるか、べつの場所に保管しているようです」

『私邸の召し使いからもドン・グスタフの行方は知れないということだな』

「ええ。昨晩、外出したきり戻ってこなかったとのことです。襲撃者の正体を調べるのは骨が折れるでしょう」

『いずれにせよ、ドンは無事ではないと見ていいだろうな』

シーリオの声には落胆の色が滲《にじ》み出ていた。あらゆる感情を表に出そうとしない男だが、今回ばかりは悄然《しょうぜん》とした思いを抱いているようだった。

それはシルヴィとて同じである。ルーガルー粛清の最短の道がルート72経由だったのはたしかだ。その線が潰《つい》えるとなると、これまでの捜査が水の泡となってしまう。

「とはいえドンの死体が見つからない以上、我々は彼が生きている線で捜査を再開しようと思います」

シルヴィはそう告げる。望み薄ではあるが、現状ではそうするほかなかった。

『む。しばし待て、警伍級《けいごきゅう》。キャッチが入った』

シーリオが通話を保留にする。

シルヴィはバルコニーの柵《さく》に手をかけて、二番街のベッドタウンの風景を見渡した。

向かいの家の窓に、中央連盟の捜査現場を眺める親子の姿が覗《のぞ》けた。

十代の娘と、その母親のようだ。あの親子は、向かいの屋敷の主が大手麻薬カルテルの首領だったという事実など、微塵《みじん》も知らないに違いない。

屋敷。

少女の不安げな目。

粛清官《しゅくせいかん》のエムブレムを付ける自分。

連想するように、シルヴィは過去を思い出してしまう。

（お父さま……）

幾何学模様の彫られた床に視線を落としたと同時、どこか遠くから大きな音がした。遅れて、空気がちりちりと振動する。

南の方角――三番街の方面から、一筋の煙が伸びているのが見えた。火事だろうか、と目線をやった矢先に、上官との通話が再開した。

『警伍級。緊急事態だ。至急、本部に戻れ』

「はい？」

『そちらの件はすべて後回しで構わん。職員には引き続き現場捜査を入念に言いつけておけ』

珍しく、シーリオは焦った口調だった。

『戦闘準備を怠るなよ。おそらく、すぐに出てもらうことになる』

「警弐級《けいにきゅう》、いったいなにが起きたのですか？」

『獣人事件の発生だ。しかし、これまでの規模ではない。三番街、五番街、七番街各地で、それぞれ最低五十余名もの獣人が暴動を起こしているとの報告があがっている』

「ご、五十……!?」

今までの獣人事件とはスケールが違う数字だ。これまではせいぜい四、五体が徒党を組んで強盗事件や組織間抗争を起こしていた程度だ。

それだけでも一般被害は目も当てられなかったというのに、それが十倍？

もし情報が正確だとすれば、尋常ではない事態だ。

『詳しい事情は追って話す。とにかく緊急で戻れ。いいな？』

そこで通話は切れた。

シルヴィが二重扉を開けてバルコニーから戻ると、ちょうどシンの姿があった。

シルヴィはその腕をひっぱって言う。

「行くわよ、チューミー。急いで」

「どうした？　まだ全部を見終わっていないんだが」

「いいから。警弐級《けいにきゅう》から、即刻本部に戻るよう通達があったの。大変なことになっているわ」

「なにがあったというんだ？」

その問いに答える前に、再び爆音と振動がした。先ほどよりもいっそう大きな音だ。

またしても三番街の方面らしい。二人が窓の外を見ると、遠くで一際大きな煙がもくもくと立ち込めている。

まるで宣戦布告の狼煙《のろし》のようなそれに、シルヴィは言いようもない不吉な予感を抱いた。

＊

結果から言えば、シルヴィの予感は当たっていた。

この日起きた大規模獣人事件より、覚醒獣《かくせいじゅう》は偉大都市《いだいとし》中から注目を浴びることになる。

某日早朝、三番街の歓楽街にて、計四十八頭の獣人が無差別に民間人を襲う事件が勃発《ぼっぱつ》。

同時刻、五番街中枢の巨大商業施設アサクラ・モール、および環状高速道路の七番街西インターチェンジ付近で同規模の獣人襲来事件が発生した。

三件の事件が鎮圧されるや否や、ほぼ同規模の獣人集団が、今度は一番街にて発生した。現場には多数の粛清官《しゅくせいかん》、および連盟職員による防衛部隊が出動した。

この同時多発的な暴動は、謎《なぞ》に包まれている。

最大の疑問は、襲撃者たちに目的がなかったことだ。

獣人たちは見境なく人々に襲いかかる。恐怖心さえ抱いていないらしく、中央連盟の防衛部隊が出動した際も、獣人たちはまるで怯《ひる》むことなく襲いかかった。そして特殊塵《じん》工《こう》弾の雨に晒《さら》されて死ぬ寸前まで、戦いをやめることはなかった。

彼らには、動機が欠如していた。無差別に人を襲うに足りる動機が。

なにより不可思議なのは、彼らの着用していたドレスマスクが示すに、特定の所属組織による犯行ではないことが早々に明らかになった点だ。

中央連盟の把握する反社会組織を記載した黒手帳《ブラックノート》で照らし合わせたところ、のべ十七種類の犯罪組織が確認された。情報のない犯罪組織も合わせると、おそらくその数は倍以上にも及ぶことになる。

かくして、獣人の存在は過去類を見ない特異性と規模でもって、偉大都市《いだいとし》全土を恐怖に陥れた。一般人の死傷者は三桁《けた》にも及び、中央連盟は警備隊を強化し、常に出動可能な状態で待機する緊急声明を発表した。

中央連盟がメディアに向けた説明では、この一連の獣人テロ事件には首謀者がおり、その人物の粛清に向けて捜査が進行中、かつ解決は遠くないと発表している。

しかし、現実には獣人化を促す塵工《じんこう》麻薬と、その製造者であるルーガルーについては、依然として判明していることはほとんどない。

その暗い捜査状況を知っているのは、この大規模な獣人襲来事件が発生する以前より粛清案件に携わっていた一部の粛清官《しゅくせいかん》のみである。

4

それから数日後のことだ。

偉大都市南東部、四番街。この地区の特徴は、密集したビジネス街だ。偉大都市一面を見渡したときに、いわゆる摩天楼と呼ばれるオフィスビルが集まるのが四番街である。

ビジネスロードという名の大通りは四番街のランドマークであり、偉大都市の現代性を代表するハイソな見た目をしている。

そのビジネスロードが、その日ばかりは阿鼻叫喚《あびきようかん》の様相を呈していた。

逃げ惑う大量の人々と、それを追いかける多種多用のマスクを被《かぶ》った獣人の集団。

付近のビルでは獣人騒ぎのトラブルによってガス爆発が誘発されたらしく、一階と二階が火災騒ぎとなっていた。玉突き事故を起こした乗用車のせいで車道は機能を停止しており、ずらりと並んだ車の間を縫うようにして大量の民間人が避難している。

「全隊、並べ！　発砲用意！」

中央連盟の防衛部隊が出動済みだった。ビジネスロードを封じこめるようにして、ライオットシールドを装備した連盟職員が獣人に向かって射撃を行っている。

銃声と悲鳴、獣の雄叫《おたけ》びとサイレンが四方八方から響くなか、一人の女が転倒した。

「きゃっ！」

とあるオフィスビルの一階、出口付近だ。融資会社のロゴが刻まれたマスクを被る受付嬢が振り向くと、噂《うわさ》に聞く獣人がこちらに襲いかかろうとしている。

蛍光色を放つガラの悪いマスクは半壊していた。割れた断面から覗《のぞ》く片目が、まさしく人を辞した者の放つ、獣の眼光で女を見下ろしていた。

他のビルの従業員はみな、自分が逃げるのに必死でだれも助けようとはしない。

「グルゥウウウ……」

「い、いや……！　助けて、お願い。だれか！」

そこに、黒衣をまとった人物が間に割って出た。一振りの黒いカタナを構えて、獣の胸部を切り裂く。痛みに悶《もだ》える獣のマスクを二太刀目で破壊すると、露出した顔――その皮膚は半妖のごとく黒い毛で覆われている――を空中で蹴《け》り飛ばした。

「グルアァァアッ！　アアウゥッ！」

「うるさいな、お前」

シンは倒れた獣人の上に飛び乗ると、相手の口腔《こうくう》に零距離で左手を押し付ける。その掌《てのひら》には至近距離用のパーム・ピストルが握られていた。掌を押しこむようにしてトリガーを引くと、ダンッ！　と銃声が響く。鉛弾に脳組織を破壊されて、獣人はなにも言わなくなった。

仲間の断末魔に呼び寄せられたか、二匹の獣人がシンの背後に現れた。

振り向くと同時、シンはカタナを振るった。一匹目は首を斬られて倒れる。残り一匹は、両腕の長い爪《つめ》を重ね合わせるようにして斬撃を受け止めた。

シンが返しの刃を振り直そうとする前に、銃声がした。獣人がその場に倒れこむ。

「グルァ！　アウゥ！」

一拍置いて、獣人の腹部に撃ち込まれたマグナム弾が内部で破裂した。通常であればまず瀕《ひん》死《し》は免れないはずの一撃だが、異常な生命力を誇る獣人は、なおも動けるようだった。

もがき苦しむ獣を、弾丸を撃ちこんだ当人は容赦なく踏みつけた。

「――答えなさい。あなたたちはなぜ人を襲うの？　だれの命令？」

その背に三連装の長銃を突き付けて、シルヴィが問う。

「ガァアウッ！　グルゥゥ！」

「なんでもいいわ。なにか知っていることを答えて。でないと――この銃口の意味はわかるわよね？」

相手はなにも答えはしなかった。獣人は、ただ獣のように喚《わめ》きながら、無理やり起き上がろうとするだけだ。そうされる前に、シルヴィは相手の頭部を撃ち抜いた。

「いやぁ！　ぅぅぅ……！」

獣の返り血を浴びた女性社員が、錯乱した様子で走り去っていく。連盟職員の作るバリケードの向こう側に消えたのを見届けてから、シルヴィはふぅと一息をついた。

ぴっ、とカタナを振って血を落としてシンが言う。

「こいつらでこのビルは終わりか」

「そうね。隣にはべつの粛清官《しゆくせいかん》が入ったから、この四番街の騒動もそろそろ終わりね」

「数分だけ小休止を取る。今日はほとんどぶっ通しだ、さすがにすこし疲れた」

シンがビルのエントランスに座りこんだ。

シルヴィは、その隣で壁に背を預けた。

「座らないのか？」

「だって地べたなんだもの」

「そんなことを気にするのか。さすがのお嬢さまだな」

「しっ。だれが聞いているかわからないでしょ」

「このフロアには俺たち以外にだれもいないし、仮に聞いていたところでわかるはずもないだろう」

それもそうかもしれない。だが正体を隠して生きている身としては、気にしすぎるくらいでちょうどいいと思っていた。

外から、消防車のけたたましいサイレンが響く。

「……いよいよ剣呑《けんのん》な事態になってきたな」

「ええ。まさかこんなことになるなんてね。偉大都市《いだいとし》の歴史でも、これほどひどい無差別テロは初めてよ」

覚醒獣《かくせいじゅう》の粛清案件は、これまでシルヴィが携わってきたなかでも、特別に目まぐるしい変化を見せる事件といえる。

ローレンス・エルミの捕縛から一週間と経たないうちに、最大の手がかりだったルート72の首領が失踪《しっそう》した。そして今度は、この大規模な獣人襲来事件の発生ときている。

今となっては、ルーガルーの粛清ほど早期解決が望まれている案件はほかにない。

それにも関わらず、肝心のルーガルーの行方は依然として知れなかった。

覚醒獣の粛清案件に関わっていた粛清官《しゅくせいかん》は、全員が獣人事件の鎮圧に追われている。この数日間は、シルヴィたちも毎日偉大都市の各所に出没する獣人集団の粛清に奔走《ほんそう》していた。

遠くの喧騒《けんそう》を耳にしながら、シルヴィが言う。

「この獣人襲来テロは、とにかくすべてが奇妙だわ。どの獣人も、すっかり正気を失っているなんて」

「ああ。今日の連中も、どうやら全員そのようだな」

「聞いた？　チューミー。もう何人も本部で生け捕りにしているけれど、だれひとりとしてまともな返答をしないのですって。自分がなぜこんなことをしているのかすらわかっていないみたい。でも、そんなのって……本当に、ただのけだものじゃない」

シルヴィは、今しがた粛清した獣人の死体に目を落とした。

この男が覚醒獣の使用者であることには間違いない。この見た目の変化と戦闘能力の向上は、たしかにあの日グレイザー兄弟が使用したものと同じだ。

だが、薬の流通を担い、その効果も間近で見ていたローレンス曰《いわ》く、覚醒獣の使用者は多少性格が狂暴化するだけで、知能が低下する副作用などは一切認められなかったという。まして会話すらかなわなくなるなどもってのほかだという話だ。

それもそのはずだとシルヴィは思う。そうでなければ、覚醒獣が裏社会であれだけ人気を博したはずがない。ノーリスクで砂塵《さじん》能力者に対抗できるほどの強さを得るというのが売りなのに、だれが好きこのんで見境なく人を襲う獣になどなりたがるというのか。

「なぜ、急に覚醒獣《かくせいじゅう》の効果が変わったのかしら？　まさか、製薬の能力者が二人いるなんてことはないと思うけれど。それとも、これだけの精度で他人を操れる能力者がいるのかしら」

「俺は、そのこと自体は特に奇妙とは思わないがな」

「どうして？　チューミー」

「ルーガルーが、覚醒獣の真の効果を隠していたとするなら説明はつくからだ」

「……真の効果って、たとえば？」

シンは数秒ほど考えてから言った。

「つまりやつが、自分の能力で作った薬を服用した者を獣人化させて、かつそいつを操るという砂塵《さじん》能力者だったとしたら道理は通る。これまでは、ただ操っていなかったというだけだ」

「これだけの数の獣人を同時に制御しているというの？　そんなことってありえるのかしら」

「ああ。まさしく、そこが問題だな」

シンは破壊された壁の破片を手に取った。つまらない玩具を弄《もてあそ》ぶように、グローブのなかでいじりながら続ける。

「こと砂塵粒子の効用に限って、ありえないなんてことはありえないのはたしかだ。ただそうはいっても、これだけ広範囲、高精度の効果を発揮する砂塵能力を持つ人間が存在するとは考えにくい。なんといっても、ほぼ偉大都市《いだいとし》全域だ」

「つまり、なにか塵工《じんこう》的なからくりがあるということ？」

「それはわからない。あるいは複合砂塵能力かもしれないが、そうだとしたら推理はお手上げだな」

複合砂塵能力とは、複数の砂塵能力を組み合わせることによって、1＋1以上のシナジーが生まれるケースを指す。

その場合はシンの言う通り、推理のしようがないほど様々な可能性が考えられてしまう。

「問題は、方法より目的ね。どうしてルーガルーは獣人にこんなことをさせているのかしら」

「さあな。愉快犯なんじゃないか？　現状、獣人の出没箇所は中央街とその付近が多い。反面、十八番街などのスラム地区はほぼ被害に遭っていないという話だろう？　上級市民に恨みを抱いている者の犯行だとすれば納得はいくが」

その説は連盟本部でも囁《ささや》かれている。つまり、ルーガルーの目的はテロ行為そのものだという推論だ。中央連盟に復讐《ふくしゅう》するため、見境なく獣人を暴れさせているテロリストなのだと。

そうだとすれば、これまでの謎《なぞ》にも説明はつく。ルーガルーが利益を気にせずに覚醒獣を売っていたのも、今まさにこの状況を作るためだったとすれば筋は通る。ドン・グスタフを殺害した、あるいは攫《さら》ったのも、単に自分の素性を知る者を消したかっただけかもしれない。

とはいえ、シルヴィはその説には納得していなかった。

それは勘といえばただの勘だ。だがシルヴィにはどうしても、ルーガルーという人間にはなにかもっとべつの意図があるように思えてならなかった。

「ルート72の幹部が言うには、覚醒獣《かくせいじゅう》はゆうに千個以上も偉大都市《いだいとし》にばらまかれたのだろう？　だとすれば、この騒動はしばらく収まりそうもないな」

シンがそう言った。シルヴィはその意見に同意する。

今現在、粛清官《しゅくせいかん》を含めた多くの戦力が獣人の処理に追われている。もともと人手が足りていなかったというのに、このままでは中央連盟が息切れするのもそう遠くないだろう。なんといっても、すべてのリソースをこの事件に費やせるわけではないのだから。

「シーリオのやつも、気が滅入っているだろうな」

「そうね。傍《はた》から見てもわかるくらい、プレッシャーを感じていらっしゃるみたい。まあ、この規模の事件の主任担当官なのだから、それも当然なのかもしれないけれど……」

このところのシーリオの疲弊《ひへい》ぶりは顕著《けんちょ》だ。自分のような下級官にはわからないが、連盟盟主のような上役から解決を急ぐように強く言われているのかもしれない。

「こんなときに、あのかぼちゃ頭はどうしているんだ？」

「わからないわ。わたしは数日前にお会いしたけれど、それっきりだから」

「そのときは、ボッチも近いうちに捜査に加わると言っていたのだろう？」

「ええ」

「あいつは適当な男だが、仕事上の嘘《うそ》は言わないはずだ。案外、今日にでもルーガルーの首を持って帰ってきてもおかしくないかもな」

あながち否定できない話だった。

実際、ボッチ・タイダラという怪物は、そういうことばかりして功績を挙げてきたと聞く。他人の粛清対象さえも構わず連れて帰ってくるため、昔は軋轢《あつれき》が絶えなかったのだとか。

「連日これでは捜査もなにもない。ボッチがとっとと終わらせてくれたらラクなんだが」

「そうね……」

口ではそう同意しながらも、シルヴィは内心、諸手《もろて》を挙げて賛同はできなかった。

できれば、自分が事件の解決に貢献したい。

今回の粛清案件で、シルヴィは大きな仕事を任される機会をずっと窺《うかが》っている。

これほど重要度の高い粛清案件に関われる機会は、そうはない。今回の事件でうまく功績を挙げれば、パートナーとの差を埋めるだけの昇級点が得られる可能性は高い。

とはいえ、そんな自分勝手な心の内は明かせるはずもなかった。

たとえ、それが信用する相手に対してであったとしても。

シンが立ち上がって言う。

「そろそろ行くか」

「ええ」

「しかしここが済んでも、またすぐにどこかで獣人が発生するのだろうな。その前に、本部に戻ってシャワーでも浴びたいものだが」

シンは返り血で濡《ぬ》れたボディスーツを疎ましそうに見回した。

今日は、本部に戻ったあとに定例会議がある。そこで捜査に進展があることを願いながら、シルヴィは最後の見回りのためにその場を離れた。

5

中央連盟本部、中層階。

覚醒獣《かくせいじゆう》粛清案件の定例会議は、気まずい空気に包まれていた。

連盟本部の会議室に、現在七名の粛清官《しゆくせいかん》が集合している。

獣人事件の深刻化に伴い、多くの粛清官が応援にきたが、その内の多くはこの場にはいなかった。今もどこかで起きている獣人の騒動を鎮圧しに向かっているためだった。

「十六番街、賭博《とばく》サーキット。九番街、九龍《クーロン》アパート。および十八番街、ブラックマーケット。いずれも覚醒獣の販売所ですが、我々のチームで捜索したところ、すでに薬の供給は絶たれており、ルート72との連絡も取れないとのことです」

そう報告するのは、ザカリスという名の粛清官だ。先日の増員要請に伴って応援にきた、浅黒い肌に恰幅《かっぷく》のいい体格をした男である。

この案件で顔を合わせる前、シルヴィはザカリスと直接の面識はなかったが、本部内での彼の立ち位置は知っていた。

ザカリス警参級《けいさんきゅう》は、官林院《かんりんいん》派と呼ばれる派閥の代表格だ。官林院派とは、粛清官の養成学舎である官林院の出身者のみを正統な粛清官とする、いわばエリート主義の集まりである。

一般職員に対する傲慢《ごうまん》な振る舞いや、スカウト組の粛清官に対する高慢な態度はよく耳にする。シルヴィからすると近寄りがたい、選民的な思想の窺《うかが》える一派といえた。

ザカリスは現在、リリスとリッカルの上官も務めているという。ザカリスの隣には、暇そうな表情を浮かべるリリスと、疲れた表情のリッカルが座っていた。

シルヴィが一同を眺めていると、リリスと目が合った。向こうは勝ち気な吊り目をさらに吊り上げると、いかにも不機嫌そうにふんと顔をそむけた。

「ほかに残された販売所は？」

そうシーリオがたずねる。

「一応、未確認の場所が二カ所残されてはいますが」

「では貴公には引き続き、そこの確認を任せたい」

すると、ザカリスが信じられないとでもいうような表情を浮かべた。

「警弐級《けいにきゅう》。お言葉ですが、貴官はいささかルート72に固執しすぎではないでしょうか？」

「そう思うか？」

「ナハト警弐級《けいにきゅう》がルーガルーを捕えるため、かの麻薬カルテルを張っていたという事情は存じております。しかし残念なことに、今や覚醒獣《かくせいじゅう》は完全にルート72の手を離れたとみていいでしょう。首領の行方すら摑《つか》めない現状で、連中に執着する理由が私にはわかりかねますな」

シーリオは資料から顔を上げて、ザカリスに目を向けた。よほどの多忙のためか、その眼鏡の下の目には濃い隈《くま》が見受けられる。

「それは逆だな、ザカリス警参級《けいさんきゅう》。ドンの行方が知れない現状だからこそ、我々はルート72の追跡をやめてはならないのだ」

「仮に、連中がすでに空中分解しているとしてもですか？　その論拠を伺っても？」

「今回の獣人事件を起こすのが目的ならば、ルーガルーにはほかに適当な手段があったというのがタイダラ警壱級《けいいつきゅう》のご意見だ。私も、そのご意見に同意している。それに加えて、先日のドンの失踪《しっそう》だ。すべての秘密はルート72にある。我々は、それを解き明かさねばならない」

「それも、かの崇高なタイダラ警壱級殿のお考えですかな？」

「口の利き方に気をつけろ、警参級。それとも、タイダラ警壱級のご洞察を揶揄《やゆ》できるほどの力量が貴公にあるとでも言いたのか？」

シーリオはあからさまに苛立《いらだ》った口調だった。正反対の性格のはずのシーリオが、意外にもボッチを尊敬していることは、これまでともに仕事をしてきたシルヴィはよく知っている。

「滅相もない。私ごときが、そんな恐れ多い……」

「気に食わんな。言いたいことがあるならば、はっきりと言え」

「では、僭越《せんえつ》ながら私見を述べさせていただきますが」

わざとらしい咳《せき》ばらいを挟んでから、ザカリスが続ける。

「タイダラ警壱級は、本件の担当を務めてはいらっしゃらないでしょう。当然、それほどまでに本件の事情をご存じというわけではない。その警壱級のご意見を重視するナハト警弐級のご判断は、あまり道理にかなうとは思いかねますがね」

ザカリスは隣に座るパートナーと顔を合わせると、含みのある笑みを浮かべた。

くだらない、とシルヴィは思う。こんな話し合いは時間の無駄だ。

シルヴィは、官林院《かんりんいん》派とその他の争いにそこまで詳しいわけではない。

それでも、官林院こそ正統とする彼らが火事場のボッチを疎んでいるのは知っている。それはボッチが現場の叩《たた》き上げで、官林院の出身者ではないからだろう。

まして、その官林院を世代トップの成績で卒業しながら、派閥に加わらずボッチのパートナーを務めているシーリオは、ボッチ以上に敵視されているようだった。

（いくら人手不足といっても、なにもこの人たちを呼ばなくてもよかったのにね）

シルヴィは隣に座るシンに小声でそう話しかける。が、反応はなかった。腕を組み、すーすーと寝息を立てている。どうやら仮面に隠れているのをいいことに居眠りをしているようだ。

「貴公の意見は、おおかた理解した」とシーリオが返した。「だが実際問題として、ルーガルーの追跡においてほかに有効な手段が存在していないのは事実だ。違うか？」

ザカリスが鷹揚《おうよう》にうなずく。

「由々しきことに、それはそうですな」

「ならば、おとなしく従うといい」

「なにを仰いますか。もとより、主任担当かつ高官である警弐級《けいにきゅう》のご指示です。私が従わない道理はありますまい」

ザカリスは笑ってそう答えた。まるで、これが上官命令でなければ従わない非合理な捜査だとでも言いたげな言葉だった。

「ところで、ひとつ思いますがね。ナハト警弐級」

「まだなにかあるのか？」

うんざりした口調でシーリオが聞く。

「ええ。そもそもの話、本件は我々だけで扱うにはいささか荷が勝ちすぎる案件ではないかと」

ザカリスは腕を組み、得意げに続ける。

「今朝のＧＣＣＮをお読みになられましたか？　『獣人事件の被害者数は甚大だ。この犯人をこれ以上放置することは、中央連盟の威厳を失墜させることに繋《つな》がるだろう』と、そのように書かれておりましたが」

Grand City Central Newspaperは中央街最大の発行部数を誇る新聞だ。スポンサーの大半が連盟関係の企業であることを考えると、本来そこまで反体制的なことは書けないはずだが、今はよほど世間的な風向きがよくないのだろう。

「これは、まこと致し方ない世論といえるでしょう。だれも公には口に出していませんが、本部内でも似た論調は耳にします」

「なにが言いたい？　警参級《けいさんきゅう》」

なにが言いたいかなど明らかだ、とシルヴィは思う。

事件の解決に、シーリオでは力不足だと言っているのだ。

ザカリスはもったいぶった口調で続けた。

「実を言いますと、私の上官であるシュメント警壱級《けいいっきゅう》が本件にご興味をお持ちでしてね。警弐級とて、あの御方の実力の程はよくご存じでしょう？　今からでも遅くはありません、彼女に助力を仰ぐというのはいかがでしょうか。なんといっても、初めからシュメント警壱級が主任担当であれば、獣人事件がこれほど深刻化することもなかったでしょうから」

卑怯《ひきょう》な物言いをする相手に、シルヴィは義憤を覚えた。

ルーガルーは狡猾《こうかつ》だった。自分の真の能力を隠して覚醒獣《かくせいじゅう》を拡散してから、まるで起爆スイッチを押すかのように偉大都市《いだいとし》中に危害を加えたのだ。

今回の被害は、だれが主任担当官であっても抑えられるものではなかったに違いない。

しかしそんな挑発を受けても、シーリオの氷のように冷たい表情に変化は見られなかった。

「ザカリス警参級《けいさんきゅう》。貴公がなんと言おうと、本件は私が解決するつもりだ」

ザカリスがやれやれといった風に肩を竦《すく》める。

そこに、シーリオは鋭い目つきでこう言い加えた。

「だが、正規の方法を通し、かつそれが正当と認められたのであれば、私はいつでも本件の主任を降りよう。私の言っている意味はわかるな？　リコールを希望するなら、然るべき手続きを踏んで監査を通せということだ。それとも貴重な会議の時間を浪費するために無駄な発言をしろというのが、貴公の上官の教えなのか？」

ザカリスの笑みがはたと消える。自分の攻撃が効いていないどころか、倍返しにされて業腹のようだ。

ザカリスは気の滅入ったような表情を浮かべていたが、さらに続けるほど子どもではないらしく、結局それ以上はなにも言わずに着席した。

内心、シルヴィはせいせいとした気持ちになった。

しかし、すぐさまその考えを改める。

ザカリスの言い分はともかく、覚醒獣《かくせいじゅう》が自分たちの手に余っているというのは事実だ。シーリオの実力を疑ってはいるわけではないが、それと捜査状況に難があるのはべつの話である。

（今日の定例会でも、また収穫がなかった……）

この先どうなるのだろう、とシルヴィは考える。

自分たちの仕事は、実質的に待機状態だ。追跡する手段がなく、獣人事件の対処に追われている現状では、事件解決など到底かなわないように思えた。

このままでは、案件そのものが暗礁に乗り上げてもおかしくはない。

そうこうするうちに、終了の定刻が訪れた。

「それでは」

シーリオがそう口を開いたとき、

「――なんだァ、おい。ずいぶん重い空気だな。ここは葬式会場か？」

場に割って入る、野太い声がした。

会議室の入り口に、かぼちゃ頭の男が立っていた。ボッチは窮屈そうに扉をくぐると、棺《ひつぎ》を縛る鎖をじゃらじゃらと鳴らしながら、部屋の中央まで入ってくる。

彼の衣類にまとわりついているいつもの独特な煤《すす》のかおりが、途端に室内に広がった。

「……なんつー冗談を言うには、覚醒獣はちと被害を出しすぎたか。今の発言は取り消すぜ」

それまでの無表情から一転、シーリオは驚愕《きょうがく》の表情を浮かべて言った。

「タイダラ警壱級《けいいっきゅう》……！　今まで、どちらにいらしていたのですか！」

「よォ、シーリオ。悪ィな、任せっきりにしていてよ。ちょいと古い調べ物をしていてな」

ボッチはローブの懐から書類の束を取り出すと、それをシーリオに預けた。それから、その場にいる粛清官《しゅくせいかん》たちの頭数を数えだす。

「たった今、動かせる人員は何人だ？……七人か。ちょい足りねェが、ま、ギリなんとかなるかァ」

「警壱級《けいいっきゅう》、この資料はいったい……」

「そいつは、ルーガルー追跡のためのカードだ。やつの目的がだいたいわかった。おれの読みが正しけりゃ、こいつはとんでもねェことを考えてやがるぜ」

その予想外の言葉に、粛清官《しゅくせいかん》たちに衝撃が走る。

全員が息を呑むなか、ボッチだけがフッフッと不敵に笑い、こう続けた。

「やつの真の狙《ねら》いを阻止するためにも、おまえら全員、すぐに出てもらうことになるぜ。ルーガルーの目的は、ドン・グスタフの遺《のこ》した虎の子の兵器。

——通称、砂塵《さじん》兵器を利用した塵工《じんこう》テロだ」

6

連盟本部から離れた、とある場所。

その屋内は暗く、内部の構造を見通すことはほとんどできない。

獣たちの棲家《アジト》。そこに招かれている異邦人——人形遣いは、くすくすと笑った。

理由は簡単、楽しいからだ。

窮屈だった獄中に比べて、外の世界はなんと広く賑やかなものだろう。

たぐいまれなる聴覚を持つ人形遣いは、様々な人間の足音を聴き分けることができる。この空間に響くのは、よく訓練された傭兵《ようへい》たちの音を抑えた靴音と、人をやめた獣たちの、のしのしという横柄な歩みだ。それらは不協和音のように、この室内を覆っている。

だが、それでいい。愛すべき不調和《ミスマッチ》——久々に出てきた監獄の外で、単調な物ばかり見聞きするよりもずっといいに決まっている。

「——ボクはさ。けっこう、自分は臨機応変で柔軟なタイプだと思っていたけど」

人形遣いは、そう語りかける。

「それでも、未だに信じられないな。自分がこうして自由になれて、また好きな楽器に触れることができるなんて。それも、まさか自分を捕まえた張本人に解放されるなんて形でさ」

暗闇《くらやみ》の向こうから、返答があった。

「勘違いするなよ、人形遣い。解放なんざしちゃいない。おまえは自由でもなんでもねえ。俺の目的が達成されるまでの、ただの体のいい駒に過ぎないんだからよ」

その人影の隣から、ジ——ン……という振動とともに、機械の稼働音がする。

人形遣いが聞いたところでは、それはある特別な兵器だという。何事もそれなりに事情通であると自負していた人形遣いからしても、なんとも眉唾《まゆつば》な代物といえた。

「俺はおまえに気を許しているわけじゃない。少しでもおかしな真似《まね》をしてみろ。もういちど、地に押しつけて血反吐《ちへど》を吐かせてやる」

「そんなに疑ってかからないでよ。抵抗する気はないってば。その証拠に、ほら、こうしてちゃんと協力しているじゃない。言われた通り、その不思議な機械も動かしてあげたでしょ？」

このたび人形遣いが任された最大の仕事は、すでに終えている。

砂塵《さじん》兵器の稼働を滞りなく完了すること。それは、本来なら起動の鍵となる麻薬カルテルのボスの合意がなければ不可能だったことだ。

本来、死者はしゃべる口を持たない。その意志さえも。

ただし、人形遣いの前を除いて。

死霊の砂塵能力者。

死人は動かないという、この世の絶対の理《ことわり》を否定するのが、彼の持つ非凡な砂塵能力だ。

「懐かしいね、お兄さん。キミと、キミのパートナーに追われていた日々は、今思えば退屈しなかったよ。毎日がとってもスリリングだった。生きているって実感できた」

在りし日のことを思い出して、人形遣いは上機嫌に笑う。

「強かったなあ、キミたちは。ボクが言うのも難だけど、まったく人間離れしていたよね。あいうのを、敵ながら天晴《あっぱ》れっていうんだろうね」

過去、人形遣いはこの相手と長い鬼ごっこを繰り広げた。その最中、会話をすることも多々あったせいで、粛清官《しゅくせいかん》と犯罪者にしては奇妙に強い縁が形成されたのだった。

「キミのパートナーの人……なんといったっけね、あの有名な。ああ、そうそう――かの〝蒼白天使〟さまは、元気にしているのかな？　それとも、キミが今こうして一人で隠密活動をしているということは、殉死でもしてしまったの？」

そう話しながらも、人形遣いは気づいている。

自分の言葉によって、相手が明らかな怒気を身にまとわせていることに。

それでも、その語りをやめることはなかった。

「ねえ、キミの話を聞かせてよ、〝黒獣〟のお兄さん。あれから、いったいなにがあったらこんなことになるっていうのさ。いかにも連盟育ちって感じの、バカ正直な正義感と暴力を振りかざしていたお兄さんが、どうしてこんな連盟に逆らうような真似《まね》を」

「人形遣い。二度と、俺にその話をするな」

そこで、相手が言葉を被《かぶ》せた。同時に、周囲の獣たちが唸《うな》り声を出す。主人の放つ怒りに感応しているようだった。

「どうしてさ？」

「同じことを言わせるなよ。次は、その喉笛《のどぶえ》を切り裂く。……これがただの脅しじゃないことは、おまえもよくわかっているだろう」

「おお、こわいこわい。……わかりました、ご主人サマ。もう生意気は言わないので、どうか許してくださいな」

人形遣いは茶化すような口調で言った。

「ああ、憐《あわ》れな傀儡師《くぐつし》めにどうかご命令をくださいませんか？　お暇でしたら、ここでお人形遊びの寸劇でも観ていかれますか？　適当な死体でもあれば、今すぐにご覧に入れて……」

「黙れ。おとなしく待機していろ」

「いえっさー」

明るい声で答えて、人形遣いは闇《やみ》に溶け込んで消えた。


ルーガルーは、砂塵《さじん》増幅器を見つめていた。

機械からは一本の管が伸びて、彼の被るキメラマスクの後頭部に接続されている。本来であれば、インジェクターが内蔵されているべき箇所だ。

今、砂塵増幅器は内部に特殊な電磁パルスを放出して、ルーガルーの砂塵粒子を機関部で分裂させ続けている。集合と消失の性質を併せ持つ砂塵粒子から、数兆通りの電磁波のパターンを解析して、彼特有の砂塵粒子の質量を何百倍にも増幅させている。

そうして出来上がった砂塵粒子の核《コア》こそが、この都市の崩壊と再構築を促す。過去、初めてその姿を現したときの砂塵粒子が、破壊と再生の試練を人類に与えたのと同じように。

それこそが来たるべき音擦《おとず》れ。

真の粛清の幕開けだ。そのためにも、振りかかる火の粉は振り払う――もとい、火元ごと吹き消さなければならない。

火元。すなわち、大罪の業火で燃え盛る、中央連盟を。

「頭領、ただいま戻りました」

屈強な肉体をした、迷彩柄の服を着た男が近づいてくる。傭兵《ようへい》長マティス・ロッソが、自身が裏切った組織のファミリーマスクを被《かぶ》って現れた。

「中央連盟は混乱しています。獣人による各地の暴動に、さすがに手を焼いているようですな。未だ、この場所に勘づいている様子もありません」

偵察の任に赴いていたマティスが、そう報告してくる。

「うまい膠着《こうちゃく》状態ですな。ぎりぎりで対処可能な量の獣人を放つことで、連中の動きをコントロールするとは。我々も大船に乗った気持ちでいられるといったものです」

「わかっているだろうな、マティス。この獣人騒ぎはただの前座に過ぎない。まだ、本番はこれからだ」

「ご安心を。計画の完遂まで、気を抜くつもりは毛頭ありません」

そこで、マティスはしばし沈黙した。それから続けた。

「……正直を言うと、あなたが私に接触してきたとき、数パーセントだけ疑っておりました」

「なにをだよ？　マティス」

「つまり、頭領が零番街の住人ではなく、あくまで中央連盟の者なのではないかということをです。なにせ、あなたは十数年もあちらに所属されていたわけですから」

ルーガルーは返答しなかった。

マスクの下の表情は、相手に伝わることはなかった。

「ですが、このたびの獣人事件と、かの〝人形遣い〟の登用で、迷いは断ち切られました。あなたは紛れもなく、我々の同志……零番街の血を受け継ぐ、誇り高き復讐者《ふくしゆうしや》です」

マティスが跪拝《きはい》するかのように膝《ひざ》をついた。その背後の暗闇《くらやみ》にいた、部下の傭兵たちもまた同様にする。

「よせよ。俺はそんな……高尚なやつなんかじゃねえ」

「ご謙遜《けんそん》を。当時の話では、砂塵《さじん》増幅器を制御するのは、並大抵の砂塵能力者ではかなわないとのことでした。あのときの我々では、まさしく手に余る代物だったのです。それを今、頭領はなんなく操っている。その点ひとつ取っても、あなたの実力は十二分に示されています」

周辺には、ルーガルーの砂塵粒子が立ち込めていた。

灰燼《かいじん》のような、煤《すす》けた色の砂塵粒子が舞い、どこかから屋内に入りこんだ風に乗った。

それを目にしたとき、

——あなたの砂は、きれいな色ですね
反射的に、ルーガルーはある人の言葉を思い出した。

ずっと前の、あれは蓬《よもぎ》の萌える季節だっただろうか。

——噂《うわさ》は聞いていますよ。なんだか、おっかない能力をしているそうですね。でも、強そうで頼りになりますねえ
——なんだぁ、この嬢ちゃんは。盟主かなにかの家族か？　だが悪いな、あとにしてくれ。俺はここで、それこそおっかないパートナーを待っているんだからよ
——おや、そうなのですか？
——ああ。緊張してんだ。超ベテランの、最強の粛清官《しゆくせいかん》だっていうからさ。きっと鬼みてえなツラしているんだぜ、へへ
——まっ、失礼な子ですね。人を見た目で判断してはいけませんよ？　新人の粛清官くん
——おいおい。まさか……
——ふふ。はじめまして、警伍級《けいごきゆう》。私の名前は……

「……ちっ」

「？　どうされましたか？」

「なんでもねぇさ。……なんでも」

どこか遠くで、ヴァイオリンを奏でる音が聴こえた。暇を持て余した人形遣いが弾いているのだろう。ルーガルーは悪態をつきたくなる。

あの癇《かん》に障る犯罪者のせいで、つい余計なことを思い出してしまった。

もう、必要のない寄る辺だというのに。

「マティス、よく周辺を警戒しておけよ」

「ええ、もとよりそのつもりです。が、なぜですか？」

「中央連盟だ。お前の調査を信頼していないわけじゃないが、おそらく、連中は近々ここを訪れる」

「なにゆえわかるので？」

「俺の塵工《じんこう》体質。――嗅覚さ」

ルーガルーはマスク越しに自分の鼻を指さした。

「砂塵《さじん》増幅器のせいだろうな。もとから鼻には自信はあったが、今は都市の端から端までにおってくるような気さえするぜ。獣性を帯びた連中の、この俺に向ける敵意がな」

「それならば、場所を変えますか？　今なら、隠密に砂塵増幅器ごと移動することもできなくはないですが」

「いや、ここで構わない。中途半端に場所を変えても、連中は必ず跡を追ってくる。それなら、準備の整っているここで出迎えたほうがいい」

「ふむ。信用されているのですな。粛清官を」

「そりゃ、嫌味かよ？　意外だな、鉄面皮」

「否定はしません。私とて気分が高揚することもあります」

マティスは稼働する砂塵《さじん》増幅器に視線をやった。マスク越しだが、それはどことなく、熱の籠《こも》った目線のように見えた。まるで、自分たちの悲願をかなえる神体を見ているかのような。

「以前、頭領は我々に労《ねぎら》いの言葉をくださいましたが」

「ああ」

「我々のほうこそ、感謝しています。先の零番街抗争戦で死に場所が見つけられず、ただ彷徨《さまよ》い生きるしかなかった我々に、こうして再起のチャンスを与えてくださったことに」

「お前は、俺を買いかぶりすぎなんだよ。お前に声をかけたのだって、もとはただの偶然だ」

「そういう偶然を、巡り合わせと呼ぶものですがね」

そこで、マティスは踵《きびす》を返した。

「警備に行って参ります。来たるべきときが訪れるまで、必ずや我々があなたの盾となりましょう」

ルーガルーは一人残されると、砂塵粒子に意識を集中させた。

この都市に潜む獣人たちに、またしても命令を下さなければならない。

必要な犠牲を生んで、この都市に仮初《かりそ》めではない、本物の秩序をもたらすために。

そうしながらも、脳裏では敵のことを考えていた。

(……どいつが来る。粛清官《しゆくせいかん》)

無論、だれであろうと関係はない。それが中央連盟の所属者であるならば。

そう頭ではわかっている。だが、彼はとっくに捨てたはずの過去——自分に向けて微笑《ほほえ》みかけていたパートナーの姿を頭から拭《ぬぐ》うことが、どうしてもできなかった。

7

都市歴一三二年——今より十八年前の一年間は、激動の年として知られている。

中央連盟の支配体制に抵抗し、裏社会の重鎮たちが徒党を組んで抗争を仕掛けてきた、通称第四次黒抗争の勃発《ぼっぱつ》。それに加えて、とりわけ危険性の高いテロ事件が起ころうとしていた。

事の発端は、〈母なる砂漠〉を自称するカルト教団だった。

塵禍《じんか》以降、人々の宗教的な信仰の対象は主に砂塵粒子となっている。

代表的な現代宗教であるダスト正教の戒律では、神聖なる砂塵能力を人間が不当に利用することを禁じており、教徒たちは毎週末に三ツ目の女神像を熱心に拝む。

母なる砂漠もまた、砂塵粒子に心酔する集団といえた。ただし純粋な宗教徒とは異なり、彼らはあくまで化学物質としての砂塵粒子を信奉していた。無限の可能性を秘める砂塵粒子を、科学技術という人類の叡智《えいち》の下に制御することを至高の喜びとしていたのである。

そして彼らは、あるひとつの目的を達した。

旧文明が遺《のこ》した古い設計図から、砂塵《さじん》兵器と呼ばれる機械を現代に復刻したのだった。

母なる砂漠の研究者たちに兵器開発の資金援助をしていたのは、とある武装組織だった。

それが零番街の住人たちだった。彼らは零番街解放戦線と名乗り、過去数十年にもわたって中央連盟と敵対する、特定抗争指定の武装組織だった。

砂塵兵器という切り札を手に入れた零番街の住人たちは蜂起《ほうき》し、その活動を激化させた。それを受けて、中央連盟側も本腰を入れて彼らの排除に取りかかることとなった。大規模な粛《しゅく》清官《せいかん》の部隊を編成し、本丸である地下に侵攻して主要メンバーの粛清を開始したのである。

それが、かの有名な〈零番街解放戦線〉粛清案件である。当然、中央連盟の逆鱗《げきりん》に触れた解放戦線は壊滅することとなり、それで事件は解決したかに思われた。

しかし、そこにはひとつの禍根《かこん》が残った。

いざ粛清官たちが砂塵兵器の押収に赴いたとき、解放戦線の拠点から肝心の砂塵増幅器が失われていたのだ。大規模粛清の混乱に乗じて、何者かが持ち去ってしまったようだった。

本案件の危険性を踏まえて追跡班が組まれ、入念な捜査が行われたが、ついぞ連盟は古《いにしえ》の兵器を発見することはできなかった。

そして、現在。

完遂されなかった過去の粛清案件の遺物が、今ふたたび偉大都市《いだいとし》に牙《きば》を剥いているのだと、その長軀《ちょうく》の粛清官は語った。

「十八年前の零番街掃討戦は、おれが任官してすぐの大仕事だった。肝心の砂塵兵器がなくなっていたって話を聞いたときの衝撃は、今もよく覚えているぜ」

説明を終えたボッチに、シーリオがたずねる。

「そして、その砂塵兵器を奪取したのがドン・グスタフだったということですか？」

「ああ。だが、やつはその兵器を使うことはなかった。二十年弱もの長い間、ただ隠し持っていたようだな。おそらく、ドンはわかっていたんだろう。偉大都市を攻撃するメリットが自分にないことも、あるいは下手に使って連盟に目をつけられることのデメリットも」

会議室は静まり返っていた。

シルヴィは寝耳に水の気分だった。ずっと動機が不明だったルーガルーの目的が、ドン・グスタフの持つ砂塵兵器という、過去の事件の産物なのだとボッチは言う。

荒唐無稽《こうとうむけい》な話のようにも思えるが、ボッチがこういう局面で嘘《うそ》をつく男ではないことはよくわかっている。なにより、その線が濃厚なのだとしたら、目下の最大の疑問にも説明がつく。

つまり、この大規模な獣人テロ事件に対する解答となるのだ。

「ボッチ。その話が事実なら、この偉大都市全土で起きている獣人事件も、その砂塵増幅器とやらの影響だということか？」

いつの間にか目覚めていたらしいシンが言った。どうやら、シルヴィと同様の考えに至ったらしい。

周囲の粛清官《しゅくせいかん》が眉《まゆ》をひそめた。それがシンの機械音声を初めて耳にしたからか、あるいは、あの火事場のボッチに対する口の利き方ではないからか、シルヴィには判断がつかなかった。

ボッチが首肯して答える。

「おそらくな。今この瞬間も、ルーガルーは偉大都市《いだいとし》のどこかで砂塵《さじん》増幅器を稼働させているだろう。そして通常の何百倍にも増幅した能力で、覚醒獣《かくせいじゅう》の利用者たちを操っているはずだ」

「もうひとつ、疑問だが。なぜ、あんたは砂塵増幅器の存在に気がついたんだ？　十八年前、中央連盟にも居場所がわからずじまいだったんだろ？」

「いい質問だ。ルーガルーは、ひとつ大きなミスを犯したんだよ。なんだかわかるか？」

相手の返答がないことをたしかめてから、ボッチは続けた。

「答えは単純。ドン・グスタフの表名義を、おれたちに明かしたことだ」

「それになにか意味があったのか？」

「大ありだ。獣人事件の規模拡大で、すぐに砂塵増幅器のことを思い出すことができた。足掛りとなる強奪者の名前がわかれば、あとは当時の解放戦線と母なる砂漠の関係者を虱潰《しらみつぶ》しに調べればよかったわけだ。ま、データが古いもんで時間は食ったが、裏は取れたぜ」

ここに来たとき、ボッチは調べ物をしていたと言っていた。どうやら、過去の事件を丸ごと洗い直すようなサルベージ作業を行っていたらしい。

話を聞いて、シルヴィは素直に感嘆する。

その戦闘力と現場指揮の実力から勘違いされやすいが、ボッチの本領はデータ解析による追跡捜査だ。自分で製作した塵工《じんこう》デバイスを利用して事件を解決させることも多く、過去にはシルヴィとシンもそれに救われたことがあった。

「調べはそれだけじゃねェ。ルート72の幹部のマティス・ロッソという男は、もとは解放戦線に所属していた兵士だ。そのマティスが、砂塵兵器を掠《かす》め取っていったグスタフの組織に入ったのは偶然なんかじゃねェ。今回の計画のために、念入りに準備していやがったんだろう」

シルヴィは合点がいく。数日前に七番街で起きた、ドン・グスタフの失踪《しっそう》事件。ルーガルーの真の能力に加え、マティスがはじめからルート72を裏切るつもりだったとすれば自然な話だ。

しかし、そうだとするならば、とシルヴィは考える。

そのマティスと組んでいるルーガルーという男は、いったい何者なのだろうか？

「ひとつよろしいですか、警壱級《けいいっきゅう》」

シーリオが挙手する。

「おう、なんだ？」

「狼士会《ろうしかい》の目的に関してはわかりました。肝心の追跡手段ですが、こちらに記されているように、複数の候補地があるということでしょうか？」

追跡手段。

そうだ、とシルヴィは思う。それこそがもっとも大切な情報だ。

ボッチは、自分たちにもすぐに動いてもらうと言っていた。それはつまり、ルーガルーの居場所に検討がついているということにほかならない。

ボッチは三本の長い指を立てて言う。

「ダニエル・クリストフという資産家が砂塵《さじん》兵器を隠すことができた場所は、おれの見立てでは三カ所ある。おれたちは三組に分かれて、これらをすべて調査してやつの足取りを追う」

それから、ボッチは候補地を挙げた。

シーリオがすかさず地図を広げる。

第一候補は、二番街北。

アルドルド絶対信用金庫。

それは偉大都市《いだいとし》最高の金庫の名だ。高額で場所を買い取る代わりに、利用者は絶対の安全とプライバシーを得る。ただし、同金庫はしばしば犯罪行為の温床となる。かつて、絶対信用金庫を借りた小児愛者の富豪が三十四人の少年少女を監禁する事件が発覚したが、同社は顧客のプライバシーを守ることを最優先としたため、捜査はかなり膠着《こうちゃく》したという。

第二候補は、三番街南。

エムロック第四塵工《じんこう》工場。

ダニエル・クリストフは、排塵機《はいじんき》などの塵工製品を生産する企業エムロック社の工場稼働費を一部負担する代わりに、同工場を分譲利用する権利を所有していた。同社の開発工場は極めて広大なため、砂塵兵器のような代物を忍ばせておくにはうってつけの場所といえる。

そして、最後。

第三候補は、五番街西。

旧文明博物館。

その名を耳にしたとき、シルヴィは驚きを隠せなかった。

学生時代、何度足を運んだかもわからない。自分にとっては庭のような場所だったからだ。

「ドン・グスタフは、旧文明博物館の設立出資者の一人だ。その所縁《ゆかり》で、自身が所有していたコレクションをいくつか寄贈したらしい」

第三候補地の場所を耳にして、粛清官《しゅくせいかん》たちは怪訝《けげん》な表情を浮かべた。

それはシルヴィとて同じだった。絶対金庫や塵工工場とは異なり、見られたら都合の悪い兵器を隠すのに適した場所だとは思えなかった。

ボッチは、そんな部下たちの反応を目にして、

「おいおい、しっかりしてくれや。言っただろ？　ドン・グスタフは自らのコレクションを寄贈したってな。旧文明の展示品が大量に集まる博物館に、旧文明所縁の代物をよ」

「あ」

そこでシルヴィは思い至った。

「警壱級《けいいっきゅう》。それはひょっとして、木を隠すなら森ということですか？」

「ビンゴだぜ、シルヴィ。旧文明博物館には、使途用途のわからねェ奇怪な旧文明の遺物がごまんとある。そこに、もしただの変わったオブジェという名目で砂塵《さじん》兵器が贈与されたとしたらどうだ？　ある意味、最高の隠し場所になると思わねェか？」

そんな大胆な、とシルヴィは思う。もし本当に第三候補地の旧文明博物館が隠し場所だったとすれば、ドン・グスタフは噂《うわさ》どおり肝の座った男だったといえる。

なんといっても、秘蔵の砂塵兵器をわざと衆人の目に晒《さら》していたことになるのだから。

「さて。肝心の担当分けだが、どの場所もそれぞれに厄介と言えるな」

ボッチが地図を眺めて言う。

「まず第一、第二だが、これは両方とも大企業絡みなのが面倒だ。特に前者、アルドルド金庫は骨が折れる。まともなルートで外部調査を申請したら、許可が下りるのを待っている間に本部に雪が積もるぜ」

そこで、シーリオが発言した。

「警壱級。そのアルドルド金庫の捜査を、私に一任させてはいただけませんか？」

「やる気か、シーリオ？　こいつは難しい仕事だぜ」

ボッチはどこか嬉《うれ》しそうな口調で言う。

「絶対信用金庫との現場交渉は、向こうの態度によっては粛清官《しゅくせいかん》特権の発動すら視野に入る。

当然軋轢《あつれき》は生じるし、それでハズレだった場合、お偉いさんがたは大層ご立腹になるだろう。おまえのこれまでの経歴にも傷がつくかもしれないぜ?」

「構いません。本件がこうまで長引いたのは、ほかならぬ私の失態です。警壱級のお力までお借りした以上、必ず役目を果たさせていただきます」

ボッチは満足げにうなずくと、

「決まりだな。絶対信用金庫は、おまえに頼むぜ」

「はっ」

「それと当然だが、今回はおれも動くつもりだ」

ボッチが第二候補を指でさす。

「おれの希望は、エムロック塵工《じんこう》工場だな。この場所も同様にキナ臭い。獣人事件の被害をもっとも強く受けている三番街に構えているせいで、エムロック社は工場稼働を一時休止している。ルーガルーがここで砂塵増幅器を動かす気なら、文句のない稼働環境といえるだろう」

シーリオの担当が、アルドルド絶対信用金庫。

ボッチの担当が、エムロック第四塵工工場。

とすると——その場にいる全員が、同じ疑問を抱いた。

代表するようにシンが聞く。

「ボッチ。俺たちはどうすればいい?」

「残りは全員、第三候補に向かってもらう。あまり知るやつもいねェだろうが、この博物館はバカみてェに広い。手分けして捜索しなけりゃ、とても一日で全部は見回れねェぜ」

「タイダラ警壱級《けいいっきゅう》 粛清官《しゅくせいかん》殿」

ずっと閉口していたザカリスが、そこでようやく口を開いた。ザカリスは起立して深々とお辞儀をし、自己紹介する。

「お初にお目にかかります、ザカリスと申します。二歩下の者です」

○歩下というのは、粛清官流の初対面の挨拶《あいさつ》だ。ボッチの地位から二歩下がるということで、ザカリスは警参級《けいさんきゅう》の階級を明かしているかたちとなる。

「丁重なご説明、感謝いたします。状況も把握することができました。無論、ご命令にも従う所存でありますが、ひとつだけ提言させていただいても？」

「ああ、言ってみろ」

「残るは全員第三候補とおっしゃいましたが、それでは戦力の均衡に問題があるのではありませんか？　いくら博物館が広大とはいえ、この一カ所に計六名というのは、いささか過剰な配分ではないかと愚考します」

そこでザカリスは一瞬、シーリオに目線を配った。

シルヴィはその仕草で察する。言い方こそ選んではいるが、要はシーリオが単身で担う仕事に対して、自分が大勢連れる必要があるという低評価に難色を示しているのだろう。

「フッフッ。慇懃無礼《いんぎんぶれい》なわりに威勢がいいな、警参級。要は、おれの采配《さいはい》に文句があるって言いたいわけか」

ボッチは、そこで初めて相手に興味を持ったかのようにザカリスの立ち姿を睥睨《へいげい》する。

その圧に、ザカリスがたじろいだようにシルヴィには見えた。

「だが、悪いな。おれはおまえのことをよく知らねェし、おまえがどれだけ優秀な人材なのか、今ここでおまえの口から得々と語られても納得はできねェ。おれにわかるのは、おれやシーリオなら、単身でどんな犯罪者と会敵《かいてき》しようが問題なく粛清するってことだけだぜ」

「し、しかし……」

「もうひとつ。砂塵《さじん》増幅器云々《うんぬん》を置いておいたとしても、ルーガルーは一流の能力者だ。砂塵増幅器の後押しがあるとはいえ、あれだけの量の獣人を同時に操れるようなやつだぜ。こっちも万全の態勢で臨む必要がある」

シルヴィは、この上官が決して相手の力量を見誤らないことをよく知っている。ボッチがルーガルーを警戒に値すると言っているのなら、それはその通りなのだろう。

だが、ザカリスは自分が過小評価されているように感じたようだった。

「お言葉ですが、警壱級。いかに一流の砂塵能力者とはいえ、たかが製薬の砂塵能力でしょう？　元解放戦線の傭兵《ようへい》とやらも、たいした戦力ではありますまい。中央連盟きっての武闘派である我々が武力で劣るとは考えられませんが」

「ハッ。随分と甘い見立てしてんだな、警参級《けいさんきゅう》。この獣人騒ぎを見た上でルーガルーをたかが製薬の能力者と断じるのは、そりゃ自信の表れというよりも単に察しが悪いだけだぜ？」

「……っ！」

「とにかく、文句があんなら相応の手柄を立てろ。いいか？　おれはだれのことも優遇しねェし、逆に言えば冷遇もしねェ。他人が授けた階級も信用しねェ。おれが信用するのは、おれがこの目で見たことのある実力者だけだ。わかったら席につけや、若造」

ボッチはそれ以上、この話をするつもりはない様子だった。

ザカリスは渋々と席につくと、それきり口を真一文字に結んだ。いかに不満であろうとも、最高位粛清官《しゅくせいかん》の決定にそむくことはできない。それが中央連盟に従事する者の共通のルールだ。

ボッチは仕切り直すように言った。

「さて。交戦可能性があるとはいえ、ルーガルーがこれらの候補地以外に場所を移していてもなんらおかしくはねェ。だからこそ、今回はあくまで偵察任務だ。なんとしても痕跡《こんせき》を発見して追跡し、確実にルーガルーを叩《たた》く必要がある。そうでないと」

そのタイミングで、館内にアラームが鳴った。

『……緊急出動要請が発令。三番街北部三十三番通りにて、獣人暴動事件が発生しました。待機中の防衛部隊、及び指定粛清官は本部前エントランスに集合してください。繰り返します、緊急出動要請が発令……』

「……今日だけで、五件目ね」

シルヴィがつぶやく。シンが無言でうなずいた。

「ったく、とっとと解決しねェとな。このままルーガルーを放っておいたら、中央連盟の威信もクソもなくなっちまう。だが最後に、これだけは話しておく」

ボッチはホワイトボードに貼られた資料に、ドンと握りこぶしを置いた。

「砂塵《さじん》増幅器っつー代物は、特有の砂塵粒子の効力を、際限なく増幅させる効果を持つ。獣人の大量発生事件の勃発《ぼっぱつ》と同日にルーガルーが入手したと仮定すれば、すでに想像もつかねェほど高密度な砂塵粒子の核《コア》が作られているだろう」

ルーガルーの砂塵能力は、自他問わず砂塵粒子を取りこんだ者を獣人に変えて、かつ従わせる能力だと推測されている。その力が増幅した結果として、偉大都市《いだいとし》にいる覚醒獣《かくせいじゅう》の使用者は全員、ルーガルーの配下と化したわけだ。

（砂塵粒子の、核。……）

改めて砂塵増幅器の効用を耳にして、シルヴィはある考えに至る。

もしかしたら、それは自分にならば対処可能な代物なのではないだろうか、と。

「砂塵増幅器は、極めて危険な兵器だ。今回の案件で、今度こそ確実に葬り去る必要がある。これは、今やルーガルー当人の粛清よりも優先すべき超重要事項だ。わかったな？」

全員の同意を確認すると、ボッチはくるりと踵《きびす》を返した。

定例会議が終了する。

急に仕事が降って湧《わ》いた粛清官《しゆくせいかん》たちは、各々が立ち上がって行動しはじめた。

シルヴィは急いで会議室を出ると、廊下の向こうへと足早に去っていく上官の後を追った。

「待ってください、警壱級《けいいっきゅう》！　ひとつだけ、質問してもよろしいでしょうか」

ボッチが振り返って言った。

「おう、シルヴィ。どうした？」

「その、件《くだん》の砂塵兵器についてなのですが。理論上、わたしの砂塵能力ならば、粒子の核を丸ごと消失させられるのではないでしょうか？」

シルヴィが消し去る砂塵粒子には、量も質も関係がない。毎年十一月ころに頻発する砂塵嵐《ダストストリーム》のような莫大《ばくだい》な量の砂塵粒子も、黒晶器官《こくしょうきかん》を通したあとの消化済みの砂塵粒子も、自分の周辺では等しく姿を失せる。であれば砂塵兵器によって増殖している砂塵粒子であっても、同じ結果が導けるはずだ。

ボッチはしばらく黙ってから首肯した。

「ああ。おそらく、可能だろうな」

やはり、とシルヴィは思う。ボッチが続ける。

「さっきも説明したが、砂塵増幅器は、本来ルーガルーがいちどのインジェクター起動で放出できる砂塵量を通常の何百倍の質量にまで増幅させている。だが、おまえの能力は特別だ。自乗を続けている計算式に、いきなりゼロを掛け合わせるようなもんだ。どれだけ高密度であろうと、粒子核が瞬時に消える可能性は高いといえる」

「ということは、つまり……」

「ああ。この獣人騒ぎを即時リセットすることはできるだろう。その間に組織力の落ちたルーガルーを叩《たた》き、砂塵《さじん》兵器を破壊するという作戦を取ることはできる」

シルヴィの胸が期待に奮えた。

これこそが待ちに待ったチャンスだ。

もしかしたら、重要な役割を与えられるかもしれない。そしてもし成功すれば、今回の粛清案件で残せる功績は計り知れない。

「警壱級《けいいっきゅう》。ぜひ、その役目をわたしにやらせていただけませんか？」

逸《はや》る気持ちを抑えながら、シルヴィはそう進言する。

「上官がたのお手を煩わせるつもりはありません。今回の偵察が首尾よく進んだ際に、ただわたしを前線に加えていただくだけで結構です。ですから、ぜひ……」

内心、シルヴィは頼みを聞いてもらえると信じていた。ボッチは、チャレンジ精神が旺盛な者を好む。なにより、自分はほかの粛清官《しゅくせいかん》よりも信頼されていると思っていたからだ。

だが、

「いや、おまえにそれを頼むつもりはねェ」

ボッチは静かに首を振った。

予想に反した返答に、シルヴィの胸中がざわめいた。

「な、なぜでしょうか。自信ならあります」

「自信があるのはいいことだが、おまえにはまだそういう大役は時期尚早だ。いくら能力的に適役だといってもな」

シルヴィの瞳《ひとみ》が動揺に見開く。ボッチは今、はっきりとこう告げているのだ。

おまえには実力不足だ、と。

「シルヴィ。おれはそいつができると思った仕事は任せるが、逆にいえば、難しいと判断した仕事はさせたくねェ」

「で、ですが……！」

「ここは食い下がってくれるな。いいな？　ルーガルーという犯罪者は、おれにとっても未知数だ。首尾よく足取りが追えた暁には、もっとも成功確率が高い人員で叩く。……ま、おれやシーリオで向かうことになるだろうな」

シルヴィはなにも言うことができなかった。

自身も言うように、ボッチはいかなる人物に対して優遇も冷遇もしていない。

冷静に相手の実力を見極めて判断しているだけだ。

黙って顔を下げたシルヴィに、ボッチが励ますように言った。

「悪く思うなよ、シルヴィ。おまえは必要な部下だ。普通のやつにはない知識や知見があるおまえは、必ず役に立つ。特に、今回の旧文明博物館の偵察は間違いなく適任だろう」

ボッチはいい上官だ。一時は疑ったこともあったが、これまで自分のために苦心してくれたことはいくつもある。そもそも、シルヴィがこうして粛清官《しゅくせいかん》の身分でいられるのも、もとを辿《たど》れば彼の尽力のおかげにほかならない。今の発言も、間違いなく本心だと信じられる。

だからこそ、どうしようもない無力感に襲われるのだ。

自分がもっとも耐えがたいたぐいの感情。つまりは、頭上からのしかかるような劣等感に。

——完璧を目指しなさい。

心のなかに、父親の遺《のこ》した教えが、押しては返す波のように去来する。

「……警壱級《けいいっきゅう》。もしも」

うつむいたまま、シルヴィは言う。

「もしも、チューミーがわたしの砂塵《さじん》能力を持っていたとして……それで、今と同じことを警壱級に進言したら、あなたは許可を出されていましたか?」

それは、口を衝《つ》いて出た質問だった。

珍しく、ボッチは驚いた様子だった。

周囲では、ルーガルー粛清案件の担当官たちと、新たな獣人事件の発生アラートに奔走《ほんそう》する職員たちが慌ただしく業務連絡を行っていた。

二人だけが、静かに口を閉ざしていた。

しばらくしてボッチは、重苦しい棺桶《かんおけ》をがしゃりと担ぎなおすと、

「どういうつもりか知らねェが、おれは意味のない質問に答える気はねェぞ」

「いえ、……申し訳ありません。出過ぎたことを言いました」

「べつに謝ることはねェよ。……いいか、シルヴィ」

こちらの心情を見抜いたのか、上官は慰めるようにこう口にした。

「おまえは就任してから日が浅い。まだ、なにも焦ることはねェんだ。今はパートナーと、ただ目の前の仕事を着実にこなせばそれでいい。わかったな？」

シルヴィはこうべを垂れたまま、力なくうなずいた。

ボッチがふたたび歩き出していく。

そこに、会議室からシンが出てきた。

「シルヴィ？　どうしたんだ？」

シンは、うつむくシルヴィと立ち去っていくボッチの後ろ姿を交互に見やる。シルヴィの長い銀髪が垂れて、その表情をすっかり覆い隠していた。

そこにシンは普段とは異なる雰囲気を感じ取ったか、

「なんだ？　ボッチのやつに、またなにか妙な仕事でも頼まれたのか？」

「いえ、……なんでもないわ」

シルヴィはかぶりを振る。

むしろ、逆だ。なにも頼まれなかったのだ。

ボッチの言ったことは正論だと、理性では理解できている。それに納得できない自分が未熟で、間違っているのだろう。

シルヴィには、表情を隠す仮面はいらない。長く令嬢として生きてきたシルヴィには、本心を欺く笑い方が骨の髄まで染みついているからだ。

「行きましょう、チューミー。せっかく警壱級《けいいっきゅう》が手がかりを探してきてくれたのだから、わたしたちも仕事をしないと」

そして、シルヴィは募る焦燥感を押し殺して得意の微笑を見せた。

*

現場に向かう前、シルヴィは自室に戻る。

部屋の最奥にある、鏡張りのキャビネットの前に立つ。

普段は姿見として使用している巨大なガンラック。

その観音開きの蓋《ふた》を開くと、丁重に納めてある一丁の銃がある。

極めて特殊な形状をしたそれは、銃火器というよりも、変わった芸術品のような印象を見る者に与える。

シルヴィは思う。

もう、自分には猶予がないのだと。

だから、その銃を手に取った。

1

一年以上前のことだ。


「――不合格、ですか？」

「ああ。これが、俺の現段階の判断だ。シルヴィ・バレト」


まだシルヴィが粛清官《しゆくせいかん》になる前、官林院《かんりんいん》の所属だったころ。

ある一室で、シルヴィは一人の粛清官と対峙《たいじ》していた。

官林院の修練者が粛清官になるには、いくつかの関門がある。

犯罪捜査に適切な論理的思考を築けているか。砂塵《さじん》能力を含めた総合的な戦闘力は申し分ないか。中央連盟に深い忠誠を誓っているか。規律的な集団行動を送るのに難がないか。

どれだけ一般から突出した存在になれているか。

度重なる試練の最終関門は、本物の粛清案件を任されることだった。実際の粛清官と同じ内容の職務が与えられて、割り当てられたパートナーとともにそれを完遂する。

その成果を持ち帰り、現職の粛清官と面接を行って、その場で合否の判断が下される。

要は、卒業試験である。

その場で、シルヴィは「否」の判定をもらったのだった。

「──理由を、お聞きしても構わないでしょうか?」

「はは。もう、いかにも不服ですって表情だな。そういうところは個人的には嫌いじゃないぜ、バレト候補生。……と、今はこういう発言は全部セクハラになるんだったか。まずいな、総務の連中には言わないでくれよ」

面接担当の男はからからと笑った。シルヴィのほうは、笑うには程遠い気分だった。

感情的にならぬよう、気を落ち着けて言う。

「わたしは、与えられた任務を全うしました。それも推奨されていたように、対象を現場粛清ではなく、工獄に送ることにも成功しています。なにがいけなかったのでしょうか?」

「ああ、そうだな。結果だけ見れば満点といえる。実際、よくやったもんだと思うぜ」

「でしたら、なぜ」

「そういうところさ、候補生。その一直線に急ぎすぎるところが、俺にはどうも引っかかる。

こいつは危うい――どっかで転んで、取り返しのつかないことになりそうだってな」

その時点で不服を超えて、シルヴィは憤りさえ感じていた。

この場を訪れる前、自分の合格は間違いないと確信していた。なにせ、卒業試験では文句なしの結果を出せたのだ。粛清対象を逃がして泣く泣く帰ってきたのならばともかく、自分でも満足のいく出来で突っぱねられるとは思ってもいなかった。

抽象的な相手の評価を、シルヴィは反駁《はんばく》する。

(わたしが、危ういですって……?)

だからいったい、なんだというのか。

自分には一刻もはやく粛清官《しゅくせいかん》になり、果たさねばならない野望がある。こんなところで足止めされるわけにはいかないというのに。

「お言葉ですが、官林院《かんりんいん》ではわたしの熱意は評価されていました。わたし自身、それは悪いことではないと思っています」

「熱意があるのは悪いことじゃないさ。だが、俺が言いたいのはそういう話じゃない。……勘違いするなよ、候補生。これは、なにも意地悪で言っているわけじゃないんだ」

口を真一文字に結んで、シルヴィは相手の続きを待った。

「疑っているな？　まあじゃあ、少し腹を割って話すか」

面接官は立ち上がると、眠りから覚めたばかりの動物のように伸びをした。

部屋の大きな窓のカーテンを開く。

ガラス窓の向こうから、偉大都市《いだいとし》の夕焼けが室内に射しこんだ。その赤い陽光をまぶしそうに眺めて、相手は言った。

「俺が粛清官になってから……もう七年も経つか。俺は、生まれもわからない孤児でな。ガキの時分に、中央連盟に拾われたのさ。そして連盟傘下の学校に通わせてもらって、そのあとで官林院に入って、お前と同じで、入ったその年に卒業試験までできた」

どうやら、彼は連盟の保護下で育てられたようだ。

官林院にも、そういう素性の者は多かった。そして彼らは総じて、優秀な能力者だった。子どもだろうと、使える砂塵《さじん》能力を持っている場合は、中央連盟がいくらでも出資して保護する。優れた人材を引き込んでおくことは、後々替えの効かない財産になるからだ。

殊に彼の場合は、連盟にとって望外の拾い物だったといえるだろう。

「世間じゃどうこう言われているが、偉大な先輩がたに比べたら、俺は実力も経験も浅いもんさ。まあ、ちやほやされるのは悪くない気分だけどよ、実際はまだまだなんだ。それが、この間もくだらないミスで上官に迷惑をかけちまってさ……いや、その話はいいか」

下手な謙遜《けんそん》だ、とシルヴィは思う。

この粛清官が自分の任官を後見すると決まったとき、周囲の候補生たちは大層驚いていた。理由は簡単――粒ぞろいの精鋭のなかでも、彼がとりわけ有名人だったからだ。

〝黒獣〟、ウォール・ガレット警弐級粛清官《けいにきゅうしゅくせいかん》。

シルヴィの耳にも、その名声は届いていた。就任から驚異的な速度で上級官になり、今は警《けい》壱級《いっきゅう》にもっとも近い若手だという。

連盟の若き英雄という称号と、いかにも屈強そうな二つ名のせいで、勝手に堅苦しい武人のような男を想像していたが、実際には意外にも物腰の柔らかい人物だった。

どちらかといえば軽薄そうな印象さえ与える。マスクの下の素顔はいつも不敵に笑っていて、自分で言った冗談に自分で笑うような、妙な愛嬌《あいきょう》のある男だった。

「とにかく、そんな俺でも、これまで粛清官として仕事していてわかったことがある」

「……わかったこと、ですか？」

「ああ。それはな、粛清官は実力が第一じゃないってことだ。……いや、粛清官になるくらいだ、むしろ力自体は全員が持っているといってもいい。問題は、その力が入りすぎているやつさ。つまり、熱がありすぎる新人は自滅するケースが多いんだよ。そういうやつを、俺はこれまで何人も見てきた」

ウォールは、机に置いていた書類を手に取った。シルヴィの総合成績がつまびらかに書かれたページを、淡々と読み上げる。

「シルヴィ・バレト、十七歳。連盟一派のごく、一般的な家庭で育つ。編入は半年前。特別技能の試験項目では銃を選択。結果は、二位にダブルスコアをつけて歴代一位を記録。その他、総合的な成績はすべて基準点を超えている。まあ、書面上は文句なしだな」

そのはずだ、とシルヴィは思う。すべて今日この日に任官を認められるために努力してきたのだから。

「だが、訓練期間はカリキュラム外のハードトレーニングが原因で、何度か体調不良も起こしている。この報告に間違いはないな?」

「それは……！　それは事実ですが、かといって、それを理由に講義や訓練に遅れたり休んだりしたことは、ただの一度もありませんでした。必要であれば、院に確認してください」

「ああ、だろうな」

こちらの答えがわかっていたらしく、相手はうなずいて続けた。

「だからこそだぜ、バレト。俺は、そいつが問題だって言っているんだ。ちょっとどころじゃない、あまりにも熱意がありすぎるんだよ、お前は」

シルヴィは反論の言葉に詰まった。

まさか、それが悪いことだとは思っていなかった。粛清官になっても、この勢いを止めるべきではないと考えていた。

なんといっても、ただ粛清官になるだけではだめなのだ。きっと、そのなかでも高く評価される人材にならなければ、自分の目的は達成できないに決まっているのだから。

「おまえに適性がないと言っているわけじゃない。ただ、もう少し時期を見て落ち着いてからの就任のほうが、長い目で見て大成するんじゃないかと、そう現場で働く俺は思っているわけだ。……というところで、俺の言い分は理解してくれたか?」

理解はしている。理屈の面だけは。だが、心情はまったくべつだ。

どう考えても、これは理不尽な評価だ。もちろん、成績はただの指標であって、最終判断は現場の者が決めるという連盟のしきたりは知っていたが、それにしてもあんまりだと思った。

シルヴィは苦々しい顔で言う。

「わたしは、納得できません。ガレット警弐級《けいにきゅう》」

「まあ、そうだよな。通年成績も卒業試験もパスしたっていうのに、それでこう評価されるっていうのは、そっちからしたら心外だよな。それも、よくわかっている」

いったいどっちなのか、とシルヴィは苛立《いらだ》つ。

これが、こちらにとってどれだけ大事な局面だと思っているのか。

「正直を言うと、俺もこういう後進教育をやらされるのも初めてでよ。自分の評価が正しいのか、あまり自信がねえのさ。……と、こいつは少し正直すぎたか。悪いな、面接官がこんなんで」

「い、いえ……」

「まあ、安心しろよ。だからこそ、こうなることを見越して解決策は用意しておいた」

その言葉に、シルヴィは顔を上げた。

「バレト。ここでお前に、ひとつ質問をさせてもらいたい」

「質問、ですか？」

「ああ。その答え次第では、合格のほうにサインし直してやってもいい。せっかくの面接だ、質疑応答で双方納得といこうじゃねぇか」

どうやら、再起のチャンスが与えられたらしい。

シルヴィは力強くうなずいて返事する。

「承知しました。なんでもお答えします」

「よし。なら、正直に答えてくれよ、候補生。お前が、粛清官を志す理由はなんだ？」

身構えていたシルヴィは、拍子抜けする。

どんな難題かと思えば、官林院《かんりんいん》に入るときも聞かれた一般的な問いだった。

粛清官《しゆくせいかん》の矜持《きようじ》と、その在り方について。

「それは……もちろん、善良な市民を犯罪者たちから守るためです。この偉大都市《いだいとし》を守っているのは、中央連盟の敷く法と秩序、そしてひとえに粛清官の存在です。ですので、粛清官になることはわたしの幼いころからの」

「おい、やめろ。そうじゃない」

相手は失望したように首を振った。

「俺の話を聞いていなかったか、バレト。言っただろ、正直に答えろって」

「わたしは、嘘《うそ》などは……」

「いいんだ、そういう建前は。俺が聞きたいのは、どっかで暗記してきた口上なんかじゃねえ。あくまでお前の本心だ」

シルヴィは動揺する。

この相手は、自分を見抜いている。

「俺はな、お前がこうも熱心に――言い方を選ばなければ、異常なほどに粛清官《しゅくせいかん》になりがっている理由を知りたいのさ。だから……いいか、もう一回だけ聞くぜ。

――シルヴィ・バレト。お前は、なんのために、だれのために、その銃を握るんだよ?」

それは一人の粛清官による、一人の粛清官候補に対する、ひとつの重大な問いかけだった。

だれのため、という言葉に、シルヴィは反射的に両親の姿を思い浮かべた。

とはいっても、自分はもうアルミラ・M・ミラーではない。官林院《かんりんいん》に入る前、新しい人間として生まれ変わったのだから。

両親の仇《かたき》を取るために粛清官を志す令嬢など、この偉大都市《いだいとし》のどこにもいないことになっているのだから。

だが、どうやらこの場で虚偽は通じないらしい。

相手は野に潜む獣のように鋭い眼光で、こちらを見据えていた。

「わ、わたしが――」

悩む必要はないはずだ。

自分に戦う理由があるとするならば、それはたったひとつだけなのだから。

「わたしが、粛清官を志すのは――」

2

偉大都市西部、五番街。そこは、一般に文化の街として知られている。

別名「健全な娯楽街《クリーン》」と呼ばれる五番街には、娼館や賭場《とば》といったたぐいの店は存在しない。代わりにあるのは劇場や映画館、美術館などの文化施設ばかりだ。それはここが偉大都市の清廉な表の顔を務める地区であり、慣例的に連盟主催の催事が開かれる場所だからだ。

有名どころとしてはミラー社が竣成《しゅんせい》したミラーズ・シアターや、ドレスマスク製造の巨大企業であるガクトアーツ社の運用する歌劇場Gホールなどが挙げられる。

週末には多くの一般市民で賑わうはずの同区画だが、このところは閑散としていた。

現在、偉大都市中を騒がせている獣人事件のあおりを受け、多くの施設が一時的に休館しているためだった。

五番街のはずれにあるその博物館もまた、例に漏れず消灯している。

（……懐かしいわね、さすがに）

すっかり日の沈んだ空の下、シルヴィはチケット売り場を眺めてそう思った。

子どものころ、シルヴィはこの博物館を頻繁に訪れていた。年間パスを購入しようとして、老齢の係員に珍しい子だと笑われたのは十歳のときだったか。あれから七年が経過して、自分は大いに変わったが、この変わり種の博物館には一切の変化が見られない。

建物は三角錐《さんかくすい》のようなフォルムをしていた。ただ巨大な三角形が地面から生えたようなデザインは、見る者をぎょっとさせる異質なデザインだと言える。

この意匠は、旧文明においてもっとも有名だったという、とある美術館の姿を模倣したからだそうだ。創立者にして館長でもある五番街の名士のこだわりだが、自分のような相当の旧文明マニアでもなければ、その粋な計らいを理解できる者はいないだろう、とシルヴィは思う。

「まったく、我々も安く買われたものだな」

螺子《ねじ》のマスクを被《かぶ》る粛清官《しゅくせいかん》――ザカリス警参級《けいさんきゅう》が忌々しげにそう口にした。

「いるかもわからない粛清対象の調査に、これほどの人員を割くとは。タイダラ警壱級《けいいっきゅう》殿は、獣人事件による市街地の被害具合を十分に把握されていないのではないか？」

「しっ。奴らに聞かれますよ、ザカリスさん」

耳打ちするように告げるのは、ザカリスのパートナーを務めるコグレ警参級だ。

黄色がかった肌をした、小柄な男である。ザカリスと同じく螺子のマスクをしているが、ザカリスがプラス螺子であるのに対して、コグレはマイナス螺子だった。

二人はともに多くの粛清案件を担当してきた、中堅の粛清官コンビであると聞く。

コグレはシルヴィたちがボッチに告げ口をするのを気にしているようだったが、生憎《あいにく》自分たちにはそんなつもりはなかった。

ザカリスもたいして気に留めているわけではないらしく、吐き捨てるように言った。

「べつに構わん。私はただ、もし本件の主任担当官がシュメント警壱級だったのであれば、より適切な人員配置をなさっただろうという、純然たる事実を話しているだけだ」

どうやら彼は彼で、自分の上官を信頼しているようだった。

「ザカリスさーん」

向こうから、ねずみ形のマスクを被ったリッカルが走り寄ってきた。その後ろから、猫形マスクを被ったリリスがゆっくりと歩いてついてくる。

「いかがだったか、トルテ警肆級《けいよんきゅう》」

「ダメでした。見回り中の板が下がっているだけで、だれもいません。電気系統の管理も、あの場所じゃないみたいですね。仕方ないので鍵だけ拝借してきましたけど」

リッカルがじゃらりと鍵束を取り出して見せる。彼はザカリスの手足として使われているらしく、到着早々に宿直室の確認に走らされていたのだった。

「無人か。ふむ……」

ザカリスは螺子マスクの側面をなぞって思案する。

旧文明博物館には事前に固定回線を使用して連絡を入れたが、休館中のせいもあってか、応答がなかった。現場に来れば夜間警備員が当然いるものだと思われていたが、今のところは自分たち以外の人影は見当たらない。

「まあ、本当にただ見回りしているだけですかねえ。浮浪者が排塵機《はいじんき》を求めて、屋根があるところならどこにでも入りこもうとすると聞きますし、警戒しているのでしょう」

コグレの言葉に、ザカリスは肩を竦《すく》めて答えた。

「どうだかな。とにかく、直接なかを確認すればそれで済むことだ。各員、調査ルートは頭に入れているな？」

出発前に、ザカリスが主導となって調査の段取りを決めていた。

進入後、粛清官《しゆくせいかん》たちは二手に分かれて内部の調査を行う。

博物館は二階、一階、地下一階、地下二階の全四階層で構成されている。ザカリスとコグレの二名が一階と二階を、それ以外の四名は地下を調査するという取り決めだった。

「ザカリス警参級《けいさんきゆう》。やっぱり、あたしはフツーに三組に分かれるのでいいと思うんですけど」

いかにも不服そうにそう言うのはリリスだ。

「そういうわけにもいかない。可能な限り、戦力を分散させないようにというのがタイダラ警《けい》壱級《いつきゆう》のご指示だ」

「でも、警参級も言っていたじゃないですか。いるかもわからない粛清対象を探すには、配備が厳重すぎるって。こんな辺鄙《へんぴ》な博物館、早く調査を終えるに越したことはないと思いますけど」

「それはあくまで私の意見だ。中央連盟では、常に上官の意向が優先される。これは絶対のルールだ。何度同じことを言わせるつもりだ？　マリーテル警肆級《けいよんきゅう》」

リリスは腕を組んだまま、なおも不満げにうなずくばかりだった。どうやら、まるで納得がいっていないらしい。

「さて、向かうとしよう。時間が惜しい」

ザカリスが先導して入館する。

一同を迎えたのは、全長数メートルもある白骨姿の化け物だった。遥か昔、この地上に生きていたという巨大生物の模型で、旧文明博物館の目玉展示品でもある。

エントランスから覗《のぞ》ける位置に展示してあるため、これだけ見て満足して帰る客も多いと聞くが、シルヴィからすると冗談ではない話だった。奥にはもっと興味深く、ずっと面白い物がたくさんあるというのに。

ザカリスが内部を見渡して言う。

「見取り図のとおり、いやな構造をしているものだ」

「相当に奇妙な趣味の館長が建てたらしいですからねえ。作りも変わっているってことでしょうか」とコグレが答えた。

博物館の構造は、三角錐《さんかくすい》の中央を貫くようにして、ゆるやかな螺旋《らせん》階段がフロアを繋《つな》いでいる。それ以外の昇降手段は、正反対の西側にある非常階段しかない。

「では、ここで一旦解散するとしよう。手筈《てはず》通り、定刻後ベルズにて連絡を取るように」

そう残して、ザカリスとコグレはその場を去っていった。

上官二人が順路の向こう側へと消えて行くのを見届けてから、リリスが言う。

「ああ、やっと行ってくれたわ。これでようやく別行動が取れるわね」

リリスはかつかつと靴音を鳴らして、中央の螺旋階段へと向かっていく。

「さ、行くわよリッカル。なにかあるならあるで早く済ませたいし、なにもないならないで早く帰りたいから」

リッカルがその肩を摑《つか》んで止めた。

「お、おい、リリス。それはまずいって」

「ちょっと、気安くさわんないでよ」

「あ、わりぃ。……いや、そうじゃなくて！　おまえ、上官命令にそむくつもりかよ」

「はあ？　そんなわけないでしょ。あんた、ちゃんと話を聞いていたの？」

リリスは相手を小ばかにするような口調で、

「命令は、『可能な限り戦力を分散させないように』でしょ。この女といっしょに行動するのはあたしにとって『可能』じゃないの。だからしょうがないの」

「どんな暴論だよ。そんなの認めるわけにいかないだろ」

「ハア……あんたってほんと、なんっにもわかってない。これはね、弱っちいあんたのためでもあるのよ」

リリスは、ちらりとシルヴィのほうに目をやって、

「あの女の傍《そば》にいると砂塵《さじん》能力が使えないって、あんただって知っているでしょ？　それでもいっしょに行動したいってなに？　死にたいの？　マゾなの？」

「そんなの、連携次第でどうにでもなるだろ？　現に地海警肆級《ちうみけいよんきゅう》は彼女と組んでいるわけだし」

「そうね。さぞかし苦労されているんでしょーね」

シルヴィはため息をつきたくなる。向こうがなにを勘違いするのも自由だが、あまり目の前で好き勝手を言われたくはなかった。

「べつにいいわよ、リリス。不運にも、はぐれてしまったことだし、ここは別行動にしましょう。正直を言うと、わたしたちもそのほうがやりやすいわ。あなただってそうでしょ？」

「ん。……まあ、な」

シンは曖昧《あいまい》に頷《うなず》くだけだった。シンの性格上、上官命令に従うほうが自然だと考えているのかもしれないが、それ以上に、現場で口論をするほうがナンセンスだと感じているのだろう。

「決まりね。あんたもわかった？　リッカル」

「いや……俺は、それでも全員で動いたほうがいいと思うけど……」

リッカルが未練がましい態度でシルヴィを見る。マスク越しに目が合うと、やけにいじらしく下を向いた。

リリスは呆れたように言った。

「あっそ！　シルヴィ・バレトに手柄を盗られたいっていうなら好きにすれば？　それで一生、そのまま下級官をやってへーこらしてればいいのよ！」

「……リリス。それ、どういう意味かしら？」

聞き捨てならない発言に、シルヴィはたずねた。

「どういう意味もなにも、自分が一番わかっているでしょ？　昔、あんたが何回あたしの獲物を横取りしたと思っているの？」

「横取りしたことなんていちどもないわ。ただ必要なサポートをしていただけ。たしかに失敗もあったけれど、大体は適切だったと思っているわ」

「サポート？　あれが？　ばっかじゃないの。あんたがやったことといえば、あたしの能力を土壇場で消したことだけ。あたしを殺しかけて、そのあとでのうのうと自分で仕事を終わらせただけよ。まさか忘れてなんかいないでしょうね？」

「……その話はしたくないわ。もう、とっくに終わったことだもの」

「なにそれ？　加害者の分際でよく終わった話とか言えるわよね。大体、あのときあんたが」

「リリス、わかった！　それくらいにしておけ！」

そこで、リッカルが声を荒らげて口を挟んだ。

「考え直した。おれもやっぱり、別行動には賛成だ。二手に別れて捜索しよう。それでいいんだろ？」

リッカルが珍しく強い口調だったせいか、リリスは二、三秒驚いたような反応を見せると、

「……ふんっ！」

と顔を背けて、ずかずかと歩き出していく。

リッカルはバツが悪そうに言った。

「すまない、二人とも。こんなことになってしまって」

「いえ。こちらこそ、恥ずかしいところをお見せしてしまいました」

シルヴィも売り言葉に買い言葉になってしまった自覚があり、申し訳なく思う。

「おれたちは最下層を見てくるから。きみたちは地下一階を頼んだよ。じゃ、またあとでな」

そう言い残して、リッカルはパートナーの後を追って去っていった。

シルヴィはどことなく、居心地の悪い気分だった。あまり自覚していなかったことだが、どうやら以前のパートナーとの悶着《もんちゃく》をシンには見られたくないと思っていたらしい。覚醒獣《かくせいじゅう》の粛清案件でリリスと同じチームになったときも、意図的に彼女との関係性は話していなかった。

とはいえ、こうなると黙っているのは不自然だと思い、シルヴィは口を開いた。

「……話していなかったわね。今の子が、以前にわたしが組んでいたパートナーよ」

「ああ。マリーテル警肆級《けいよんきゅう》とかいったか」

「チューミー、知っていたの？」

「まあな。特にだれかに聞いたわけじゃないが、なんとなく、そうじゃないかと思っていた」

どうやら勘づいていたらしい。

他人に興味がないようで、案外よく見ているのだ。思えば、出会った当初からそういう勘の良さをしていたものだ。

「……気になる？　あの子の言っていたこと」

言い方はともかく、自分の過失でリリスを危機に晒《さら》したことがあるのは事実だ。自らの経験不足が如実に出た、苦々しい過去である。

だが、シンは首を横に振った。

「いや、どうでもいい。どうあれ、今お前と組んでいるのは俺だ。それに、俺はまだお前に殺されかけた経験もないからな」

そんな皮肉なジョークに、シルヴィはくすりと笑った。

二人は先に進むことにする。

年季の入った館内案内図を抜けると、巨大なポールを取り囲むようにして緩やかに伸びる中央の螺旋《らせん》階段に辿《たど》り着く。下を覗《のぞ》きこむと、だだっ広い地下一階の全貌《ぜんぼう》が窺《うかが》えた。

館内灯は夜間仕様になっており、足場をぼんやりと照らす程度にしか明かりがない。シルヴィは警備員が懐中電灯を使って見回りでもしていないかと軽くたしかめたが、どうもその様子はなかった。

地下へ降りると、あまり博物館らしくない光景を目の当たりとすることになった。

とにかく多くの旧文明の品々を仕入れた都合上、多くの展示品はショーケースに入れられるでもなく置きっぱなしになっている。特にこの場所はひどく、どこかのガレージセールのような有様となっていた。小物が詰められた無数の箱の向こうに、ようやく順路が続いている。

辺りをぐるりと見回して、シンが言った。

「なんだか、お前の部屋みたいだな……」

「な、なによそれ。さすがにこんなごった返してはいないわよ」

そう言いつつも、シルヴィは自信がなかった。整理するまではだれも自室に入れないようにしよう、と胸に誓う。

「こんな風に置いて、盗まれたりしないのか？」

「どうかしらね。あなたなら欲しい？」

「いや。全然いらない」

シンは即答した。がらくたにしか見えないのだろう。

「でしょう？　盗られても構わないような物は、こうしてフリースペースに置いてあるのよ。

ここを建てた人が、貴重な文化品だからこそ直接手で触れて味わってほしかったみたい。わたしは立派な考えだと思うわ」

　旧文明由来でもっとも価値のある物は、電子機器やその設計図だ。今この都市に流通している携帯用端末のベルズの構造も、もとは過去に使われていたデバイスを参考にして作られている。だがそういった製品の多くは偉大都市《いだいとし》の黎明期《れいめいき》に中央連盟が独占しているし、そもそも旧文明の崩壊から何百年も経って意味が見いだせるような道具はあまりない。

　とはいえ、一攫千金《いっかくせんきん》を夢見て旧文明の遺品を掘り出そうとする者がいないわけではない。かつて、とある有名な富豪は荒廃した街で人生ゲームというボードゲームを発見し、それを偉大都市最大のおもちゃ会社を経営するアサクラグループに売却して莫大《ばくだい》な富を得たという。

　だが、この場所にこうして置かれているような物はほとんど金にならない。現代とは比べ物にならないほどの科学力を誇ったという旧文明の産物であれば、ぱっと見ではわからないような高性能品も混ざっているのかもしれないが、仮にそうだとしてもたしかめようもない。

　もっとも、自分たちの目的の物こそ、そういった一目ではわからない超技術品といえるのだろうが。

「どこから回るんだ？　シルヴィ」

「降りて右のルートをまっすぐがいいわ。東側の展示ブロックに、大型の展示品があるから」

　シルヴィが先導した。

旧文明博物館の展示品は、おおまかな時代とサイズで区画が分けられている。各階で大規模、中規模、小規模と分類されており、地下一階の場合は東側に大規模展示品が陳列されている。蒸気機関車のレプリカなどが置いてある場所で、シルヴィはそこに向かうつもりだった。

粛清官《しゅくせいかん》たちは、ボッチから十八年前に残された砂塵《さじん》増幅器の外見予想図が配られている。一見では機械仕掛けだとわかりづらい見た目をしているそうだが、かなり大型ではあるらしく、ほかの旧文明由来品に自然に溶けこませるならばそのあたりが自然に思えた。

順路を抜けると、がらりと周辺の雰囲気が変わった。

ここに展示されているのはマネキンだ。資料から再現した旧文明由来のさまざまなドレスが陳列されており、独特のかおりを醸している。

シルヴィの記憶では、このあたりは人気があった場所だ。多くのデザイナーたちが訪れて、衣装作製の参考にしていたからだ。実際、多くは偉大都市の衣服文化に受け継がれている。十一番街の色町で生きる者は伝統的にワフクやキモノと呼ばれる変わった羽織ものを着るし、中央街住まいの上流階級の女性はここで分類されるところの中世風のドレスを好んでいる。

否が応でも懐かしい気持ちになったが、シルヴィは注意深くあたりを観察することに努めた。暗い館内は、ただぶきみな静寂を保っている。

「人の気配がしないわね。やっぱり、ここではないのかしら」

「……。」

「わたしがドンなら、大事なものは絶対信用金庫に託すわ。あそこなら本人確認が必須になるし、自分以外のだれかが入ろうにも阻まれるもの。あなたはどう思う?」

数秒待っても返事がなかったので、シルヴィは振り向いた。

「チューミー?　どうかしたの?」

「ああ、いや」

シンはうつむいていたらしく、黒犬のマスクを上げた。迷うような素振りのあと、いつもの機械音声でたずねてきた。

「シルヴィ。ひとつ聞いてもいいか」

「なにかしら」

「その、お前の担いでいる銃についてなんだが」

やはり聞かれたか、とシルヴィは思った。

できれば、あまり触れてほしくなかった。

「それは、前に言っていた特別な銃なのだろう?　なぜ、今それを現場に持ってきたんだ?」

布で覆った状態で携行しているため、銃の形状は隠されている。ただしその状態でも、シンの持つカタナに勝るとも劣らない、巨大な代物であることは明らかだった。

「たいした意味はないわ。ようやく、実戦レベルで使いこなせるようになったから持ってきただけよ」

「本当か？　さっき、ボッチのやつになにか言われたからではないのか？」

いささか聞きづらそうに、シンは続けた。

「最近のお前は、ちょっと思い詰めているように見える。もし、なにか悩んでいることがあるならば言ってほしい。……その、俺でよければ、聞くから」

シルヴィは返答に詰まった。気取られてしまっていた自分を恥じながら、考える。

（……話せることなんて、なにもない）

ただ、どうしようもなく不満なだけだ。

現状の自分が。完璧とは程遠い自分の実力が。鏡に鞭《むち》を打って叱咤《しった》すればよくなるというのなら、喜んでそうするだろうと思えるほどに。

今はただ、功績が欲しかった。それこそ、喉《のど》から手が出るほどに。

理由は単純だ。自分の力だけで立てた功績で、ほんの少しでも自分を認めることができたなら、ほんの少しは楽になれて、ほんの少しは、こうしてパートナーの隣に立っているときに、自信を抱いていられるだろうから。

そして、それこそが完璧に近づくための最短の道だろうから。

だが、シルヴィはそんな吐き出したい感情を胸にしまいこんで言う。

「またその話？　さっきも言ったでしょう、なんでもないって」

「……嘘《うそ》だな」

「嘘じゃないわよ。どうしてそう思うの？」

「だって……おまえの嘘は、わかりやすいから」

「失礼ね。あなたほどじゃないわよ」

「？　どういう意味だ、それは」

マスクのなかで、シルヴィは眉《まゆ》をひそめた。まさか、本当にわかっていないのだろうか。

「なら、聞かせてもらうけれどね。あなただって最近は仕事のあとに、わたしになにも言わずにさっさとどこかへ行ってしまうじゃない。あれだって立派な隠し事だと――」

しかし、シルヴィの言葉は途中で止まった。

シンの背後――展示されている衣装の間に、息を潜める者を見つけたからだ。

それは異形の肉体。暗がりにぼんやりと浮かぶ獣人の輪郭《りんかく》を知覚した瞬間、シルヴィは腿《もも》に巻いたホルスターからハンドガンを抜いていた。

「チューミー、うしろ！」

おそらく、シルヴィの警告よりも先に殺気に気づいていたのだろう。シンは振り向きざまに抜刀し、喉元《のどもと》まで迫りきていた獣にカタナを振るった。殺し屋稼業の名残から首狩りをもっとも得意とするシンの一太刀で、その獣は頭をごろりと転がした。

二人は背中合わせに陣形を作り、周辺を警戒する。

「シルヴィ！」

「ええ、わかっているわ」

たかが一匹の獣人——されど一匹の獣人だ。

この現場で出くわしたということは、一気に状況が変わってくる。

（まさか、本当にこの場所が——）

暗がりの向こうから、ぬっと人影が現れた。それは獣人ではなかった。人間——それもおそらく、かなり訓練された兵士だ。足音を殺しながら、されど力強く踏まれる足取りは、相手が一流の傭兵《ようへい》であることを悟らせるに十分だった。

相手の着用マスクを見て、シルヴィは驚く。

「ルート72……!?」

銃口から咲く薔薇《ばら》のマスクは、かの麻薬カルテルのファミリーマスクだ。

「止まれ、そこの男」

シンがカタナを構えながら言う。

「質問に答えろ。なぜ、この場所にいる？　……砂塵《さじん》兵器とやらは、どこに隠しているんだ？」

「……俺は、感謝している。お前たちも、そうだろう？」

相手がそんな不可解なことを言った。シルヴィは一瞬、自分たちに向けられた問いかけかと思ったが、すぐさま誤りだと気づいた。

男の周りに、迷彩色のジャケットを着こんだ数名の傭兵《ようへい》たちが現れたからだ。

「今ふたたび、我らが宿怨《しゅくえん》を晴らすため、あの中央連盟と戦うことができる。これほどの僥倖《ぎょうこう》はない。そう思うな？」

「はっ。マティス隊長」

「我らの仕事は、粛清官《しゅくせいかん》を決して上へと通さず、ここで排除することだ。……どの道、あの日捨てそこなった命だ。全力でかかれ」

マティスが首元に手を添える。マスク越しにも伝わる視線の熱は、長年募った怨恨《えんこん》をシルヴィに感じさせた。

これまでも中央連盟を嫌う犯罪者とは多く接してきたが、それとは一線を画す、もっとどろりとした粘度の高い視線だ。

「どうやら、話が通じる連中ではなさそうだな」

シンが言った。

口早に、シルヴィは作戦を確認する。

「チューミー、甲でいいわね？」

「……いや、乙だ。俺から離れず、援護射撃を頼む」

「どうして？　相手が複数だと、わたしの能力範囲からどうしても洩《も》れるわ。ここは分担したほうがいいはずよ」

二人は戦闘の立ち回りをあらかじめ決めている。甲は各個撃破であり、乙は互いに固まって動く陣形である。

少なくとも、能力者としてほぼ確定しているマティスはシルヴィが担当するのが適切に思えるが、シンは異なる判断を下したらしい。

しかし、これ以上話している時間はなかった。

「来るぞ、シルヴィ！」

暗い屋内に、発火炎の激しい光が走る。傭兵たちがサブマシンガンを乱射して、辺りの展示品を破壊した。

同時に身を翻していた二人は、それぞれべつの物陰に身を潜めて射線を切る。シルヴィは相手が詰めてくることを読んで先に飛び出すと、不可避の早撃ちを一人の傭兵に見舞った。

この世のだれが相手だろうと、銃撃戦で劣るつもりはなかった。シルヴィの放った銃弾は正確に相手の胴に着弾する。まずは一人、と思ったと同時、インジェクターの起動音がした。

(――今！)

シルヴィはすぐさま首元に手を伸ばし、スイッチを押した。頸部《けいぶ》に鋭い痛みが走り、黒晶《こくしょう》器官《きかん》の熱くなる感覚がする。

「ぬっ……!?」

マティスの動揺が伝わった。砂塵《さじん》粒子が放出できず、狼狽《ろうばい》しているに違いない。奇襲を仕掛けるなら、いつもの通りこのタイミングだ。

「チューミー!」

「わかっている!」

シンは遮蔽物《しゃへいぶつ》から飛び出すと、驚嘆すべき速さでマティスの眼前に躍り出る。

一文字にカタナを構えたシンが、マティスの首筋に斬りこもうかという直前——

バフンッ!　と聞き慣れない音がした。

辺りに、煙幕が立ち込める。危機を察知したマティスが、咄嗟《とっさ》に足元にスモークグレネードを放ったようだった。

いかにも傭兵《ようへい》らしい小道具に攻撃を阻まれて、シンは煙のなかで立ち止まった。

煙幕の向こうから怒号が聴こえる。

「作戦変更だ!　ここは分断戦を行う——女のほうを引き離せ!」

マティスの指示だった。シルヴィは驚く。自分の能力の仕組みに気づいて即座に対応してくる相手はそうはいない。

あのドン・グスタフが全幅の信頼を寄せたという傭兵長、マティス・ロッソ。どうやら、一筋縄ではいかない相手のようだ。

直感で、シルヴィはマティスが自分の能力範囲から抜けたのを感じた。すかさずシンのサ

ポートに向かおうとするも、

「……グ、ルゥゥ……」

すぐ近くから、今となっては聞き慣れた獣の声がした。

スモークの向こう側に、獣人のシルエットがおぼろげに映っている。

「シルヴィ！　今そっちに行く、待っていろ！」

離れた場所から、シンの機械音声がした。

「だめよ。あなたはそのままマティスをやって！　大丈夫よ、獣人の数体くらいならどうにでもなるから」

「だが……！」

食い下がるシンに、シルヴィは苛立《いらだ》ちを覚えて声を張り上げた。

「どうしたというのよ、チューミー！　いいから目の前の敵に集中して——でないと、足元を掬《すく》われるわよ！」

インジェクターが再起動する音がした。濃い煙幕の向こう、シルヴィから距離を取ったマティスが今度こそ砂塵能力を行使したようだ。

（……よろしくないわね）

本来であれば、能力者の相手をシルヴィが、獣人の相手をシンが担当するほうが適材適所のはずが、これでは逆の構図となる。

だが、甘えてはいられない。

むしろ、これでいい。思い通りに運ばない戦況で、それでもきっちりと勝つ力こそが粛清《しゅくせい》官《かん》には求められているのだから。

そして、こういう小さな壁を着実に乗り越えなければ。

自分は、だれにも認めてはもらえないに決まっているのだから。

(さあ、出番よ――)

シルヴィは、担ぐ長物に巻かれていた布を取り払うと、その中身を曝《さら》け出した。

「グルゥウウウ……」

機銃を手にした獣人傭兵《ようへい》たちが、シルヴィを取り囲む。

彼らは一定の距離を取ったまま、こちらに向けて一斉に掃射してきた。

獣人化したのは、果たしてフレンドリーファイアを気にしないためだろうか。互いの射線上に乗ってまで、確実にこちらを撃ち殺すつもりのようだった。

けたたましい銃声とともに、銃弾の雨が浴びせられる。

シルヴィに逃れる場所はなかった。

強力な防御が行える砂塵《さじん》能力者でもない限り、この銃弾の雨を防ぐ術《すべ》はないはずだ。

だが、硝煙が晴れたとき、傭兵たちは目の当たりにすることになる。

ひと握りの天才が設計し、ひと握りの天才が製造した、ある特別な塵工銃《じんこうじゅう》の存在を。

「どうやら、あなたたちは正気の獣みたいね」

シルヴィは膝《ひざ》を折り曲げて、その場に低く伏せていた。

その手には、異様な巨大銃器が握られている。

「せっかくだから、尋問してもいいのだけれど。……でも、まあいいわ。この先に黒幕がいるのなら――〝この子〟の実験台になってもらうほうがいいのかもしれないから」

メタリックに光るその銃は、彼女の家系に受け継がれる髪と同じ、銀色。

それは、開いていた。

まるで、一本の傘のように。

分厚い外部装甲を展開した銃が、傭兵たちの凶弾をすべて防いでいた。雨粒を受ける傘と、まさしく同じ要領で。

多層変形型塵工長銃。

父が設計図を遺《のこ》し、上官が完成させた、至高の銃。

その名を、雨傘という。

「砂塵兵器によるテロ行為の主犯、ルーガルーの協力者と見なして――」

戦地で傘を差した一人の令嬢が、獣たちに冷酷に告げる。

「――あなたたちを、粛清するわ」

3

まるで、子どものような人だった。

父の書斎には船舶や自動車、戦闘機などの模型が無数に飾ってあった。変わった塵工《じんこう》玩具や、旧文明の機構が大好きで、だから数あるミラー社の事業でも、銃火器を扱う部門の経営に力を入れていたのだ。

一時期、父が自室にほとんどこもりきる日々があった。それはどうやら、会社の業務とは異なる大切な作業のようだった。何日も経ってから、父はようやく書斎から出てきた。

「お父さま、なにかいいことでもありましたの？」

彼女がそうたずねると、

「ふふふ。聞いてくれるかい、アルミラ。なんとね、ぼくの最高傑作ができたんだよ」

父は満面の笑みでそう答えた。母が、教育に悪いからあまり物騒なものは見せないようにしてくださいな、と文句を言った。父親の影響で娘が銃火器に興味を持つことを、母は心配していたのだ。だが、そのころにはもうとっくに手遅れだった。

そのとき見せてもらった図面を、よく覚えている。

「……これ、本当に銃なの？」

彼女は首を傾げた。それがとても武器には見えない、奇抜な見た目をした銃だったからだ。

図面の右上に、父のサインと銃の名前が記されていた。

シルム・S・ミラー。

雨傘。

父の名が、旧文明のとある言語で傘を意味するということを、当時の彼女は幼いながらもすでに知っていた。

*

——迅速に終わらせる必要がある。

パートナーが、砂塵《さじん》能力者と一対一の戦闘に及んでいる。真正面からの衝突でシンが負けるとは思えないが、一刻も早く援護に向かうに越したことはない。

とはいえ、この傭兵《ようへい》獣人たちは侮れない。これまでの獣人事件で相手をしてきた、すっかり正気を失った獣たちとは異なり、彼らは陣形を組んで戦おうとしている。

近距離に二人、中距離と遠距離に一人ずつの計四体。厄介なのは、相手の射線が無差別的なことだ。獣人と化した味方に誤射をしようとも致命傷にはならないためか、三方から雨のような銃撃が襲いかかる。

傘を広げて身を守りながら、シルヴィは戦況を見定めた。

雨傘の機能は、大きく分けて三つ。これが初の実戦運用となるが、機能のすべてを手足のように操り、必ず勝利しなければ。

もっとも近くにいた獣が襲いくる。

シルヴィは雨傘の柄の部分に内蔵されたスロットの一番下の部位を回した。

（第一《ファースト》スロット、近距離対応《クロスレンジ》）

ガシャンッ！　と重苦しい音がして、傘の表面が刃物に覆われる。そのとき、まさにこちらに向けて腕を振り下ろしていた獣は、傘に張った無数の刃に爪《つめ》を突き立てる形となった。

ガードの直後、シルヴィは傘を切り返し、先端から飛び出る刃を相手に突き刺した。槍の要領で刺突すると同時、雨傘の持ち手にあるトリガーを引く。

フロア内に、すさまじい轟音《ごうおん》が響き渡った。

獣人傭兵たちが耳を疑う。それは、彼らが普段聞き慣れている銃声とはまるで異質なものだったからだ。

「グ……ァ？」

なにが起きたのかと、相手は自らの腹部を覗《のぞ》きこんだ。並の弾丸なら物ともしない、硬い筋肉で覆われているはずの獣人の腹部に、巨大な空洞が開いていた。

雨傘の機能の一つ目。それは、一撃必殺の一手だ。

弾丸というよりも、もはや携行可能な大砲とさえいえるマグナム弾をゼロ距離で射出して、傘を突き刺した相手の息の根を確実に止める。

まず一匹を始末したと同時、次なる攻撃を察知してシルヴィは素早く雨傘を変形させた。刃の張り巡らされた傘が畳まれて、側面にブレードを光らせる一本の剣のような姿へと形を変える。

その大剣を、シルヴィは大きく振りかぶった。

（――重い……っ）

雨傘の全部位は、転位密度を極限まで高めた稀少な塵工《じんこう》金属で構築されており、偉大都市《いだいとし》の誇る塵工工学の基準からしても驚異的な軽度と硬度を両立している。

具体的には、一般的な塵工材質を使用した際の重量の五分の一以下に留まる。とはいえ、超大型の雨傘が依然として取り回しに苦労する代物なのは事実だった。

雨傘の張るブレードが、相手の薄皮を裂いた。それは、致命傷には程遠い――だが、それで構わなかった。自分の本領が剣術にないことをシルヴィはよく理解している。

起点となる隙《すき》を作れれば、それでよかった。

シルヴィがスロットを転回すると、雨傘がふたたび開いた傘の形状に変形する。

その先端を、シルヴィは怯《ひる》んだ獣人に向けた。相手は、先ほど見たおぞましい射撃を食らうと予期したのだろう。特大口径の弾丸から逃れようと、機敏に動いて距離を取ろうとする。

だが――

（第二《セカンド》スロット、中距離対応《ミドルレンジ》）

雨傘が見せたのは、まったくべつの攻撃だった。

傘の表面に開いた無数の穴から、大量の銃弾が飛び出す。着弾後に炸裂《さくれつ》する塵工弾が、不可避の面制圧でもって敵に襲いかかる。

雨傘の機能の二つ目。それは、超広範囲の散弾。

獣人の全身から鮮血が噴き出す。シルヴィは間髪入れずに相手の懐まで距離を詰めて、雨傘のブレードで獣人の喉仏を穿《うが》った。

その直後、シルヴィは振り向いた。

目視より先、シルヴィが三匹目の奇襲に対応できたのは、鏡張りのようになっている雨傘の内側に敵の姿が映ったからだ。振り返りざま、シルヴィは開いた傘で相手の爪《つめ》を受ける。

防御の成功は、同時に散弾の照準が成立していることを示す。

シルヴィはトリガーを引き、三匹目を地に沈めた。まだ息のある傭兵《ようへい》の首に雨傘の刃を突き刺してから、最後の敵を目に捉えた。

最後の傭兵は、離れた物陰からこちらを窺《うかが》っていた。

唯一、その相手だけが覚醒獣《かくせいじゅう》を使用していなかった。それはおそらく、彼がチームのなかでもっとも射撃に自信があるからだろう。獣人と化せば、細かな銃火器の取り扱いはできなくなるデメリットがあることは明らかだ。

シルヴィは雨傘のスロットを回転させる。雨傘の中枢を通う銃身が、それまで骨子の役割を務めていたべつの部分と交代するように入れ替わった。

(第三《サード》スロット、遠距離対応《ロングレンジ》)

雨傘の機能の三つ目。

この長大な銃身とバレル、そして可変スコープの用途は、ほかでもない。

雨傘の設計理念。それは「完璧」だ。

この残酷なまでに美しい塵工銃《じんこうじゅう》は、まるで気まぐれな乙女のように、剣にもなれば盾にも変わる。そして理論上近中遠の全距離に対応し、空論上すべての距離で万全の性能を発揮する。

互いに、相手の位置はわかっている。勝負を分かつのは早撃ちの精度だ。

(ミラー家の家訓を体現した、完璧な銃――)

一本の狙撃《そげき》銃に変形した雨傘を、シルヴィは構えた。

(――今のわたしなら、使いこなすことができる!)

照星を覗《のぞ》き、トリガーに指を添える。

発砲。

雨傘の放った弾丸が、相手の被《かぶ》るマスクの中央を寸分違《たが》わず撃ち抜いた。

最後の傭兵《ようへい》が倒れた音を耳にして、シルヴィは緊張の糸を解く。

「ハァッ、……ハァッ!」

ずっと止めていた息を吐き出してから、シルヴィは手に握る武器を改めて目にした。

雨傘は、使用者に求めるものがあまりにも多い。複雑な戦況を見定めて、この銃が搭載する数多《あまた》の機能から、常に最適解を導き出す頭脳を使用者に要求する。

初めて手にしたときは、こんな常識はずれの銃器が自分の手に馴染《なじ》むとはまったく思えなかった。

だが今は、たしかな手応えを感じる。その成長の実感こそが、戦闘の余熱以上にシルヴィの精神を高揚させていた。

シルヴィは、雨傘のブレードについた獣人の血を指先で拭《ぬぐ》った。それからすぐに、休んでいる暇がないことに気がついた。

どこからか、聞き覚えのない奇妙な音が聴こえた。ついで、まるで屋内に落ちる流れ星のような、まばゆい光が遠くに見えた。

（チューミーが、わたしよりも戦闘に時間がかかっている……？）

珍しい状況だ。すぐにでも支援に向かわなければ。

シルヴィは暗い博物館のなかを、音と残骸《さんがい》を頼りに進んだ。

どうやら、戦闘の音は階上と階下からも鳴り響いているらしい。

ほかの粛清官《しゆくせいかん》たちも各々会敵《かいてき》したのだろうか。だとすれば、この博物館の内部はすっかり危険地帯と化しているに違いない。

戦場が近づく。マティスが小道具でも使ったか、あるいはなんらかの砂塵《さじん》能力のためか、爆撃の跡が窺《うかが》える場所に至った。展示品を含めて、その場全体が大破している。

「グルルウウウウゥウツウアァ――――ッ！」

近くで、激しい獣の咆哮《ほうこう》が聴こえた。

（……いた！）

シルヴィは二人の姿を捉えた。

シンとマティスは、まさしく組み合っている最中だった。覚醒獣《かくせいじゅう》を使用したのか、獣の姿へと化しているマティスに、シンが愛刀で応戦している。

異様なのは、マティスの放つ気迫だった。

マティスはすでに満身創痍《まんしんそうい》だ。遠目で見ても、普通ならとっくに死んでいるだろうというほどに肉体が損傷している。しかしマティスは致命傷をものともせず、シンに肉薄していた。

シルヴィは雨傘を構え、戦闘に参加するべく距離を詰めようとする。

そのときだった。


「――――来るな、シルヴィッ！」

シンが、そう叫んだ。

過去、類を見ないほどの剣幕だった。

びくりと、シルヴィの身体が震えて止まる。

その直後、マティスの全身から砂塵粒子が溢《あふ》れ出た。粒子は雲のような分厚い層へと姿を変えると、先ほど遠目に見た、あのまばゆい光を放った。

4

偉大都市《いだいとし》の住民はみな、零番街を語ろうとはしない。

かの地下街は腫《は》れ物《もの》のように扱われていて、だれも好きこのんで話題に挙げようとはしない。あたかも存在しない場所かのように、その棄民たちの街は扱われている。

だから、かつて零番街に存在したその解放戦線のことも、殊更に言及されることはない。

彼らの主張は、偉大都市に住む者からすれば、まことに奇異なものだった。

「自分たちの祖先から奪った土地を返せ――」

だれしもが狂った武装組織だと一笑に付した。地下の住民は、自分の子どもたちにどんな間違った教育をしているのか、と。

偉大都市は、中央連盟が作り上げた街だ。断じて、地下に住む奇特な人々の物などではない。

だが、解放戦線は本気だった。自分たちを地下に追いやった中央連盟に抵抗するため、とうとう自爆テロまで起こし始めた同組織は、のちに大規模な抗争を引き起こすことになった。かの中央連盟が地下住まいの住人に負けるはずはなかった。かといって、あっさり勝利するというのも難しかった。解放戦線の戦士たちは、潰しても潰してもきりがなかった。

契機は十八年前、解放戦線が砂塵《さじん》兵器と呼ばれる旧時代の産物を手にしたときだった。

本格的に解放戦線を危険視した中央連盟は、地下に大規模な勢力を送って敵の首領を粛清した。解放戦線の主要メンバーはほとんどが戦死し、武装組織としては完全に壊滅した。

だからその男のことは、もうだれも知らない。

解放戦線のナンバーツーとして長く指揮を執った男が、敗戦の失意に呑まれ、生きる目的を失い、地上で半死半生の傭兵《ようへい》業を続けていたことなどは、ほとんどだれも。

その男の名を、マティス・ロッソという。

「久しぶり、だ――！」

ピンを抜き、マティスは葡萄《ぶどう》のような見た目の小型爆弾を放り投げた。床に転がったそれは、一秒ほどのインターバルを置いて小爆発を起こす。

当然、こんなもので倒せる相手だとは思っていない。マティスがこれまで戦ってきた中央連盟の飼い犬は、どいつもこいつも憎らしいほど戦闘に特化した強者《つわもの》どもだった。

この小柄な剣士も、果たしてそうなのだろうか？

「まったく久しぶりだ。貴様ら粛清官《しゆくせいかん》と、こうして一戦を交えるのは……！」

グレネード爆発を布石として、マティスは相手に詰め寄る。

爆発で黒焦げになった展示品のドレスが宙を舞う。その衣を死角にして、マティスは自身の砂塵粒子を放った。

赤黒い色をした砂塵粒子が、黒犬マスクの粛清官に向けて散布される。

次の瞬間、粒子は雲のような厚い膜へと姿を変えた。

「――走れッ！」

そう唱え、マティスはぐっと手を握る。その時点で内心、勝利を確信した。

粛清官はグレネードの爆撃を避けるため、空中に跳んでいた。それはまごうことなき悪手といえる。なんといっても、空中で自由に身動きが取れる相手はいないのだから。

厚い膜の表面に、まばゆい光が覗《のぞ》いた。まるで雨雲を割る太陽光のように、層の内側が明滅したかと思えば、そこから激しい高熱が迸《ほとばし》った。

熱線の砂塵能力。

それが傭兵長マティスの能力だ。はじめに砂塵粒子の膜を作り、次に高熱線が通って対象を焼け焦がす。初見時の対応の難しさと、一撃で相手を再起不能にする高威力を誇る、粛清官顔負けの武闘派の砂塵能力である。

宙に跳んだ粛清官の着地点に、マティスは熱線を放つ層を展開している。相手が着地すれば、そのまま直撃するはずの初手だった。

だが――聞き間違えではなかっただろう、

「……フン」

相手は、そうつまらなさそうに鼻を鳴らした。

直後、マティスは驚愕《きょうがく》の光景を目の当たりにする。

目の錯覚かと見間違うほどの長いカタナを、黒犬の粛清官《しゅくせいかん》は空中で振るった。その切っ先が、歪《いびつ》な音を立てて博物館の壁に深く刺し込まれる。

余程頑強な作りをしているのか――あるいは特別な塵工品《じんこうひん》なのか、カタナの刃は壊れずに壁に埋まった。粛清官は柄の部分をぐっと握ると、そこを基点とし、遠心力を用いて身体を上に持ち上げて、あろうことかカタナの上に倒立した。

異常な身体能力と、異様な滞空方法である。

次の瞬間、粛清官が着地するはずだった空間に、厚い熱線が走った。

「――なるほどな。能力は把握した」

熱線の放射が終わったのを確認すると、粛清官は壁を蹴《け》り、カタナを抜き取って着地した。

すっ、と巨大な黒刀をこちらに向ける。

一分の隙《すき》もない構え――幼少期より近接格闘術を叩《たた》きこまれたマティスをして、どう切り込めばいいのかさえ窺《うかが》わせない、一流の立ち姿である。

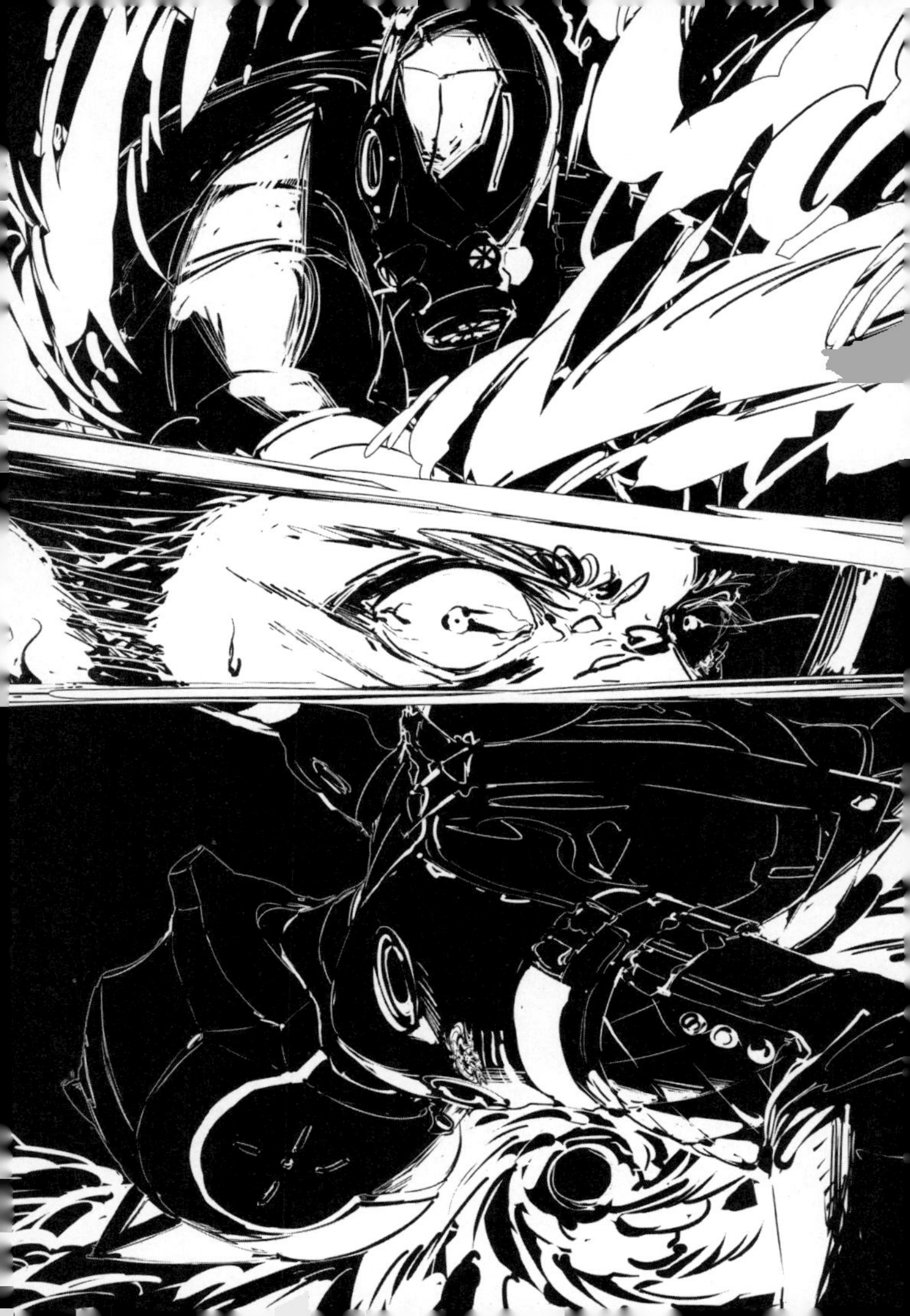

マティスの戦闘経験が告げる。

この相手は普通ではない、と。

素顔こそ覆い隠されているが、中身は若輩者に違いないだろう。だがこの粛清官《しゅくせいかん》が積んできた実戦経験の純度は、おそらく自分に勝るとも劣らない……

戦場に生きる者の矜持《きょうじ》として、マティスはたずねる。

「粛清官。貴様、名は？」

「知ってどうなる？　すぐに死ぬというのに……」

奇怪な機械音声で、相手はそう答えた。

（――相手にとって不足なし！）

年を取り、昔と同じように戦うことこそできなくなった昨今だが、仮に自分が全盛期であったとしても、この者を相手するのは苦戦したに違いないだろう。

なんといっても、この相手はまだインジェクターさえ起動していないのだ。

（熱線のリチャージまで、およそ十秒……それまで、凌《しの》ぐ）

マティスの能力は一度に放出する砂塵《さじん》量が多く、連発することはかなわない。次に熱線を放つまでの時間を稼ぐ必要がある。その間に、この相手を詰ませる手順を組まなければならない。

担いでいたライフルを手に取り、構える。照準を定めずに腰だめで掃射しようとした直前、銃身《バレル》が吹き飛んだ。

(な、に――!?)

すぐ目の前まで迫った粛清官が、マティスの持つ鉄製の銃を、まるで豆腐でも斬るかのように捌《さば》いたのだった。

二択の提示。

想定される相手の切り返しの軌道は、二択だ。

もともと、自動小銃はただの牽制《けんせい》のつもりだった。そのため、マティスの利き腕にはすでにコンバットナイフが握られている。

咄嗟《とっさ》の判断で、マティスは右側下段の逆袈裟《ぎゃくけさ》に対応する。それ自体は正着だったが、全力で構えたナイフは、しかし相手の振るカタナにいとも簡単に薙《な》ぎ飛ばされた。

「ぐ、ぅッ……!」

(この粛清官、速さだけではない……! 力さえも、こちらより……!)

この威力は予想外だったが――しかし、それ以外はむしろ思惑どおりだった。この一瞬の攻防で命が取られなかったのであれば、勝機はあくまで自分にあると見る。

粛清官と戦うことがわかっていた時点で、マティスはとうに覚悟を決めていた。

右腕の一本や二本を取られる程度の犠牲ならば――

それくらいならば安い物だ。自分以外の戦士はみな、勇敢に中央連盟と戦って命を散らしたというのに、なぜ自分は五体満足でのうのうと生き延びているというのか。

「――遅いな、お前」

黒犬マスクが、そうつぶやいた。

相手の大胆な踏み込みは、こちらの持ちうる反撃策をすべて見抜いているという自信ゆえか。

だが、それこそが逆に付けこむポイントとなる。

マティスは、戦闘経験が豊富な者ならば、必ず食いつくはずの隙《すき》をわざと晒《さら》す。不安定な体勢を見せたマティスに、好機とばかりに粛清官《しゅくせいかん》のカタナが牙《きば》を剝いた。

マティスの手首が、ズバンッ！　と音を立てて切り離された。

その切断の痛みを物ともせず、マティスは次の手を打った。

隠し持っていたグレネードを放つと、後方に跳びはねて距離を取る。自分の懐に爆弾が潜りこんだのを確認した相手は、賞賛すべき反応速度で跳躍した。

マティスは砂塵《さじん》粒子を放出する。厚い膜が、空中に跳んだ相手の着地点を囲うようにして展開した。

それは先ほどと、まったく同じ状況だ。

同じシチュエーションを作り出すこと――それこそが、マティスの狙《ねら》いだった。

以前に成功した方法を、人は咄嗟《とっさ》に採用するものだ。

それは、どれほど歴戦の勇者であろうとも関係ない。むしろ歴戦であればあるほどに行動パターンが最適化することを、マティスはよく知っている。

グレネード爆発に続く熱線の放射を、当然黒犬のマスクも予測していたのだろう。空中で身体を捩《ね》じる形で跳んでいた相手は、塵工刀《じんこう》を利用した曲芸的な回避を試みる。

それが、こちらの思惑通りであることにも気づかずに。

(――ここだ！)

そのタイミングで、マティスは粒子の流れを再操作した。砂塵粒子の層が土壇場で形を変えて、相手の着地を貫くのではなく、空中でそのまま焼き尽くす軌道へと変化する。

「走れッ！」

そこで、能力を解放した。

相手が驚いたかどうかはわからなかった。寡黙な粛清官はなにも告げることなく、マティスの張った粒子の膜を、マスク越しにじっと見つめていた。

高温の熱線が、相手の小柄な身体を包み込む。

「フゥッ、フゥ……っ！」

ほんの数十秒の戦闘。その最中、数えきれないほど発生したフェイントの応酬に、マティスは早くも疲労困憊《ひろうこんぱい》していた。精神時間を凝縮して強者《つわもの》と鎬《しのぎ》を削るのは、いつだって神経が磨り減るものだ。

だが、その苛酷《かこく》な時間ももう終わりだ。

熱線の作った黒い霧が晴れていく。

そこには、黒焦げ死体と化している粛清官《しゆくせいかん》の姿が——

見当たらない。

ガシャリと音がした。重苦しい金属を持ち上げたような音は、相手がカタナを構えた音だったに違いない。

思考するより先、マティスは振り向こうとした。傭兵《ようへい》の肌が持つ危機感覚が、背後から差し迫る危険に対処しろと警鐘を鳴らしていた。

だが——間に合わなかった。

「もういちど、言うが」

肉の裂かれる、音がした。マティスの腹部から、一本のカタナが伸びている。

「遅いな、おまえ」

一拍置いて、マティスはがふっと血を吐いた。マスクのなかに、なま温《ぬる》い鮮血が溢《あふ》れていく。

「貴、様。どうや、って……」

「なんだ、耳まで悪いのか？　さっき言っただろう。お前の能力は把握したと」

冷たい機械音声が、すぐ背後で答える。

「熱線が通る前、砂塵《さじん》粒子に予兆の光が発生するのが確認できた。いくら高密度だろうと、予《あらかじ》め発生箇所が割れていれば、そのなかをくぐり抜けるのは俺にとっては造作もない」

「ばか、な……！」

「手の内を明かすのが早すぎたな。俺がこれまで後手で対応できなかったのは、せいぜい足場を埋め尽くす火事場程度のものだ」

粛清官は、極めて冷静にそう告げた。マティスとは異なり、そこに一切の疲弊《ひへい》の色は見られなかった。

（時代は移れど……粛清官の強さは、変わらず、か……）

絶体絶命の境地で、マティスは思い返す。

過去の零番街抗争戦において、部下四人の命を犠牲にしながらも、ぎりぎりで討ち取った粛清官のことを。その相手は、個人戦力としては自分よりも遥かに強かった。

だが、彼は知らなかったのだ。

自分たち零番街の戦士たちの持つ覚悟と、怨《うら》みの嵩《かさ》を。

勝利に必要なのは情報だ。相手を知るということが、ありとあらゆる局面で勝敗を分ける。

今マティスが腹を貫かれているのも、相手が自分の能力を知ったからだ。

では、ここから逆転するには？

その答えはもう出ている。だからこそ、マティスはすでにそれを握っている。

この相手が知らないことは、たったひとつ。

それは、マティスがこの迎撃戦を、もはや死地として受け入れていることだ。

今一時、この場を守ることさえできれば。

砂塵《さじん》増幅器の稼働は進み、この間違った街に対して復讐《ふくしゅう》を遂げることができるのだから。

かつてマティスが師と仰いだ解放戦線のリーダーの血を継ぐ男が、それを果たせなかった自分たちの代わりに、悲願を達成してくれるのだから。

(俺は、傭兵《ようへい》だ……。与えられた仕事だけは、必ず真っ当する……)

今、この博物館には六名の粛清官《しゅくせいかん》が確認できている。最下層の二人は、頭領に協力する人形遣いが。最上階の二人は、ほかならぬ頭領自身が。

そして中層階の二人は、自分たち傭兵部隊が撃退する手筈《てはず》となっている。

その使命感は、この相手と対峙《たいじ》してさらに強まっていた。

この黒犬の粛清官の実力は、底が知れない。ともすれば、この博物館を訪れている敵の内では、もっとも頭領の首に届きうる実力者なのかもしれない。

だからこそ、なんとしてもこの場で排除しなければならない。

(――こいつだけは、なにを賭《と》しても始末する！)

マティスは、腕を振り上げた。

手にしていたカプセルを、自分の大腿部《だいたいぶ》に刺しこむ。

内部の塵工《じんこう》麻薬が体内に注入されて、マティスの身体を隆起させた。

覚醒獣《かくせいじゅう》の使用。獣の姿へと変化していく過程で、マティスは血が沸騰するような高揚を感じた。際限なく湧《わ》き出る戦闘意欲に、精神がどす黒く支配されていく。

「グルルウウウゥウゥウゥッゥアァ――――ッ！」

「ちっ、まだやる気か……！」

黒犬の粛清官が、マティスの腹を貫いていたカタナを引き抜いた。

黒刀が鮮やかな軌跡を描いて構え直される。刀身に付着していた血が、扇状にマティスのマスクに振りかかった。その直後、容赦なくこちらの体幹部を袈裟《けさ》斬りにしてくる。この超至近距離において、こちらが獣人化しようとも戦闘の分はまだ向こうにあるようだ。

粛清官が驚いたのは、マティスが防いだからではない。

むしろ、その逆。一切の防御が、なかったからだ。

マティスは好きに斬らせることにした。腕だけではない。心の臓も、腹の臓もくれてやるつもりだった。それどころか、マティスは砂塵粒子を放出すると、自分ごと巻き込むようにして層を展開し、すぐさま熱線を放射する。

紛れもない、それはただの自滅行為だった。

まばゆい光が走る。

「くっ――――！」

周囲が高熱で焼かれ、黒煙が広がる。煙のなかから、黒犬の粛清官が脱出した。

いくら化け物じみた身体能力を持つといえど、こちらの捨て身の攻撃を避けきることはできなかったらしい。ボディスーツに身を包む肢体は、熱線による裂傷で出血していた。

だが、それはまだまだ致命傷には程遠い。

対して、獣人と化したマティスは——

まともに受けた袈裟《けさ》斬《ぎ》りのせいで、腹からだらりと臓物をぶら下げている。酷い悪臭が周囲に漂うのは、皮膚も内臓も、自分の放った熱射線で焼いてしまったからだ。

それでも、まだ身体は動く。

余命一分にも満たない肉体で、マティスは命を賭《と》して、憎い——だれよりも憎い中央連盟の飼い犬の排除に吼《ほ》えた。

「ガアアアアアアウウッ！」

マティスは黒晶器官《こくしょうきかん》の限界を超えて砂塵《さじん》能力を連発する。熱線が周囲を乱れ撃ちにし、展示物を燃やして、壁や床のことごとくを破壊していく。

フロア全体が、振動に震えた。

マティスは獣人化による身体能力の向上を存分に揮《ふる》い、戦略もなにも存在しない、ただ捨て身の猛進を続けた。

相手は正確にカタナを振るって応戦する。が、こちらの放つ覇気のせいか、生半可な反撃が足を止める要因にならなかったからか、徐々に追い詰められていく。

フロアの中央、長い螺旋《らせん》階段のある場所に至ったタイミングで、勝負を決めようと、マティスは相手に飛びかかった。

そのときだった。

「――来るなッ！ シルヴィッ！」

黒犬の粛清官《しゆくせいかん》が、そう叫んだ。

視界の端で、マティスは先ほどの女粛清官が近づいている姿を捉えた。

増援――だが、そちらに構っている余裕はなかった。

もはや注意を払う暇さえもない。

ただ、その女が増援に来たということは、自分の部下たちは――零番街の解放戦線をともに戦ってきた戦友たちは、自分よりも先に逝《い》ったのだろうと、それだけを理解して、マティスの怒りの炎にさらなる薪《まき》がくべられた。

(待っていろ。俺も、すぐに粛清官の首を土産に、お前らのところに……！)

この粛清官と刺し違えるための最適解はひとつ。それは愚直なほどに単純な手段だ。

相手を死ぬ気で摑《つか》み、絶対に離さない。そして自分ごと熱線で焼き尽くす。

それだけだ。

マティスは相手の華奢《きやしや》な身体を捕えようとする。その段になって、自分がとっくに右腕を失っていたことに気づいて――この先がないのであれば、空中砂塵濃度を気にする必要すらないことを理解して、ドレスマスクを脱ぎ去った。

マティスの顔面は、人間の様相を完全に捨てていた。

野獣の面は、その異常に発達した歯を用いて、相手の首筋に噛《かぶ》りつこうとした。しかし、黒犬マスクは獣の牙《きば》をカタナで受け止めた。それなら、それでいい――。歯車が合致するかのように、マティスはがっちりと相手のカタナの柄を咥《くわ》えた。微妙な隙間《すきま》が生じて肉を噛《か》み切ることはかなわなかったが、むしろこのほうがいい。相手がカタナを手放そうとも、マティスの口蓋《こうがい》から逃れることはできなくなったからだ。

それに加え、相手は今、武器を振るうことができない。

これこそが、最高の好機だ。

(――〝走れ〟ッ！)

正真正銘、マティスは最後の熱線を放った。

限界を超えた能力の酷使に、マティスの黒晶器官《こくしようきかん》が血を噴く。

高密度の熱線が何本も放射されて、螺旋《らせん》階段の鉄骨を巻きこんで大破させる。足場が崩れて、地下二階へと落下していく最中も、マティスは決して相手を離さなかった。

高熱が、自分たちを包み込む――

「俺の、身体に――」

黒犬マスクが、螺旋階段の支柱で靴底を叩《たた》いた。黒いブーツの裏側に、長い隠し刃が現れる。

粛清官《しゆくせいかん》は身体を捩《ね》じると、細い脚を高く掲げて——カタナを咥えるマティスの脳天に、決め手となる踵《かかと》落としを見舞った。

「——許可なく、触れるなッ！」

意識の反転。

マティスの視界が黒く染まっていく。

最期に見たのは、黒犬マスクが空中で自分を踏み台にして、あえて下に跳ぶことで熱線の雨から逃れる姿だった。

（——……頭領。ガレット隊長の、息子よ）

思い出すのは、零番街の光景。

貧困を極めた村で、それでも誇り高く戦い続けた、懐かしき解放戦線の面々だった。

傭兵《ようへい》マティスは決して、不幸せではない。中央連盟に家を焼かれ、家族を殺され、もうとうに終わったと思っていた余生で、最後にいい夢を見させてもらったのだから。

（頼んだぞ。必ずや、奴等に正義の鉄槌《てっつい》を……！）

そして、光に呑まれた。

5

熾烈《しれつ》を極めたような戦闘が、幕を閉じた。

熱射線で融解した階段の鉄骨はひしゃげており、ぐらぐらと揺れたあとで、地下二階の闇《やみ》へと落ちていく。

勝負の顚末《てんまつ》を見ていたシルヴィは、二人が落下した階下を確認しに駆け寄った。

「チューミー!」

シルヴィが目にした限りでは、シンは寸前で相手の攻撃から逃れていた。

それでも、この高所からの落下だ。無事には済んでいない可能性がある。

シルヴィは巨大な暗い井戸の底を覗《のぞ》きこむように、地下を注意深く見渡した。展示物と階段の残骸《さんがい》の山の上で、ひとつの影がうごめくのを目にした。

「チューミー、怪我《けが》は!?」

声を張って聞くと、

「大丈夫だ。たいしたダメージはない」

シンが立ち上がる姿が遠目に見えた。虚勢を張っているのではなく、本当に問題のない様子だった。傍《そば》に落ちていたカタナの鞘《さや》を拾い、ゆっくりと納刀する。

(——……やっぱり、すごい……)

つい今しがたの、苛烈《かれつ》な戦闘が目蓋《まぶた》の裏に張り付いていた。言葉通り死力を尽くした傭兵長《ようへいちょう》マティスの猛攻を、蓋《ふた》を開けてみれば、シンはほぼすべて受け切ったことになる。

相手の砂塵《さじん》能力は、見るからに武闘派だった。いくら強力な塵工《じんこう》体質の持ち主とはいえ、非砂塵能力者《ブランカー》のシンが対等の条件で勝利するというのは、あまりにも驚異的だ。たった一人で、自分の助けも必要とせずに。

——来るな！　シルヴィッ！

浴びせられた言葉が、耳のなかで残響していた。

シルヴィは言いようのない苦しさを覚えて、胸を押さえた。相手はいったい、どういうつもりでそう言ったのだろうか。

それがもし、シルヴィの予想通りだとしたら——

「シルヴィ、おまえのほうこそ大丈夫だったのか？」

「え、ええ」

「そうか」

シンは安堵《あんど》するようにひと息つくと、周囲を見渡した。大破した螺旋《らせん》階段の残骸を見やり、

「弱ったな。これではさすがに戻りようがない。シルヴィ、ほかにあるという昇降手段はどっち方面だ？」

「……西側よ。ちょうど、今わたしが向いている方面にあるわ」

「なら、俺は急いでそちらに向かう。お前はそこでしばらく待機できるか？　合流次第、本部に連絡を入れることにしよう」

シンの言葉が、まるで耳から耳へと流れて出ていくかのようだった。

無意識に親指の爪《つめ》を噛《か》みそうになる。その昔、母親にこっぴどく怒られてから矯正した悪癖は、しかしマスクを被《かぶ》っているせいで阻まれた。

「シルヴィ？　どうした？」

こちらの返事がないことを不審に思ってか、シンがたずねる。

「まさか、やはりどこか身体を傷めたのか？」

「……さっきの」

シルヴィはうつむいて言う。

「さっきのは、どういう意味だったの？　チューミー」

「なんのことだ？」

「言ったでしょう。わたしに、来るなって。あれはどういうこと？　どうして、援護したらダメだったのよ」

「それは……！」

シンは動揺した様子で答えた。

「たいした理由じゃない。ただ、あの相手が、なにか尋常じゃない様子だったから、……だから、あの場で下手に手を出されるより、俺があのまま仕留めたほうが確実に思えたんだ」

「……なによ、それ。マティスが、わたしに標的を変えたらなんだっていうの？　わたしでは、勝てないと思ったの？」

口に出すと、自分の考えがどんどん現実化するような気がした。

そもそも会敵《かいてき》時に、二手に別れて戦うことさえシンは嫌がっていたのを思い出す。シルヴィにはわからない。もしかしたらシンの言う通り、共闘するほうが確実な手段だったのかもしれない。実戦での判断は、シンのほうに分がある。

だが、今回の自分の判断は、どちらも間違っているとは思えなかった。

「仮にマティスがわたしに向かってきたとして、結局は二対一よ。単身よりも、ずっとラクに対処できたに決まっているじゃない」

「ち、違う。俺は、あいつの砂塵《さじん》能力を知っていた。初見のお前が相手するよりも、俺一人であのままやるほうが確実だった」

「わたしには、この砂塵能力があるのよ？　相手がどんな能力者でも関係ないわ。それともまだ、わたしにインジェクターを使ってほしくないって言うの？」

「そうじゃない！　もし、お前が担当したほうに砂塵能力者がいたとしたら、もう稼働限界時間を超えている可能性があると思っただけだ」

「そうだとしたら、インジェクターを使わない前提で距離を取るわよ！」

そこで、シルヴィは思わず声を荒らげた。

「なんなのよ。わたしが、コンディションに応じて戦い方を変える程度のことさえできないとでも思っているの？　そもそも、もし仮に稼働限界だったとして、能力を使うのにあなたの許可を取る必要はないでしょう。違う？」

相手の理屈はちぐはぐだった。

シルヴィには、もうその理由はわかりきっていた。

ボッチに、自分ではルーガルーと交戦するのに力不足だと言われたときも、目の前が真っ暗になるような思いがした。それでも、少なくとも彼は自分の考えを正直に告げてくれた。その見立てに、シルヴィが内心では納得いっていないとしても。

だが、シンは異なる。彼が土壇場で出した言葉は紛れもない本心で、その本心を説明することを明確に拒否しているのだ。

相手が黙りこむと、その場に沈黙が訪れた。

その静寂に、シルヴィはどこか懐かしい空虚を思い出した。それはリリスにパートナーを解消されてから、シンが粛清官《しゅくせいかん》として自分の隣に戻ってくるまで、毎日のように感じていた空虚だった。

ずっと、ひとりぼっちのような気分だった。その孤独感から解放された日、自分がどれほど嬉《うれ》しく感じたのか、きっとこの人は知らないに違いない。

そしてたった今、自分がどう思っているのかも。

「……たしかに、俺は判断ミスをしたかもしれない。だが、あれは咄嗟《とっさ》だったんだ。その話ならあとでいくらでもする。とにかく、今は早く合流しよう」

珍しく狼狽《ろうばい》するシンの姿を、シルヴィは見下ろした。

黒犬のマスクと、黒衣のボディスーツは、出会った当初とほとんど変わらない。しかし、その中身はすっかり変わっている。いつか見たいと思っていた素顔が、想像していたよりもずっと可憐《かれん》で驚いたのが、遠い昔の出来事のように思えた。

今、二人を隔てているこの距離が、ともすれば本来の自分たちの遠さなのかもしれない。

「……チューミー。わたし、ね？」

独白するように、シルヴィはそう小声で口にした。

「あなたのことを、本当に尊敬しているの。心の底から、あのときからずっと。あなたが帰ってきてくれたときも、本当に嬉しかったのよ。だから……」

だから――今のような関係でしかいられない自分に、耐えられない。自分が唯一心を許せる相手に認められない現状が、どうしても我慢ならなかった。

真綿で締めつけられるような優しさや気遣いを、いつか自分が心地よく感じてしまうかもしれないという恐怖を抱いていることすら、今となっては認めざるを得ない。

完璧を目指しなさい。

いつかの父親の声が、いつもよりくぐもって聴こえた。

そうだ、自分は目指さなければならないのだ。

淀《よど》みのない白。

あるいは何にも染まらない黒のように。

「なんだ？　シルヴィ、なにを言っているんだ？」

相手の声色には、明確な焦りが窺《うかが》えた。

反面、シルヴィは静かに、澄み渡るような声ではっきりとこう告げた。

「聞いて、チューミー。わたしは、合流しない。あなたは本部に連絡して。第三候補が当たりだったから、増援を呼ぶようにって」

「な、なんだって？」

「わたしは、このまま階上に行く。そこに、砂塵《さじん》兵器があるのなら……ルーガルーがいるのなら、わたしが粛清するわ」

シルヴィは半壊した螺旋《らせん》階段に目をやる。巨大な支柱にとぐろを巻くようにして階上に繋《つな》がる階段。その上がどうなっているのか、この位置からでは覗《のぞ》くことはできなかった。

だがマティスは、自分たちの役目は上に通さないことだと言っていた。それはこの道の先が、砂塵増幅器に続いていることを意味しているに違いない。

「待つんだ、シルヴィ！　行くなら、せめて俺と一緒に向かってくれ！　シルヴィッ！」

「……またあとでね。チューミー」

そう残して、シルヴィは踵《きびす》を返す。必死に止めようとするパートナーの声を背中に浴びながら、父親の遺《のこ》した愛銃を担ぎ直すと、仄暗《ほのぐら》い階上へと歩を進めた。

楽園用語

粛清官

中央連盟の傘下で働く、偉大都市最強の精鋭集団。警壱級〜警伍級まで五段階の階級に分けられている。

通常の捜査業務を行う者や、工獄と呼ばれる監獄の獄吏を担当する者などもおり、業務形態は意外に多い。

個人の裁量による一時的な逮捕権を有しており、場合によっては市民権を持つ者を粛清することも許可されている。

ほぼ例外なく暴力的な能力を持つことから、犯罪者のみならず一般市民からも恐れられている。

粛清官の身分を表す緑色のエムブレムをつけていれば、基本的には服装等は自由。

砂塵粒子・砂塵能力

数百年前に現れた、この世界を覆う神性の物質。内部にはこの世のすべての現象の情報が秘められていると言われており、通称「万能物質」とも呼ばれる。

ある種の人々は、その無数の現象からたったひとつの性質を持つ砂塵粒子を引き出すことができる。

それを扱う者たちを砂塵能力者と呼ぶ。

生理的な処理としては、人体頸部に宿る黒晶器官で砂塵を吸収しているため、能力者の身体から出る粒子は「消化されなかった能力」ともいえる。

なお、黒晶器官は唯一砂塵粒子の持つ毒素が効かない器官である。

砂塵能力を使える者は全人口の四割程度であるとされ、そこから意味の見いだせる能力者はさらに数が限られる。

砂塵が出せない者たち、あるいは出せたとしても意味のない能力の持ち主は「非砂塵能力者（ブランカー）」と呼ばれる。

マスク

現代人の必需品。正式名称は防塵マスク、及びドレスマスク（Dust-RESiSted Mask）。

特殊なフィルターを通して呼吸することで、着用者が砂塵粒子を直接吸引することを防ぐ。

偉大都市では連盟所縁のガクトアーツ社というマスク製作企業がトップシェアであり、さまざまな原型を製造し、かつ専用のデザイナーが意匠を施している。

マスク背部にはデフォルトでインジェクター装置が取り付けられるようになっている。

解説

インジェクター

砂塵粒子を詰めた、注射器つきのカプセル。

「注射針」「砂塵粒子」「塵工薬液」の大きく３つの構造となっている。

スイッチを押すと内部の砂塵粒子が黒晶器官に流れ込み、砂塵能力が使えるようになる。

インジェクターを解除する際、特殊な塵工薬液が注入されて炎症などを防ぐ。消耗品であり、人によっては毎日針を替える。

偉大都市

旧文明崩壊後、初めて復興した秩序ある都市。現在、一番街から十八番街まで存在する。

一番街から三番街は中央街と総称され、治安がよい。逆に十五番街から十八番街は治安が悪く、オーバーフィフティーンと呼ばれるスラム地区。

大陸の東海岸に位置しており、海風がよく通る。古くよりこの地は楽園であるという伝承が流布しており、安寧を求めて遠くから移住しようとする旅人も多い。

偉大都市法令という名の法律が敷かれているが、この法律の庇護下にいるのは市民権を持つ者のみである。

塵工体質

塵工とは、砂塵能力によって加工された物全般を指す現代用語。

塵工体質も同様であり、なんらかの砂塵能力によって身体・体質が恒常的に変異することを指す。

たとえば「肉体を半永久的に強靭にする」砂塵能力を受けた者は、そうした塵工体質の持ち主となる。

肉体に影響が及ぶ砂塵能力を長く使用した場合、インジェクター解除後もその影響が色濃く残るケースがあり、それもまた塵工体質と呼ばれる。

一部の塵工体質は戦闘に使えるため、有能な塵工体質のみで戦う非砂塵能力者もなかにはいる。

塵工体質はそのときに砂塵粒子を行使しているわけではないため、シルヴィの砂塵能力では無効化できない。

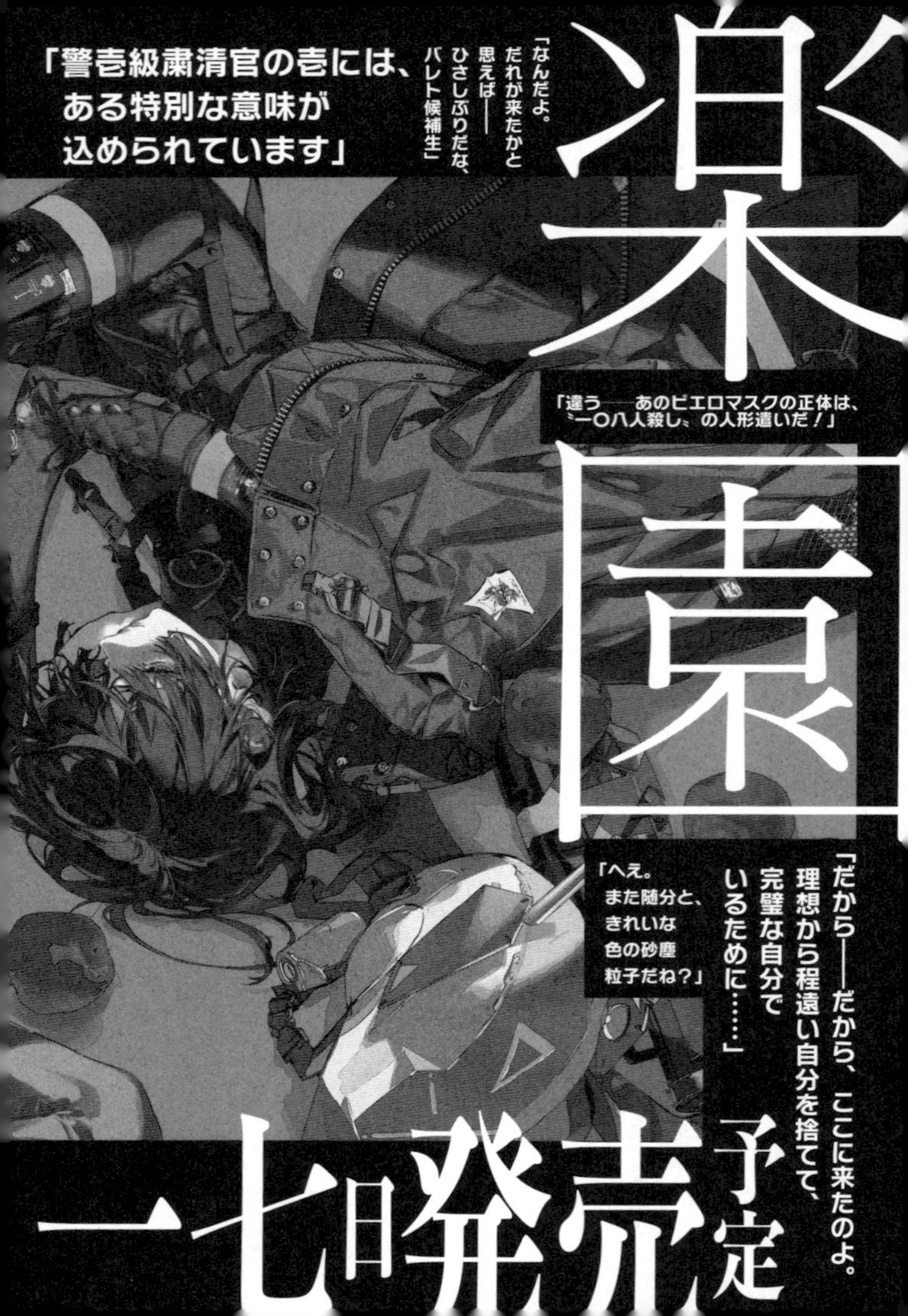
「警壱級粛清官の壱には、
ある特別な意味が
込められています」
「なんだよ。だれが来たかと思えば——ひさしぶりだな、バレト候補生」
楽園
「違う——あのピエロマスクの正体は、〝一〇八人殺し〟の人形遣いだ！」
「だから——だから、ここに来たのよ。理想から程遠い自分を捨てて、完璧な自分でいるために……」
「へえ。また随分と、きれいな色の砂塵粒子だね？」
一七日発売予定

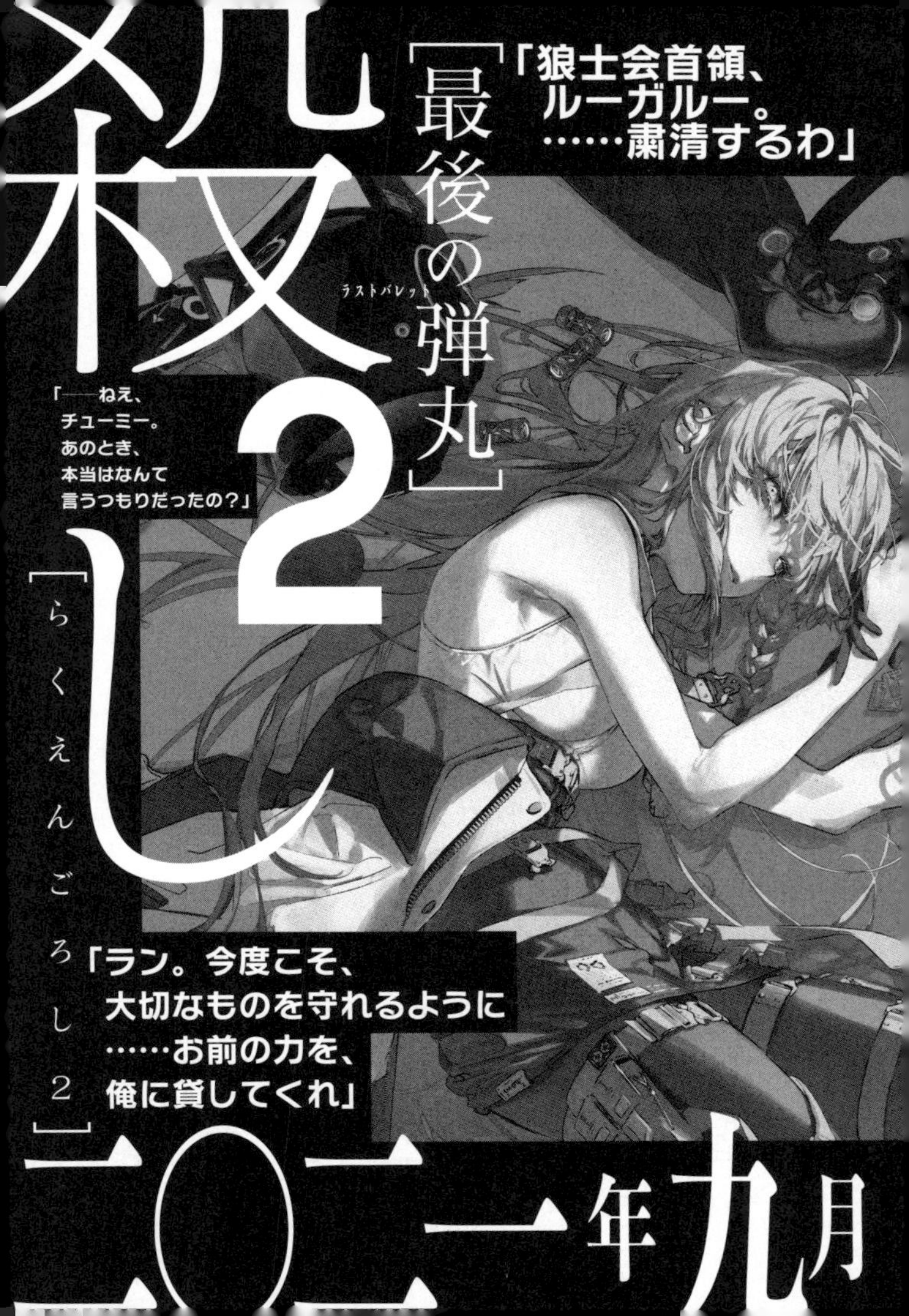

殺し
「最後の弾丸《ラストバレット》」
2
「らくえんごろし2」
「狼士会首領、
ルーガルー。
……粛清するわ」
「――ねえ、
チューミー。
あのとき、
本当はなんて
言うつもりだったの？」
「ラン。今度こそ、
大切なものを守れるように
……お前の力を、
俺に貸してくれ」
二〇二一年九月

GAGAGA

ガガガ文庫

楽園殺し 鏡のなかの少女

呂暇郁夫

発行　2021年6月23日　初版第1刷発行

発行人　鳥光 裕

編集人　星野博規

編集　小山玲央

発行所　株式会社小学館
〒101-8001 東京都千代田区一ツ橋2-3-1
[編集]03-3230-9343　[販売]03-5281-3556

カバー印刷　株式会社美松堂

印刷・製本　図書印刷株式会社

Printed in Japan ISBN978-4-09-453012-4